IHR LIEBLINGSDUKE

DER 1797 CLUB – BUCH 2

JESS MICHAELS

Übersetzt von
MARTIN WICK

*Ein besonderes Dankeschön gilt Mackenzie Walton
für all die zusätzliche Hilfe und Unterstützung die sie mir beim Schreiben
dieses Buchs gegeben hat. Eine gute Lektorin ist ihr Gewicht in Gold wert.
Mackenzie besteht aus Platin.*

*Und ich bedanke mich bei Michael, der mein Lieblingsduke, mein
Lieblingsmensch und mein bester Freund ist und immer sein wird.*

1803

Margaret Rylon stand in ihrem Gemach, ganz in Schwarz gekleidet, ein Symbol der Trauer. Sie sollte trauern, denn ihr Vater war nur wenige Stunden zuvor beerdigt worden.

Und doch, als sie sich im Spiegelglas betrachtete, sah sie keine Traurigkeit in ihren Augen. Sie fühlte auch keine Trauer. So sehr sein Tod sie auch betrüben sollte, sie fühlte nichts in ihrem Herzen für den verstorbenen Duke of Abernathe. Warum sollte sie auch? Der Mann hatte seit drei Jahren nicht mehr direkt mit ihr gesprochen, obwohl sie unter demselben Dach lebten. Für ihn war sie ein Nichts gewesen, ein gescheiterter Versuch, eine Ersatzerbin.

Er war ein grausamer Bastard gewesen. In Wahrheit war sie froh, dass er tot war. Ihr Bruder James war nun Duke. Und sie betete James von ganzem Herzen an.

Seit sie denken konnte, waren es immer James und sie gegen die Welt gewesen. Gegen einen Vater, der sie verachtete, gegen eine Mutter, die sich kopfüber in den Alkohol stürzte, um der Tatsache zu entkommen, dass ihr Mann sie ebenfalls verachtete. Im Moment war Meg sicher, dass ihre Mutter, die Dowager Duchess, völlig in einem betrunkenen Delirium versunken war und wahrscheinlich wochenlang in diesem Zustand verharren würde, wobei sie den Tod eines Ehemannes, den sie nicht geliebt hatte, als Vorwand benutzte, um sich in diese Dunkelheit zu stürzen.

Meg seufzte, als sie ihren Blick von ihrem Spiegelbild abwandte und zum Fenster schritt. Unten sah sie, wie die Dienerschaft zwei Pferde in Richtung der Ställe führte, und ihr Herz vollführte einen Sprung, sodass sie ihre beunruhigenden Gedanken vergaß. Die Reittiere konnten nur eines bedeuten: Simon und Graham waren hier.

Es war sechs Jahre her, dass sie James' beste Freunde kennengelernt hatte, während der Erholungszeit von der Schule, als er sie für einen kurzen Aufenthalt mit nach Hause bringen durfte. Obwohl James einen ganzen Club von Freunden hatte, waren es Graham und Simon, mit denen er die meiste Zeit verbrachte. Sie waren seine besten Freunde und sie mochte die beiden.

Aber nur einer der beiden Männer brachte ihr Herz wirklich zum Flattern. Und das war Simon Greene.

Sie schloss die Augen und beschwor ein Bild von ihm herauf, ohne es überhaupt zu wollen. Er war unerträglich gutaussehend, mit einem herrlich kantigen Gesicht, dichtem dunklen Haar und hellen, ausdrucksstarken, blassblauen Augen. Er lächelte immer. Selbst wenn er nicht lächelte, war der Geist dieses Ausdrucks auf seinen Zügen zu erkennen. Als würde er ständig an einen Scherz denken.

Wenn er sie ansah, setzte ihr Herz einen Schlag aus. Und er sah sie oft an. Quer durch die Räumlichkeiten, über die Tische hinweg, wenn sie spazieren gingen. Sie mochte erst sechzehn sein, aber sie wusste, wann ein Mann sie mochte.

Eine gute Sache, denn sie hatte schon vor einem Jahr akzeptiert, dass sie in ihn verliebt war. Aber es stand einer Lady nicht zu, den ersten Schritt zu tun. Ihre Mutter gab ihr kaum Ratschläge, aber das hatte sie einmal herausposaunt, als sie Meg eines Abends dabei erwischte, wie sie Simon anstarrte. Die Dowager Duchess hatte nicht Unrecht. Ein Gentleman sollte das Werben beginnen. Eines Tages würde Simon das tun. Sie hatten schließlich noch Zeit. Sie war noch nicht einmal offiziell in die Gesellschaft eingeführt worden. Er selbst war erst neunzehn. Sie hatten alle Zeit der Welt.

Meg glättete ihre Röcke und ging zur Tür, dann den Flur und die Treppe hinunter und lächelte, als sie dem Butler, Grimble, in der Halle begegnete.

„Guten Tag. Wo sind mein Bruder und seine Freunde?"

Grimble neigte den Kopf und richtete seinen schwarzen Trauerflor. „Seine Gnaden ist in im Arbeitszimmer mit dem Duke of Northfield. Der Marquess of Whitehall ist im westlichen Salon, Lady Margaret."

Margaret zuckte zusammen, als sie merkte, dass Grimble ihren Bruder mit *Seine Gnaden* ansprach. Daran würde sie sich erst einmal gewöhnen müssen. Natürlich würde Simon eines Tages auch Euer Gnaden genannt werden. Er würde einmal der Duke of Crestwood sein.

Aber für sie würde er immer Simon bleiben.

Sie lächelte den Butler an. „Ich danke dir, Grimble. Als Gastgeberin werde ich den Marquess aufsuchen, bis die Geschäfte meines Bruders mit Northfield abgeschlossen sind."

Grimble schien sich nicht wirklich darum zu kümmern, sondern vollführte ein scharfes Nicken, als sie ihn verließ. Ihr Herz begann zu klopfen, als sie die Tür zum westlichen Salon öffnete. Simon hörte sie nicht, als sie eintrat, sondern blieb an seinem Platz vor dem Feuer stehen. Er hatte einen Stiefel auf das Kamingitter gestellt, den Arm auf den Kaminsims gestützt. Einen Moment lang konnte sie nicht sehen, was er so aufmerksam betrachtete, aber als er den Kopf bewegte, stockte ihr der Atem.

Ihr Miniaturportrait stand auf dem Kaminsims und er betrachtete sie eingehend. Ein Schwindelgefühl erfüllte sie und sie räusperte sich leise, um seine Aufmerksamkeit zu erregen.

Er drehte sich zu ihr um und sein Gesicht leuchtete auf. „Meg!", rief er.

„Hallo, Simon", sagte sie und stürmte durch den Salon. Sie streckte ihre Hände aus, als sie sich ihm näherte, und er nahm sie beide und drückte sie dabei sanft. Er trug keine Handschuhe, genau wie sie, und sie zuckte zusammen ob des Schocks, der immer eintrat, wenn er sie berührte.

„Es tut mir leid, dass ich bei der Beerdigung deines Vaters nicht mit dir reden konnte", sagte Simon, als er sie zu einem Platz vor dem Feuer führte. „Und dein Verlust tut mir so furchtbar leid."

Meg legte den Kopf schief. „Du weißt, wie Abernathe war ... nun, der alte Abernathe. Ich weiß, dass es mir zusteht, zu trauern, aber wie kann ich das, Simon, wenn er sich keinen Deut um mich geschert hat?"

Simon streckte die Hand aus und berührte leicht die ihre. „Dann tut mir das ebenfalls leid, Meg."

Sie lächelte über seine Freundlichkeit. „Mein Vater wird in den nächsten Wochen das Thema der meisten meiner Unterhaltungen sein. Also lass uns etwas anderes besprechen, ja?"

Er nickte. „Wählt das Thema, Mylady, und ich werde versuchen, es geschickt mit Euch zu diskutieren."

Sie lachte über seine Neckerei. „Warum hat mein Bruder ein geheimes Treffen mit Graham? Ich dachte, ihr drei wärt unzertrennlich."

Einen Moment lang zog ein Schatten über Simons Gesicht, und er runzelte die Stirn. „Um ehrlich zu sein, weiß ich nicht, was sie besprechen. In dem Moment, als wir ankamen, bat James Graham, mit ihm unter vier Augen zu sprechen, und ich war nicht eingeladen."

Sie runzelte die Stirn ob seiner Worte. „Seltsam."

„Nicht so merkwürdig, wie du denkst", entgegnete er leise.

Sie schüttelte den Kopf. „Ich bin sicher, es ist nichts. Vielleicht diskutieren sie darüber, dich an deinem Geburtstag zu überraschen. Es ist zwar noch ein paar Monate hin, aber man kann nie zu weit im Voraus planen."

Er gluckste und die Gewitterwolken verschwanden aus seinem Gesicht. „Und woher weißt du von meinem Geburtstag, Meg?"

„Ich erinnere mich an alles über dich, Simon", gab sie nach kurzem Zögern zu.

Er schwieg, bis auf einen scharf eingeatmeten Atemzug. Langsam drehte er sich zu ihr um, und ihr schnürte sich die Kehle zu. Simon sah plötzlich sehr ernst und sehr konzentriert aus. Er öffnete den Mund, als wolle er sprechen, und sie lehnte sich mit zitternden Händen vor.

Doch bevor er ein Wort sagen konnte, räusperte sich Grimble an der Tür und sagte: „Lady Margaret, Seine Gnaden verlangt Eure Anwesenheit in seinem Arbeitszimmer."

Sofort war sie aus dem Bann gerissen, mit dem Simon sie belegt hatte. Sie tauschte einen Blick mit ihm aus und stand dann auf, Simon tat es ihr nach. „Sehr gut, ich werde mich ihnen gleich anschließen."

Der Butler ging und sie sah Simon an. „Kommst du mit mir?"

„Ich bin nicht eingeladen", erinnerte er sie.

Sie zuckte mit den Schultern. „*Ich* habe dich eingeladen."

Er gab ihr ein Zeichen, voranzugehen, und sie tat es. Sie gingen gemeinsam schweigend auf James' Arbeitszimmertür zu, aber es war nicht ihr übliches kameradschaftliches Schweigen. Alles, woran Meg denken konnte, war, was Simon hatte sagen wollen, bevor sie im Salon unterbrochen wurden.

James' Arbeitszimmertür war geschlossen, als sie sie erreichten, und Meg klopfte leicht an, bevor sie sie öffnete. Als sie eintraten, stockte ihr der Atem. Natürlich war dies früher das Arbeitszimmer ihres Vaters gewesen, und es sah immer noch nach ihm aus und fühlte sich auch so an. Kalt. Männlich. Abweisend. Es passte nicht zu James, das war nicht abzustreiten. Sie konnte es kaum erwarten, ihm dabei zu helfen, es umzugestalten, alles Vergangene abzustreifen und eine neue Zukunft für sie beide zu errichten.

Ihr Bruder stand mit Graham am großen Panoramafenster, und sie drehten sich gemeinsam um, als Simon und Meg eintraten.

James grinste, aber Graham wirkte eher zurückhaltend. Er begrüßte sie, indem er leicht seinen Kopf neigte, zeigte aber anderweitig keine Reaktion.

„Komm herein, Meg", sagte auch James und winkte sie heran. „Und Simon, gut, du bist auch hier. Ausgezeichnet."

„Guten Tag, Graham. Es ist so schön, dich zu sehen", sagte Meg.

„Lady Margaret", entgegnete Graham, förmlich wie immer, trotz ihrer langjährigen Bekanntschaft. Heute war seine Stimme fest und er bewegte sich leicht unbehaglich. Fast so, als ob er sich unwohl fühlte.

„Ich habe dich hierhergebeten, Meg, weil ich einige Neuigkeiten für dich habe", begann James und streckte die Hand aus, um ihren Arm zu nehmen und sie näher heranzuziehen. „Sehr erfreuliche Neuigkeiten. Ich hoffe, du wirst mir zustimmen."

Meg lächelte. „Wir alle brauchen heute eine frohe Botschaft. Um was geht es?"

James sah ihr ins Gesicht. Der Ausdruck ihres Bruders war entschlossen und ernst, und ihr Atem stockte, noch bevor er wieder sprach. „Ich habe eine Ehe für dich arrangiert, Meg."

Ihr Lächeln verblasste, als sie ihn anstarrte. „Eine Heirat?", wiederholte sie, sicher, dass sie ihn falsch verstanden hatte.

Er nickte rasch, und die Erregung in seinem Tonfall nahm zu. „Mir ist klar, dass ich vorher nicht mit dir darüber gesprochen habe, aber ich habe seit Wochen an nichts anderes gedacht. Seit Vater krank geworden ist."

Sie versuchte, wieder zu Atem zu kommen, als sie über ihre Schulter zu Simon zurückblickte. Er stand stocksteif da und starrte James an. Sein Gesichtsausdruck war völlig unleserlich.

„Ich wollte sicher sein, dass man sich um dich kümmert, Meg", fuhr James fort. „Für den Fall, dass ich jemals nicht in der Lage sein sollte, es nicht zu tun."

„James…", begann sie.

„Und es ist ein Freund", erzählte er weiter, ihre Unterbrechung ignorierend. „Jemand, den wir beide mögen. Jemand, von dem ich weiß, dass er nur das Beste für dich im Sinn hat."

Jetzt machte ihr Herz einen Sprung. Konnte es sein, dass er von Simon sprach? Simon hatte ihr im Salon etwas sagen wollen. Wollte er ihr die Neuigkeiten hier privat mitteilen, und war seine Aussage, das Thema von James' Gespräch mit Graham nicht zu kennen, eine Art List?

„Wer ist es?", fragte sie atemlos, während sie hoffte, betete…

James führte sie vorwärts, bis sie vor Graham stand und plötzlich wurde ihr alles klar. Ihr Herz sank, ihr Blut gefror in ihren Adern und es fühlte sich plötzlich so an, als würde die Zeit langsamer verstreichen.

„Graham und ich haben gerade die Vorbereitungen abgeschlossen, Margaret. Du bist mit dem Duke of Northfield verlobt."

Ihr Mund öffnete sich, als sie Graham anstarrte. Seine blauen Augen waren auf die ihren gerichtet, aber es lag keine Freude in ihnen. Seine Lippen waren eine dünne Linie der Entschlossenheit. Er schien nicht unglücklich zu sein, aber es lag keine Vorfreude oder jegliche andere Emotion in seinem starren Ausdruck.

Graham streckte die Hand aus und plötzlich lag ihre Hand in seiner. Anders als bei Simon gab es keinen Funken ob dieser Berührung. Er räusperte sich und sagte: „Ich werde mich bemühen, dich stets glücklich zu machen, Margaret."

Er hob ihre Hand zu seinen Lippen und sie strichen sanft über ihre Haut. Als er das tat, blickte sie zurück zu Simon. Dieser sah jetzt zu Boden und schien von diesem Austausch völlig gelangweilt zu sein. Als er aufschaute und ihren Blick bemerkte, lächelte er sie an.

„Glückwunsch, Margaret", sagte er. „Graham."

Er bewegte sich nach vorne und die drei Männer begannen, sich die Hände zu schütteln und sich gegenseitig auf den Rücken zu klopfen. Meg starrte in stummem Schock zu. Dabei hatte sie immer gedacht, dass die Anziehung, die sie für Simon empfand, erwidert wurde, aber er machte keine Anstalten, gegen diese Verlobung zu protestieren. Tatsächlich sah er nicht so aus, als würde ihm der Gedanke daran auch nur im Geringsten etwas bedeuten.

Konnte sie ihn so sehr missverstanden haben?

„Bist du glücklich?", fragte James, als er sich zu ihr hinunterbeugte, um ihre Wange zu streicheln.

Sie blickte auf, in die Augen ihres älteren Bruders. Ihm war gerade so viel aufgebürdet worden, da er nun der neue Duke of Abernathe war. Es war das erste Mal seit der Krankheit ihres Vaters, dass er auch nur im Geringsten glücklich aussah.

Sie blickte an ihm vorbei zu Graham. Niemand konnte sagen, dass er nicht gutaussehend war. Und sie waren in der Vergangenheit gut befreundet gewesen. Wenn Simon sie wirklich nicht wollte, konnte sie es schlimmer treffen. Und sie würde viele Jahre Zeit haben, sich an die Verlobung zu gewöhnen, bevor sie heiraten würden.

Sie nickte und zwang sich zu einem Lächeln. „Natürlich, James. Ich bin ... ich bin sehr glücklich."

Er schien diese Antwort zu akzeptieren und umarmte sie, bevor er zur Bar eilte, um allen Anwesenden Getränke zur Feier ihrer Verlobung einzuschenken. Meg schluckte und blickte hinaus in den Garten hinter dem Haus.

Sie würde Simon vergessen, und auch ihre dumme Vorstellung, dass er sich für sie interessierte weit hinter sich lassen.

KAPITEL 1

Sieben Jahre später

Simon Green, der Duke of Crestwood, stand in der Mitte des Ballsaals und starrte auf die tanzenden Paare. Nun, das stimmte nicht ganz. Er starrte eigentlich nur auf ein tanzendes Paar. Lady Margaret, die Schwester eines seiner engsten Freunde, und ihren Verlobten, Graham Everly, den Duke of Northfield. Es war eine Seltenheit, sie zusammen zu sehen, denn Graham entzog sich stets seinen Pflichten. Er tanzte nicht gern.

Meg hingegen schon. Sie war gut darin. Simon wusste das, denn sie kam oft zu ihm, um zu tanzen, wenn ihr Verlobter nicht wollte. Es war so einfach, seine Arme um sie zu legen und sie über die Tanzfläche zu führen, während sie ihm in die Augen schaute und mit ihm über alles und nichts sprach. Er konnte sie in diesem Moment fast in seinen Armen spüren. Warm und weich und sein.

Er blinzelte und schüttelte den Kopf. Das musste aufhören. Das sagte er sich schon seit Jahren, aber es hörte nie auf. Wenn überhaupt, dann wurde es nur schlimmer und schlimmer.

„Ich bin überrascht, dass du nicht tanzt, Crestwood."

Simon drehte sich um und ein Lächeln umspielte seine Lippen, als er seine guten Freunde, den Duke und die Duchess of Abernathe, sowie den Earl of Idlewood auf sich zukommen sah. James und Christopher, den viele Kit nannten, waren zwei seiner liebsten Freunde, und Emma war James' Frau. Die Männer gehörten alle dem Club 1797 an, einer kleinen Ansammlung ihrer engsten Freunde, die alle irgendwann im letzten Jahrzehnt zu Dukes geworden waren. Nun, mit Ausnahme von Kit. Er hatte den Titel noch nicht geerbt, nicht dass er oder irgendjemand sonst über diese Tatsache traurig war. Sein Vater war der größte und beste aller Männer.

„Ich habe keinen geeigneten Partner für die Quadrille gefunden", sagte er.

Emma blickte in die Menge. „Ja, es sind äußerst wenige geeignete Ladies anwesend heute Abend", neckte sie sanft, während sie in den Raum wies, der halb voll mit schönen Frauen war.

Simon drehte sich leicht zu ihr um und zwinkerte ihr zu. „Ich nehme nicht an, dass Ihr eine Runde drehen möchtet, Euer Gnaden?"

Emma errötete und lachte über seinen spielerischen Flirt, und James zog sie mit einem ebenso neckischen Blick in Simons Richtung ein wenig näher zu sich. „Vorsichtig, alter Freund. Wir sind frisch verheiratet und ich bin mächtig eifersüchtig. Du musst dir eine eigene Partnerin suchen."

Simons Lächeln verblasste ein wenig und er schaute noch einmal zu Meg und Graham. Sie lachte nun über etwas, das Graham gesagt hatte. Ihre braunen Augen leuchteten und ihr Kopf war nach hinten geneigt, sodass lose Locken aus dunklem, kastanienbraunem Haar an ihren Schultern entlang tanzten.

Sie sah glücklich aus.

Simon seufzte. Er wusste, dass James mit seiner Einschätzung der Situation recht hatte. Irgendwann musste Simon die Gefühle, die er für die Verlobte seines Freundes hegte, einfach vergessen und mit seinem Leben weitermachen.

„Ich werde mich bemühen, das zu tun, was du vorschlägst", antwortete Simon.

„Da du und James den Sprung gewagt habt, werden wohl wir alle eurem Beispiel folgen", sagte Kit mit einem kaum wahrnehmbaren Seufzer. „Unsere kleine Gruppe ist jetzt im entsprechenden Alter."

„Meg und Graham werden die nächsten sein, da bin ich mir sicher", sagte James und blickte freudestrahlend auf seine Schwester und ihren gemeinsamen Freund.

Simon wich bei dem Gedanken zurück. Es war sieben Jahre her, dass er in einem Raum in diesem Haus stand und James erklären hörte, dass er für Margaret eine Heirat mit Graham arrangiert hatte. Wie gut erinnerte sich Simon an den schrecklichen Moment, als diese Worte über seine Lippen gekommen waren. Wie sie in dem Raum um sie alle herum widergehallt waren. Wie seine Ohren zu klingeln begonnen hatten, sodass jedes Wort klang, als käme es von weit her oder so, als wäre er unter Wasser.

Wie gut er sich daran erinnerte, wie Meg auf Graham zugeschritten war, weg von ihm, und wie seine Brust vor Wut und Eifersucht und Verlust gebrannt hatte. Und dann hatte er in James' Gesicht gesehen. James, der in jeder Hinsicht sein Bruder war, außer durch Blut.

Und James hatte so verdammt glücklich ausgesehen. So sicher, dass er das Richtige getan hatte. Er war so froh, etwas für Meg getan zu haben. Für Graham.

Simon war in diesem Moment nicht in der Lage gewesen, die Pläne seines Freundes zu zerstören. Und später, nachdem die Verlobung in allen Zeitungen und Ballsälen des Landes fröhlich verkündet worden war, konnte er diese Pläne nicht zerstören, aus Angst, Meg mit ihnen zu zerstören.

Also hat er seine Gefühle für sich behalten. Er hatte sie tief hinunter geschluckt, wo sie die Welt nicht in Stücke reißen konnten. Und er wartete, dass Meg und Graham heirateten.

Nur hatten sie das nicht. Noch nicht. Immer noch nicht. Und nun beobachtete er James, der Emma etwas ins Ohr flüsterte. Er sah die Liebe, die sein Freund für seine Ehefrau empfand, und die Eifersucht und die Wut und der Schmerz brannten erneut lichterloh in seiner Brust. Er wollte, was sie hatten.

Er wollte es mit Margaret. So wie er es seit seinem neunzehnten Lebensjahr wollte.

„...Walzer", sagte James nun, und seine Worte holten Simon aus seinen gefährlichen Gedanken. „Und meine Frau und ich werden ihn tanzen. Du und Simon, ihr solltet euch ebenfalls Partnerinnen suchen, Idlewood."

Er lächelte, als er Emmas Hand ergriff und sie zur Tanzfläche führte. Als sie weg waren, atmete Simon langsam aus. Nicht nur, weil er ein sehr unangenehmes Gespräch überstanden hatte, sondern auch, weil Meg und Graham die Tanzfläche verlassen und sich sofort voneinander getrennt hatten. Meg war gegangen, um sich mit ein paar Freundinnen zu unterhalten, Graham machte sich auf den Weg auf die Terrasse. Wenigstens würde Simon nicht sehen müssen, wie sie sich im unendlich viel intimeren Walzer zusammen bewegten.

„Du starrst sie an", sagte Kit neben ihm.

Simon zuckte vor Schreck zusammen. „Wen?"

Idelwood wandte sich ihm mit vor der Brust verschränkten Armen zu. „Margaret."

Simon erstarrte, blickte zu seinem Freund hinüber und versuchte zu erkennen, was dieser wusste. Aber Kits Gesicht war in diesem Moment unleserlich.

„Nun, sie ist schon sehr lange eine gute Freundin, nicht wahr?", fragte er und griff auf die gleiche Erklärung zurück, die er immer gab, wenn ihn jemand nach Margaret fragte. Die Worte waren nicht unwahr. Seit ihrer Verlobung mit Graham waren er und Meg sich näher gekommen. Sie waren Freunde.

Er würde es sogar wagen zu sagen – wenngleich auch nie laut –, dass sie seine beste Freundin war.

Kit legte den Kopf leicht schief, sein Ausdruck von gefährlichem

Unglauben erfüllt. „Ich kenne dich schon lange, Simon. Ebenso wie sie. Und ... es ist mehr als Freundschaft, nicht wahr?"

„Ich weiß nicht, was du meinst", antwortete Simon und spannte seinen Kiefer an, als er Anstalten machte, davonzuschreiten. Kit streckte eine Hand aus und hielt ihn am Arm fest.

„Ich würde nie jemandem etwas davon erzählen", mahnte er leise. „Du bist mein Freund, und so wie du da stehst, aufgebracht und unfähig, irgendetwas anderes zu tun als sie anzuschauen, ist es klar, dass du dich abmühst. Also, was ist es? Sag es mir, und ich schwöre bei allem, was mir lieb und teuer ist, dass ich niemandem ein Wort davon verraten werde. Zu niemandem werde ich ein Wort sagen."

Simon schloss kurz die Augen. Was Christopher anbot, war in der Tat ein Segen, denn er hatte sonst niemanden, mit dem er über seine Gefühle sprechen konnte. James und Graham waren ausgeschlossen. Und auch mit dem Rest ihres engen Freundeskreises konnte er nicht sprechen, denn sie hatten sich alle gegenseitig Loyalität geschworen. Er war sich nicht sicher, ob er nicht gemieden werden würde, wenn er zugab, dass er begehrte, was Graham gehörte.

Simon seufzte. „Es könnte sein, dass du dich nicht irrst", sagte er vorsichtig und beobachtete Kits Gesicht auf Anzeichen von Verurteilung und Entsetzen. Es gab keines. „Aber es gibt nichts, was man dagegen tun kann, nicht wahr? Meg wurde vor langer Zeit einem Mann versprochen, der mir so nahesteht wie mein eigenes Blut. Und das von einem anderen Mann, den ich genauso liebe. Zu verfolgen oder gar zuzugeben, was ich fühle ... es würde alles und jeden zerstören, den ich liebe. Einschließlich Meg."

Kits Gesichtsausdruck wurde weicher. „Wie lange fühlst du schon so?"

„Schon immer", flüsterte er. „Sieben oder acht Jahre."

„Aber du ... du hast damals mit Roseford in London herumgehurt und dich wegen Frauen, mit denen du geschlafen hast, fast geprügelt."

Simon zuckte mit den Schultern. „Ich hatte meinen Spaß, ja. Ich war noch nicht bereit, sesshaft zu werden. Und ich ... ich habe meine Chance verpasst. Oder vielleicht gab es nie eine. Selbst wenn ich ein Chorknabe gewesen wäre, hätte James möglicherweise trotzdem Graham als Margarets Ehegatten gewählt. Weil sie engere Freunde sind."

Er schaute auf James und Emma, die eng beieinander standen und sich gegenseitig tief in die Augen sahen, während sie sich im Tanz drehten. Sie sahen glückselig aus. Simon liebte und hasste sie für die Zurschaustellung ihres Glücks.

„Es tut mir leid", sagte Kit, und es war eindeutig aufrichtig. „Ich kann mir gut vorstellen, wie schmerzhaft es sein muss, mit anzusehen, wie die Frau, die du liebst, einen anderen heiratet. Vor allem einen Freund."

Simon zuckte mit den Schultern. Er fühlte sich ein wenig besser, mit einem Vertrauten über das Thema zu sprechen. Aber es änderte nichts an der Tatsache, dass Meg nicht ihm gehörte.

„Letztendlich hat James recht", seufzte er. „Wir müssen alle anfangen, unsere Pflicht zu tun. Zu heiraten und die Erben hervorzubringen, die einmal unseren Platz einnehmen werden. Das Beste, was ich also tun kann, ist, diesen Blödsinn mit Meg zu vergessen und mich daranzumachen, meine Pflicht zu erfüllen."

„Also solltest du tanzen", sagte Kit sanft.

„Ja", meinte Simon und klopfte seinem Freund mit der Hand auf die Schulter. „Ich sollte tanzen."

Aber als er über die Menge hinweg nach der Lady Ausschau hielt, mit der er genau das tun wollte, sank sein Herz. Wenn er über die Zukunft nachdachte, konnte er sich nie jemand anderen als Meg an seiner Seite vorstellen.

Und das war der Ort, an dem sie niemals, niemals sein würde.

～

Margaret hasste Sarah Carlton. Oh, sie hatte sie nie zuvor gehasst. Sie kannte sie kaum gut genug, um das eine oder andere über sie zu denken. Aber nun, wo die andere junge Frau in Simons Armen tanzte und sich an ihn lehnte, um über die Musik hinweg zu sprechen, hasste Meg sie.

Und sie hasste sich noch mehr dafür, dass sie so für sie empfand. Wegen Simon.

Sie drehte sich um und betrachtete den Mann, der an ihrer Seite stand. Graham Everly, der Duke of Northridge, war alles, was eine Lady sich wünschen konnte. Nur sie nicht, obwohl er teuflisch gut aussah, mit blondem Haar, das nur ein wenig zu lang war, strahlend blauen Augen und einem Lächeln, das den Raum erhellte. Nun, *wenn* er lächelte, was er in letzter Zeit immer seltener getan hatte.

Sogar in diesem Moment, als er ihren Blick auffing, bewegte er sich unbehaglich unter ihrer Aufmerksamkeit hin und her, anstatt sich darüber zu freuen.

„Brauchst du etwas?", fragte er, fürsorglich wie immer. Ihre Freunde waren sehr neidisch auf diese Tatsache. „Einen Drink? Etwas frische Luft?"

Sie seufzte und sah aus den Augenwinkeln heraus erneut zu Simon. Er lachte, und sie hätte seiner hübschen Tanzpartnerin am liebsten eine Ohrfeige verpasst. „Ja", sagte sie. „Frische Luft würde mir guttun, glaube ich."

Graham nickte, ergriff ihren Arm und führte sie durch die Menge hinaus auf die Terrasse. Er ließ sie sofort los, und sie ging zur Terrassenmauer und holte ein paar Mal tief Luft, um ihre Nerven zu beruhigen.

Dann wandte sie sich ihrem Verlobten zu. Er sah sie nicht an, sondern kümmerte sich um einen losen Faden am Saum seines Ärmels. Meg nutzte den Moment, um ihn wirklich zu betrachten. Früher einmal hatte sie Graham sehr gemocht. Sie hatte ihn als Freund betrachtet, und als sie sich mit ihrer Verlobung abgefunden hatte, hatte sie gehofft, eines Tages mehr in ihm zu sehen.

Aber es waren sieben Jahre vergangen, und wenn überhaupt, hatten sie sich nur weiter auseinandergelebt. Über die meisten Themen sprachen sie nur oberflächlich. Sie lachten nicht miteinander. Und er machte nie den Versuch, sie zu berühren oder zu küssen.

Wenn sie nachts im Bett lag, war es auch nicht er, der sie in ihren Träumen besuchte. Es war Simon. Immer noch. Immer wieder. Sie hasste sich dafür, mehr als sie jede Frau hasste, der Simon jemals mehr als ein paar Augenblicke Aufmerksamkeit geschenkt hatte. Sie hasste sich selbst, weil sie wusste, dass ihre Gefühle für Simon falsch waren.

Meg räusperte sich und trat näher an ihren Verlobten heran. „James und Emma scheinen sehr glücklich zu sein", sagte sie.

Er erwiderte ihren Blick und seine Mundwinkel hoben sich leicht zu einem sanften Lächeln. Ein echtes Lächeln, und ihr Herz wurde ihm gegenüber ein wenig weicher. Graham hatte ihren Bruder immer geliebt. Das schätzte sie mehr als alles andere.

„Das stimmt", bestätigte er und blickte über ihre Schulter zurück in den Ballsaal, wo James schon wieder mit seiner Frau tanzte. „Trotz des ganzen Dramas, das zu ihrer Vereinigung geführt hat, kann ich mir nicht vorstellen, dass er jemals eine bessere Partie hätte finden können."

„Du weißt, dass ich dem zustimme. Ich verehre Emma und ich bin so froh, sie als meine Schwester zu begrüßen. Und sie waren die ersten in unserer Gruppe, die heirateten. Ihr aufrichtiges Glück ist ein gutes Beispiel für uns alle."

Er sah sie kurz an, dann wieder in Richtung Ballsaal. „Das gibt einem zu denken", sinnierte er.

Sie stellte sich ihm gegenüber. „Worüber genau denkst du nach?"

Er presste die Lippen aufeinander und seine Hand wackelte an seiner Seite, als wollte er die ihre nehmen, änderte dann aber seine Meinung. „James will, dass wir heiraten."

Sie nickte. „Ja. Daher die Vereinbarung."

Graham verzog das Gesicht, sein Ausdruck war plötzlich von

Frustration geprägt. „Er hat selbst ein paar Mal mit mir darüber gesprochen, seit er geheiratet hat. Dass er sesshaft geworden ist, scheint seinen Drang verstärkt zu haben, unsere Verlobung zu Ende zu führen."

Meg hielt den Atem an. Sie war erst sechzehn gewesen, als sie und Graham den Vertrag unterschrieben hatten. Keiner hatte erwartet, dass sie sofort heiraten würden. Aber die Jahre waren ins Land gezogen und irgendwie hatte sie sich in der Sicherheit gewiegt, dass die Hochzeit nie wirklich stattfinden würde.

Nun schien es, dass Graham im Begriff war, dies zu ändern.

„Wir sind schon sehr lange verlobt, Meg", begann er.

Sie konnte kaum atmen, aber irgendwie schaffte sie es, herauszukrächzen: „Sieben Jahre."

Er räusperte sich und zwang sich, ihr in die Augen zu sehen. „Weihnachten."

Sie blinzelte. „Wie bitte?"

„Was hältst du davon, an Weihnachten zu heiraten? Auf meinem Anwesen, im Beisein unserer Freunde und Familie?"

Megs Lippen teilten sich. Die meisten Frauen in ihrer Position wären begeistert von der Vorstellung, endlich ihren Duke zu heiraten. Die meisten wären sogar noch glücklicher, dass er einen Termin wollte, der nur noch ein paar Monate entfernt lag.

Aber für sie fühlten sich seine Worte wie eine Schlinge an. Unausweichlich. Unentrinnbar.

„Ja", würgte sie heraus, während Tränen in ihre Augen stachen. „Das wäre schön, und es gibt mir genug Zeit zum Planen. Außerdem möchte ich heiraten, bevor Emmas Baby kommt, damit sie und James noch in der Lage sind, zu reisen."

Graham starrte sie lange an, fast als sähe er sie zum ersten Mal. Dann neigte er den Kopf, und jeder Versuch, eine Verbindung zu ihr herzustellen, war dahin. „In Ordnung. Ich werde hineingehen und mit James darüber sprechen. Kommst du mit mir?"

Sie schüttelte den Kopf. „Nein, ich möchte noch ein bisschen an der frischen Luft sein. Ich stoße bald zu dir."

„Sehr gut", sagte er, dann wandte er sich von ihr ab, ging in den Ballsaal und ließ sie allein auf der Terrasse zurück.

Meg schlich sich vom Hauptbereich der Terrasse weg, um eine Ecke des Hauses in eine abgedunkelte Nische. Dort waren ein kleiner Tisch und Stühle aufgestellt. Sie ließ sich in einen Stuhl sinken und legte ihre Arme auf den Tisch ab. Dann stützte sie den Kopf in ihre Hände und begann zu weinen.

～

Simon schloss die Terrassentür hinter sich, dann atmete er tief die kühle Nachtluft ein. Seit dem Gespräch mit Kit hatte er das Gefühl, dass ein Gewicht auf seinen Schultern lastete, ihn geradezu erdrückte. Er erinnerte sich kaum an die letzten zwanzig Minuten. Er erinnerte sich kaum an die Tänze oder seine Partnerinnen.

Simon erinnerte sich an nichts, außer an den hämmernden Refrain, der in seinem Kopf widerhallte. *Margaret. Margaret. Margaret.*

Er hätte es verdient, dass man ihn für seine Besessenheit aufknöpfte. Er hätte es verdient, von den Männern im Club 1797 ausgestoßen zu werden. Und doch konnte er sich nicht davon abhalten, an sie zu denken.

„Ich sollte fortgehen", murmelte er. „Für ein paar Monate oder sogar ein paar Jahre."

Das hatte er auch schon oft gedacht, aber er hatte es nie ausgeführt. Vielleicht war es an der Zeit, endlich zu tun, was richtig war. Er beugte den Kopf und starrte auf seine Finger hinunter, die sich an der Steinwand der Terrasse anspannten. Er würde sich eine gute Ausrede einfallen lassen müssen, um zu gehen. Simon konnte Graham und James sicher nicht sagen, dass er verzweifelt in Margaret verliebt war.

Er dachte immer noch über diese Tatsache nach, als er ein schwaches Geräusch von einem anderen Teil der Terrasse hörte. Er drehte sich und sah sich um. Er war allein hier draußen, oder zumindest hatte er das gedacht. Aber nun, da er nicht mehr in Gedanken versunken war, nahm er mehr Geräusche wahr. Geräusche, die klangen wie ... ein Weinen.

Er bewegte sich vorwärts, auf den dunklen Teil der Terrasse zu, der von den Fenstern und Türen entfernt lag, um die Ecke und weg von allen Stellen, an denen man leicht eine Person finden würde.

„Hallo?", rief er, als er in die Dunkelheit trat und stehenblieb, damit sich seine Augen daran gewöhnen konnten, dass nun kein Licht mehr aus dem Haus drang. Als sie das taten, keuchte er.

Eine Frau saß an einem Tisch im Schatten des Hauses, den Kopf auf die Arme gestützt, und sie weinte.

Er stürzte auf sie zu. „Geht es Euch gut?"

Zum ersten Mal schien die unbekannte Lady seine Anwesenheit zu bemerken. Sie ruckte mit dem Kopf hoch, wandte ihm ihr Gesicht zu, und er blieb abrupt stehen.

„Meg?", flüsterte er.

Sie erhob sich nicht, sondern starrte nur zu ihm hoch, ihre Augen im Halbdunkel unleserlich. „Natürlich würdest du mich finden", sagte sie, ihre Stimme erstickt vor Tränen, bevor sie den Kopf wieder senkte.

Er hätte fortgehen sollen. Er hätte hineingehen und ihren Bruder oder ihren Verlobten finden sollen und einen von ihnen sie trösten lassen, so wie es angemessen war.

Aber Meg war immer sowohl seine Freundin als auch seine Besessenheit gewesen. Und er war nicht bereit, sie in ihrer Not alleinzulassen.

Also nahm Simon am Tisch Platz und zog sie näher heran, sodass sich ihre Beine unter der Tischplatte streiften. Langsam, behutsam legte er einen Arm um ihre Schultern und führte sie an seine Brust, bis sie ihre Wange an seiner Schulter lehnte.

Sie stieß einen schaudernden Seufzer aus, und das Gefühl, wie sie sich gegen ihn bewegte, schoss durch ihn hindurch, weckte alle Nervenenden und zwang ihn, sich vor Augen zu führen, wie verzweifelt er sie wollte und anbetete.

„Was ist geschehen?", fragte er, schockiert, dass er überhaupt Worte bilden konnte, obwohl er sich ihrer in seinen Armen so verdammt bewusst war.

Meg hob eine zitternde Hand und legte sie auf sein Herz. Wahrscheinlich konnte sie es pochen fühlen, sogar unter all den Schichten seiner Kleidung. Er spürte förmlich den Druck jedes einzelnen ihrer schlanken Finger.

„Es ist nichts", sagte sie, ihr Tonfall war nun etwas ruhiger. „Ich war nur einen Moment lang überwältigt."

Er schaute auf sie herab und atmete den Geißblattduft ihres Haares ein. Herr im Himmel, wie sehr er diesen Duft liebte. Er hatte vor fünf Jahren vierzehn Geißblattbüsche um sein Anwesen in Crestwood gepflanzt, nur um ein winziges Stück von ihr bei sich zu haben.

„Hat jemand etwas Unanständiges zu dir gesagt?", fragte er. „Ich könnte hineingehen und ..."

Sie hob ihr Gesicht zu seinem und sein Herz blieb stehen. Ihre Lippen waren fünf Zentimeter von seinen entfernt. Nah genug, dass er den schwachen Hauch ihres Atems auf seinen Lippen spüren konnte. Nahe genug, dass es leicht sein würde, sie zu küssen.

Gott, wie sehr er sie küssen wollte.

Er wollte mehr tun, als sie nur zu küssen.

Sie schluckte, ihre Augen wurden ein wenig wild, als sie sich sanft aus seinen Armen löste, aufstand und aus der Dunkelheit in die Sicherheit des Lichts des Hauses trat.

„Niemand hat etwas gesagt", flüsterte sie, ihre Stimme kaum hörbar.

Simon hätte ihr danken sollen, dass sie sich in Sicherheit gebracht hatte. Stattdessen wollte er sie an der Samtschärpe um ihre Taille fassen und sie zurück in den Schatten des Hauses ziehen.

Er stand auf und folgte ihr. „Du und ich, wir sind ... Freunde ... seit langer Zeit", stieß er hervor. „Du weißt, dass du mir alles sagen kannst."

Sie starrte zu ihm auf und dann bewegte sich ihre Hand. Er

beobachtete sie, als sie sie anhob und noch einmal gegen seine Brust drückte. Ihre Finger glitten nach oben und sie strich nur mit den Spitzen an seinem Kiefer entlang. Es passte kein Atemhauch zwischen sie und in diesem Moment gab es keine Lügen.

Er konnte etwas sehen, wovon er sich jahrelang eingeredet hatte, dass es nicht existierte. Meg wollte ihn.

Mit einem leisen Laut in der Kehle zog sie ihre Hand weg und flüsterte: „Ich kann dir nicht alles sagen, Simon."

„Meg", stieß er hervor und bewegte sich, um ihre Hand zu nehmen.

Bevor er das tun konnte, öffnete sich die Tür hinter ihnen. Meg drehte sich weg, drehte ihm den Rücken zu, ihre schlanken Schultern hoben und senkten sich mit keuchenden Atemzügen.

„Ah, da seid ihr zwei ja."

Simon drehte sich um und lächelte, als James zu ihnen auf die Terrasse trat.

„James."

„Wir haben euch schon gesucht. Kommt ihr? Wir haben eine Ankündigung zu machen."

Meg drehte sich um, und Simon stockte der Atem. Sie hatte sich so weit gefasst, dass niemand vermuten würde, dass sie keine fünf Minuten zuvor noch weinend in der Ecke gesessen hatte. Sie lächelte ihren Bruder strahlend an.

„Natürlich, James." Als sie an Simon vorbeiging, warf sie ihm einen kurzen Blick zu. „Danke für das … für das Gespräch, Crestwood."

Er nickte, als er James und dessen Schwester ins Haus folgte. „Gern geschehen, Mylady."

James nahm ihren Arm und führte sie zu dem kleinen Podium, auf dem das Orchester spielte. Als er etwas sagte, stoppte die Musik, was die Tänzer dazu veranlasste, stehenzubleiben und sich dem Grund ihrer Unterbrechung zuzuwenden.

James positionierte Meg so, dass sie neben Graham auf dem Podium stand, und nahm Emmas Hand, um ihr auf einen Platz neben seinem eigenen zu helfen. Simon drängte sich durch die Menge und kam näher, während er versuchte, herauszufinden, was James zu sagen haben könnte. Es war eindeutig eine Familienankündigung. Vielleicht wollte er Emmas Schwangerschaft verkünden? James hatte seinen Freunden die frohe Botschaft bereits mitgeteilt, aber war dies das richtige Forum, um es der Welt mitzuteilen?

Emma sah genauso unsicher aus, wie Simon sich fühlte, als sie eine Hand in die Ellenbeuge von James schob und abwartete, was er sagen würde.

„Unsere Familie ist in letzter Zeit mit vielen guten Nachrichten gesegnet worden", begann James. „Und heute Abend habe ich noch etwas mehr, das ich nicht erwarten kann, zu teilen. Der Duke of Northridge und meine Schwester, Lady Margaret..."

Simon ruckte mit dem Gesicht zu Meg. Sie lächelte, aber ihre Wangen waren blass, ihre Augen starrten geradeaus.

„... werden an Weihnachten heiraten!", beendete James die Ankündigung.

Die Menge brach in Beifall und Gespräche aus, aber Simon fühlte sich von all dem isoliert. Er stand da und starrte Meg an. Sie nickte, als Freunde Glückwünsche riefen. Sie lächelte in die Menge und einmal zu Graham hinauf.

Aber Simon kannte sie. Er kannte sie und er hatte ihre Tränen gesehen. Das war der Grund, warum sie geweint hatte. Diese vermeintlich frohe Kunde von ihrer bevorstehenden Hochzeit. Nach all dieser Zeit wollte Meg Graham nicht heiraten.

Und obwohl das für Simon nichts ändern sollte, obwohl es ihm eigentlich nur leidtun sollte um ihrer beider Willen, entzündete es stattdessen ein Licht der Hoffnung in seiner Brust. Es ließ ihn sich fragen, ob die Zukunft vielleicht doch nicht in Stein gemeißelt war.

KAPITEL 2

Meg ließ sie ihre Finger über die Tasten ihres Klaviers gleiten und füllte die Musik auf eine Weise mit Emotionen, wie sie es im wirklichen Leben nicht tun konnte. Sie ließ ihrer Wut, ihrer Verzweiflung, ihrem Herzschmerz freien Lauf, während sie spielte. Sie verlor sich in den Tasten und vergaß die unverkennbare Tatsache, dass ihr Hochzeitstermin nun feststand und die Ehe mit Graham sich plötzlich sehr real anfühlte.

Sie schlug ihre Finger auf einmal nieder und stieß einen erstickten Schrei aus.

„Meg?"

Sie zuckte zusammen, als sie sich umdrehte und Emma sah, wie sie in das Musikzimmer schlüpfte und die Tür hinter sich schloss. Megs Wangen brannten, als sie den Blick von ihrer Schwägerin abwandte. „Ich habe ein paar Noten übersprungen."

Emma starrte sie eine gefühlte Ewigkeit schweigend an, dann setzte sie sich in einen der Sessel neben dem Feuer. Sie gab Meg ein Zeichen, sich zu ihr zu setzen, und mit einem Seufzer kam Meg der Aufforderung nach.

„Du spielst immer sehr schön", beruhigte Emma sie. „Mit mehr Leidenschaft als die meisten Ladys, die ich habe spielen hören."

Meg unterdrückte ein bellendes, frustriertes Lachen. „Wenn sie nüchtern ist, nennt meine Mutter mein Spiel unschicklich. Undamenhaft."

Emmas Mund verzog sich leicht bei der Erwähnung der Dowager Duchess. Sie wusste sehr wohl, welche Probleme diese mit dem Alkohol hatte. Vor nicht allzu langer Zeit hatte sie Meg sogar geholfen, als ihre Mutter eine öffentliche Szene gemacht hatte. Das war der Beginn ihrer Freundschaft und schließlich ihrer Beziehung zu James gewesen. Das einzige, wofür Meg ihrer Mutter danken konnte.

„Ich denke, dass Leidenschaft zu haben und Damenhaft zu sein, sich nicht gegenseitig ausschließen", meinte Emma. „Was wäre das Leben ohne ein bisschen Leidenschaft?"

Sie wurde rot, als sie die Worte sagte, und Meg lächelte. „Das hättest du vor drei Monaten nie gesagt."

Emma lachte. „Vielleicht nicht. Vielleicht gibt uns die Liebe einen anderen Blick auf die Leidenschaft. Ich weiß es nicht."

Meg spürte, wie ihr das Lächeln bei der Erwähnung von Liebe entglitt. Sie war wirklich froh, dass Emma und James sich gefunden hatten, denn ihr Bruder verdiente nichts Geringeres als die Hingabe, die er in der Frau ihr gegenüber gefunden hatte. Aber sie so glücklich zu sehen, rückte ihre eigene Situation nur noch mehr in den Vordergrund.

„Was bedrückt dich?", fragte Emma leise und streckte ihre Hand aus, um Megs zu ergreifen.

Meg atmete tief durch, als der Schmerz in ihrer Brust sie zu übermannen drohte. Schmerz, den sie mit großer Mühe unterdrückte. „Bedrücken? Nichts, natürlich."

„Ich glaube nicht, dass das wahr ist." Emmas Stimme war sehr sanft. „Du scheinst seit zwei Tagen nicht mehr glücklich zu sein, seit das Datum für deine Hochzeit bekannt gegeben wurde."

„Warum sollte ich nicht glücklich sein?", fragte Meg und verschluckte sich. „Ich werde endlich Duchess of Northridge sein, so wie es sich mein Bruder immer gewünscht hat."

Emmas Stirn legte sich in Falten. „James' Wunsch, ja. Du hast es immer so formuliert. Aber was ist mit *deinen* Wünschen, Margaret? Was wünschst du dir?"

Meg stieß sich auf die Füße und schritt davon, denn sie hatte das große Verlangen, einfach alles herauszuschreien, was sie in ihrem Herzen trug. Im Moment war der Druck so groß, dass sie sich danach sehnte, es herauszuposaunen, damit es sie nicht mehr quälen konnte.

Aber als sie Emma ansah, sah sie mehr als eine Vertraute und Freundin. Mehr als ein offenes Ohr.

„Du bist die Frau meines Bruders", flüsterte sie. „Was immer ich dir sage, wird entweder ihm oder Graham zu Ohren kommen ... oder du wirst gezwungen sein, es ihm vorzuenthalten. Ich möchte keinen Streit zwischen euch verursachen. Ich würde meinem Bruder nie so etwas antun."

Emmas Lippen teilten sich und sie erhob sich langsam, die Hände ausgestreckt. „Es ist sehr ernst, nicht wahr? Ich sehe es in deinen Augen, ich spüre es an deinem Zittern. Meg, dein Bruder verehrt dich. Lass uns gehen und mit ihm darüber reden, was immer dich auch beunruhigt. Ich bin sicher, dass wir eine Lösung finden können. Dass es in Ordnung gebracht werden kann."

Bevor Meg antworten konnte, öffnete sich die Tür hinter ihnen und die Dowager Duchess betrat den Raum. Sie erschrak, als sie die beiden so dicht beieinander stehen sah.

„Störe ich?", fragte ihre Mutter, und Meg war froh, dass sie heute Nachmittag nicht betrunken klang. Das war eine Last weniger auf ihren Schultern.

„Nein, wir waren gerade fertig", antwortete Meg. „Wir haben nur über mein Klavierspiel geredet."

Ihre Mutter warf einen Blick auf das Pianoforte. „Ah ja, ich habe dich seit einer Ewigkeit nicht mehr spielen gehört, Meg."

Meg zuckte zusammen, denn sie hatte erst drei Abende zuvor für die Gruppe gespielt. Dass ihre Mutter sich nicht an diesen Auftritt erinnerte, machte ihre Grenzen deutlich.

Sie lächelte Emma an, bevor sie sich wieder dem Instrument zuwandte. „Lass mich für dich spielen, Mutter."

Sie nahm ihren Platz ein, legte ihre Finger auf die Tasten und begann, das Lieblingslied ihrer Mutter zu spielen. Emma stieß einen leisen Seufzer aus, bevor sie sich neben der Dowager Duchess niederließ. Während Meg spielte, konnte sie spüren, wie sich die Blicke ihrer Freundin in ihren Rücken brannten.

Zum ersten Mal seit langer Zeit hatte ihre Mutter sie tatsächlich vor sich selbst gerettet. Vor dem, was passieren würde, wenn sie ihren Kopf verlor und ihr Herz die Führung übernehmen ließ. Aber in diesem Augenblick, während sie spielte, brachte sie ihre Gefühle unter Kontrolle.

Weil sie es musste.

~

An vielen Abenden, bei vielen Abendessen, hatte Simon neben oder gegenüber von Meg gesessen. Er hatte so lange die Rolle ihres guten Freundes gespielt, dass jeder erwartete, dass sie plauderten und lächelten und sich gegenseitig gutmütig aufzogen. Sogar bei Zusammenkünften außerhalb ihres inneren Kreises wurden sie manchmal zusammengesetzt. Es war ganz natürlich.

Außer heute Abend. Heute Abend war es anders. Meg saß neben ihm, aber sie ließ sich nicht auf eine Unterhaltung mit ihm ein. Sie lächelte nicht, lachte nicht und scherzte nicht mit ihm. Sie starrte auf ihren Teller, auf ihr unberührtes Essen, und schien ihr Bestes zu tun, um dieses Abendessen einfach durchzustehen, damit sie von seiner Seite weichen konnte.

Diese Wahrheit tat weh, besonders nach ihrer intensiven Begegnung auf der Terrasse zwei Nächte zuvor. Simon hatte gedacht, es würde etwas bedeuten. Nun war er sich nicht mehr sicher.

„Ihr geht mir aus dem Weg, Lady Margaret."

Sie blickte auf und begegnete seinem Blick, aber ihre dunklen Augen huschten genauso schnell wieder weg. „Wie kann ich dir aus dem Weg gehen, wenn du überall auftauchst, wo ich hingehe? Selbst jetzt ist dein Ellenbogen in meinem Tanzkreis", sagte sie.

Er hätte über ihre Aussage gelächelt, denn dies war eine Unterhaltung, die sie oft führten. Natürlich waren ihre Worte normalerweise spielerisch gemeint. Es war ein Spiel. Aber heute Abend war ihre Stimme dumpf und ihre Körpersprache abweisend und von ihm abgewandt, sodass es ihm keine Freude bereitete.

Er bewegte den beleidigenden Ellenbogen langsam fort. „Freust du dich auf die Spiele heute Abend?", fragte er.

Sie drehte sich ruckartig zu ihm um, ihre Augen funkelten voller ... Wut? Meg war wütend auf ihn? Warum? Er hatte ihr nichts getan, an das er sich erinnern konnte.

„Sollen wir uns zum Kartenspielen in den Salon zurückziehen?", fragte Emma und erhob sich mit einem Lächeln für James. „Die Gentlemen werden ihren Portwein danach einnehmen."

Die Menge erhob sich und bildete Paare, wie man es bei solchen Anlässen tat. Simon blickte nach unten, um zu sehen, wie Graham den Arm der Dowager Duchess of Abernathe ergriff, was ihm die Freiheit gab, Meg zu begleiten. Er stand auf, als sie es tat, und streckte seinen Ellenbogen aus.

„Würdest du mir die Ehre erweisen?", fragte er.

Wieder einmal flackerte eine dunkle Emotion über ihr Gesicht und sie zuckte mit den Schultern. „Ich nehme an."

Sie nahm jedoch nicht seinen Arm, wie sie es ein Dutzend Mal, gar einhundert Mal getan hatte. Stattdessen ging sie hinaus, hinter den anderen her, und ließ ihn stehen und er musste sich beeilen, sie einzuholen. Als er neben ihr ging, sah er sie aus den Augenwinkeln an.

„Habe ich etwas getan, was dich beleidigt hat?", fragte er.

Sie stieß ein humorloses Lachen aus. „Niemals. Nicht ein einziges Mal, Simon."

Er runzelte die Stirn ob ihres scharfen Tons. Er verstand sie nicht. Aber er wollte es. „Meg", sagte er, ergriff ihren Arm und drehte sie zu sich. „Was ist los?"

Sie blinzelte zu ihm hoch, und wieder glitzerten Tränen in ihren Augenwinkeln. Sie schüttelte den Kopf. „Du bist so glückselig und ahnungslos, Simon. Ich wünschte, ich könnte so sein wie du."

„Was soll das bdeuten?", fragte er, sein Tonfall schärfer, als er seine Scheuklappen aufsetzte. Ihre Stimme war so angestrengt, ihr Ausdruck so hart und anklagend, aber sie wollte sich nicht erklären … nur verschleierte Anschuldigungen von sich geben.

Vorsichtig zog sie ihren Arm aus seinem Griff und machte einen langen Schritt zurück.

„Es bedeutet nichts, Simon", sagte sie seufzend. „Du hast nichts falsch gemacht. Ich bin nicht ganz bei Trost. Ich entschuldige mich. Jetzt muss ich zu den anderen aufschließen. Nun … guten Abend."

Simon beobachtete sie, als sie sich abwandte und den Flur hinuntereilte. Er legte den Kopf schief, unsicher, ob er ihr folgen und das Gespräch fortsetzen oder sie gehen lassen sollte. Es war offensichtlich, dass sie im Moment nichts mit ihm zu tun haben wollte.

„Willst du den ganzen Tag dort stehen oder willst du dich mit mir in den Salon schleichen und etwas trinken?"

Er drehte sich um und erkannte Robert Smithton, den Duke of Roseford, der ihn angrinste. Noch einmal schaute Simon den Flur hinunter, wohin Meg gegangen war, dann zuckte er mit den Schultern.

„Es könnte mehr Spaß machen als sich die Spiele anzusehen", stimmte er zu.

„Könnte? Du unterschätzt mich, Crestwood", behauptete Robert, während er Simon einen Arm um die Schulter legte und ihn in eines der Nebenzimmer zerrte.

Simon schloss die Tür, während Roseford zum Sideboard ging und sich bückte, um die Flaschen darunter zu verschieben. Als er fand, was er suchte, stieß er einen triumphierenden Schrei aus und nahm die Flasche in seine Hände.

„Abernathes bester Scotch", sagte er. „Der, den er für besondere Anlässe versteckt." Mit einem verruchten Grinsen schenkte Robert ihnen beiden einen großen Schluck ein und stellte die Flasche dann beiseite.

„Und auf welchen besonderen Anlass stoßen wir an?", fragte Simon und versuchte, seine Gedanken von der Begegnung mit Meg abzulenken, was ihm nicht gelang.

„Auf die Tatsache, dass Abernathe, wenn er hier hereinkommt und die fast leere Flasche sieht, unsere Namen verfluchen wird?", schlug Roseford vor. Dann hob er achselzuckend sein Glas. „Oder wir könnten auf Northfields bevorstehende Hochzeit mit Margaret anstoßen, wenn du es lieber traditionell bevorzugst."

Simon hob sein Glas nicht, sondern nahm wortlos einen langen Schluck vom Scotch. Roseford wölbte eine Augenbraue, als er dies tat, und nahm dann selbst einen Schluck. „Du schmollst, Crestwood."

Simon schluckte und blickte seinen Freund an. „Schmollen? Ich bin ein erwachsener Mann. Wir schmollen nicht."

„Frag jede Gouvernante. Ich bin sicher, sie würde die Zeichen sofort erkennen", entgegnete Roseford.

Simon schüttelte den Kopf. „Wenn du mit einer Gouvernante allein wärst, würdest du sie nicht nach mir fragen."

Robert lachte jungenhaft. „Nicht, wenn sie hübsch wäre, nein. Und verdammt nochmal, Mann, du warst doch immer an meiner Seite! Ich konnte mich immer darauf verlassen, dass du mir zwei Schritte voraus warst, wenn ich auf Eroberungsjagd war. Verdammt, erinnerst du dich an diese hübsche Opernsängerin in London?"

Simon spannte den Kiefer an, denn er erinnerte sich. Vor Jahren waren er und Robert zusammen auf der Jagd nach Frauen gewesen. Sie hatten immer eine Menge williger Partnerinnen gefunden. Sie hatten sich sogar ein paar davon geteilt, darunter auch die Sängerin, von der er nun sprach. Er nahm an, dass Robert wollte, dass die Erinnerung ihn erregte.

Das tat sie nicht. Er dachte an diese Zeiten und wusste, was sie für ihn wirklich gewesen waren. Ein Weg, um Meg zu vergessen.

Ein Weg, der nie funktioniert hatte, denn hier war er, genauso verliebt in sie wie immer. Genauso hoffnungslos und allein in dieser Liebe wie immer. Die Zukunft war genauso trist wie sonst.

Roseford legte den Kopf schief und musterte Simon genauer. Nun wechselte sein Ausdruck von neckisch zu besorgt. Simons Magen drehte sich. Er hatte bereits ein Gespräch über sein Herz mit Idlewood geführt ... das Letzte, was er wollte, waren tröstende Worte, ausgerechnet von Roseford.

„Du musst aufhören, dich so zu fühlen", sagte Roseford, sein Kiefer war angespannt und sein Ton scharf.

Simon runzelte die Stirn. „Wie meinst du das?"

Roseford lehnte sich ungläubig zurück. „Es ist, wie es ist. Man kann es nicht ändern. Also hör einfach auf, so zu fühlen."

Simons Lippen teilten sich. „Wie viele von euch Idioten denken, dass ihr etwas über mich und mein Herz wisst?"

Roseford zuckte mit den Schultern. „Ich weiß es nicht. Es ist ein heikles Thema, nicht wahr? Du begehrst, was du nicht haben kannst. Ich bin sicher, einige haben es bemerkt und andere offensichtlich nicht, sonst hätte er dich schon vor Jahren herausgefordert."

Simon legte den Kopf schief. „Ich verdiene es, dass man mich herausfordert."

„Nur wenn du etwas Unziemliches getan hast", erwiderte Robert und trank noch einen Schluck seines Scotchs. „Wofür du, wie ich weiß, zu viel Ehre hast."

„Du sagst, ich soll so tun, als hätte das Herz einen Hebel, den man ein- und ausschalten kann", sagte Simon und schritt im Raum umher. „Das hat es aber nicht."

Roseford schwieg eine ganze Weile, dann zuckte er mit den Schultern. „Ich weiß es nicht. Ich war noch nie so dumm, mich von meinem Herzen leiten zu lassen. Von meinem Schwanz, ja. Aber von meinem Herzen ... nein."

„Wenn ich also deinen Rat, meine Gefühle abzuschalten, nicht befolgen kann, was schlägst du dann vor, was ich tun soll?"

Roseford dachte einen Moment lang über die Frage nach, dann leuchteten seine Augen auf. „Ich weiß ... lass uns fortgehen."

„Fortgehen?", wiederholte Simon. „Wohin?"

„Irland, vielleicht. Die Ladies dort sind immer sehr gastfreundlich", schlug Robert vor. „Oder ... Napoleon ist seit seiner Hochzeit etwas gelassener geworden. Vielleicht können wir uns nach Italien schleichen und in der Sonne baden. Du brauchst Ablenkung sexueller Natur, und ich bin mir sicher, dass wir das organisieren könnten."

Simon lachte, obwohl er nicht wirklich in guter Stimmung war. „Den Schmerz zwischen den Schenkeln einer anderen Frau vergessen, hm? Weil es vorher so gut funktioniert hat?"

„Vielleicht nicht, aber einen Versuch ist es wert, nicht wahr?", fragte Roseford. „Komm schon. Es ist eine Ewigkeit her, dass wir zusammen auf Beutezug gegangen sind."

Vor zwei Tagen hätte er dieses Angebot abgelehnt. Die Begegnung mit Meg auf der Terrasse hatte ihm einen seltsamen Hoffnungsschimmer gegeben. Aber da sie ihm seitdem aus dem Weg gegangen war, und nach dem merkwürdigen Streit, den sie im Korridor gehabt hatten, war er sich nun nicht mehr so sicher.

Sie schien nicht zu wollen, dass er sich in ihr Arrangement einmischte, auch wenn er sehen konnte, dass sie damit nicht glücklich war. Und die Konsequenzen dafür wären zu gravierend. Graham würde ihn verachten, James wahrscheinlich auch. Und sicherlich würde keiner der anderen es begrüßen, dass er sich gegen einen aus ihrer Gruppe gewandt hatte.

Loyalität war wichtig. Seine wurde auf die Probe gestellt. Aber wenn Meg ihn nicht wollte...

„Nun gut", sagte er leise.

Rosefords Augen weiteten sich. „Wirklich?"

„Ja, vielleicht hast du recht damit, dass ich einen Tapetenwechsel brauche." Er erlaubte sich einen schweren Seufzer. „Ich habe allerdings eine Bitte."

„Und die wäre?", fragte Robert.

„Ich will schleunigst abreisen", erklärte Simon. „Ich möchte schleunigst abreisen und erst nach Northridges Hochzeit zurückkommen."

Roseford war nicht gerade der einfühlsamste in ihrer Gruppe, aber seine Gesichtszüge wurden auf diese Bitte hin weicher. Er nickte langsam. „Natürlich, Crestwood. Wenn es das ist, was du brauchst, werde ich sofort mit den Vorbereitungen beginnen. Wir könnten schon in ein paar Tagen aufbrechen, und sicher gibt es genug zu tun, was uns erst lange nach dem Jahreswechsel nach Hause bringen wird."

Simon wollte ob dieser Entscheidung Erleichterung verspüren. Immerhin war er dabei, sich vor etwas zu bewahren, das er vielleicht bereuen würde. Und doch, als er sein Glas gegen Roberts Glas stieß, fühlte er sich nicht gut.

Er fühlte sich, als würde er vor seiner Zukunft weglaufen. Er fühlte sich, als würde er vor seinem Herzen weglaufen.

KAPITEL 3

Simon konnte sich ein Lächeln nicht verkneifen, als er Meg dabei zusah, wie sie den Krocketball mit aller Kraft einlochte. Sie war schon immer wettbewerbsorientiert gewesen und ihr Lachen hallte durch die Luft und erreichte sein Ohr wie ein Kuss. Er würde das vermissen, wenn er nicht mehr da war. Genauso wie er die sanften Klänge ihrer Stimme vermissen würde, die Art und Weise, wie sich Haarsträhnen um ihr Gesicht kräuselten, wenn sie sich bewegte, die Art und Weise, wie sie ihre Hand immer einen Takt zu lang auf seiner verweilen ließ, wenn sie sich trafen oder redeten oder tanzten.

Er schüttelte den Kopf und versuchte, diese Gefühle abzuschütteln. Das musste er nun mehr denn je tun.

Die Gedanken waren jedoch hartnäckig und sie wurden noch intensiver, als er Graham erblickte, der sich durch die Menge bewegte und seinen Blick auf Simon richtete. Simon spannte sich an, als Graham ihn erreichte und neben ihm Platz nahm, um das Spiel auf dem Rasen weiter zu beobachten.

„Crestwood", sagte Graham leise.

Simon zuckte zusammen. Früher nannten sie sich alle bei ihren

Vornamen, er und James und Graham. Irgendwann in den letzten Jahren war Graham ihm gegenüber förmlicher geworden. Vielleicht ahnte er, was Simon zu verbergen versuchte, aber er hatte nie ein Wort darüber verloren.

Sie sagten kaum noch ein Wort zueinander, es sei denn, James orchestrierte ein Gespräch.

„Graham", sagte Simon. „Genießt du die Party?"

Graham zögerte einen Moment, nur einen kurzen Augenblick, aber lange genug, dass Simon einen Seitenblick auf ihn warf. Graham beobachtete Meg, aber er lächelte nicht.

„Es ist eine Party wie viele andere auch."

„Ich nehme an, du hast recht", stimmte Simon zu. „Und doch ist diese hier anders, zumindest für dich."

„Was meinst du damit?", fragte Graham und sah ihn mit fragenden Augen an.

Simon schluckte, schockiert darüber, dass Graham nicht erkannte, dass hier das wichtigste Ereignis seines Lebens verkündet worden war. „Du und Meg. Ihr habt euch entschieden, zu heiraten."

„Ah." Graham schüttelte den Kopf. „Natürlich. Ja. Ich nehme an, das macht die Party zu etwas Besonderem."

Simon ballte die Fäuste an seinen Seiten und versuchte langsam, sein rasendes Herz zu beruhigen. Er konnte Graham nicht verstehen. Er war seit Jahren mit Meg verlobt, und doch schien er sich nicht die geringste Mühe zu geben, eine Verbindung zu ihr aufzubauen. Wenn er irgendein anderer Mann auf der Welt gewesen wäre, hätte Simon ihm den Kampf angesagt. Er hätte sie entführt, wenn es nötig gewesen wäre.

Aber Graham war nicht irgendein anderer Mann. Er war einer von Simons engsten Freunden.

Simon beobachtete, wie Meg sich aufrichtete und zurücktrat, um der nächsten Lady die Möglichkeit zu geben, ihren Schuss abzugeben. Ihr Blick glitt über den Rasen und als sie Simon und Graham entdeckte, verblasste das Lächeln, das ihr Gesicht erhellt hatte. Die

Farbe wich aus ihren Wangen. Und Simon sah wieder den gleichen verzweifelten Ausdruck, den sie ein paar Abende zuvor auf der Terrasse im Gesicht gehabt hatte.

Sein Herz krampfte sich dabei zusammen.

„Geht es Meg ... geht es ihr gut?", fragte er leise.

Die Frage schien Graham zu erschrecken, denn er wandte seine Aufmerksamkeit seiner Verlobten zu. Er zuckte mit den Schultern. „Es scheint ihr gutzugehen, denke ich. Warum fragst du? Hat sie sich einen Knöchel verstaucht?"

„Nein", sagte Simon. „Ich meine, geht es ihr gut? Ist sie ... glücklich?"

„Natürlich", antwortete Graham schnell, ohne die Frage überhaupt zu bedenken. „Warum fragst du so etwas?"

Simon wusste, dass er es dabei belassen sollte. Dass er sagen sollte, dass es nichts war, und sich zurückziehen sollte, bevor Graham sah, was Kit und Roseford bereits zu wissen behaupteten. Doch als er Meg noch einmal ansah und ihr Stirnrunzeln bemerkte, erkannte er, dass er das nicht konnte.

Er holte tief Luft. „Nur ... ihr Funke scheint erloschen zu sein, findest du nicht?"

Graham sah Meg nicht an. Stattdessen hielt er seinen Blick fest auf Simons Gesicht gerichtet. Simon versteifte sich bei der Intensität des Blicks seines Freundes und spürte, wie sich sein Körper anspannte, als ob er sich auf einen Kampf vorbereitete.

Das Schweigen dehnte sich zwischen ihnen für eine gefühlte Ewigkeit aus, dann sagte Graham: „Es scheint mir, dass es ihr gut geht."

Grahams Stimme war sanft, aber zugleich gefährlich und rau. In diesem Moment wurde Simon klar, dass er sich in einer Schlacht befand. Und wenn er sich nicht vorsichtig verhielt, würde sein Kartenhaus um ihn herum zerstört werden.

Er rückte näher und sah, dass Graham sich genauso versteifte, wie er es eben noch getan hatte. In seiner Brust schmerzte es, wenn er bedachte, wie weit sie sich auseinandergelebt hatten. Seinetwegen. Es war seine Schuld.

„Graham, deine Freundschaft bedeutet mir sehr viel", sagte er schnell.

Graham nickte langsam, behutsam. „So wie deine für mich. Ich würde nicht wollen, dass irgendetwas zwischen uns kommt. Und ich weiß, dass Margaret deine Freundschaft ebenfalls schätzt."

Simon kämpfte gegen den Drang an, vor dieser Aussage zurückzuschrecken. Dann kam die Erinnerung, dass er nicht mehr für Meg sein konnte, nicht mehr sein würde, als das, was er heute war.

Er biss die Zähne zusammen, als er sie ansah. Sie hatte ihren Schläger inzwischen beiseite gelegt und war vom Spiel weggetreten. „Ja, wir waren schon immer ... Freunde", räumte er langsam ein.

Graham legte den Kopf schief und zwang Simon, ihn anzusehen. Sein Ausdruck enthielt keine Wut, aber er war hart. Kühl. „Du kannst dich nicht in das einmischen, was James geplant hat, Simon. Es ist das, was geschehen wird. Es ist viel zu spät, es jetzt noch zu ändern."

Hitze stieg in Simon auf, errötete sein Gesicht und pumpte das Blut umso schneller durch seine Adern. Er kannte dieses Gefühl und er hasste es. Es war Wut. Wut, die sich gegen Graham richtete, wegen dem, was er gesagt hatte. Wut darüber, dass Graham das hatte, was Simon immer gewollt hatte. Wut darüber, dass Graham das Geschenk, das ihm vor all den Jahren gemacht worden war, nicht zu schätzen schien. Und Wut darüber, dass Graham Simons Loyalität infrage stellte. Simon, der stumm zugesehen hatte, wie ihm die Frau, die er liebte, von einem Freund genommen worden war, den er als Bruder betrachtete.

Er wollte auf Graham einschlagen. Verbal und körperlich. Er wollte ihn schlagen, und er hasste sich dafür.

„Ich habe mich nie eingemischt", knurrte er stattdessen.

Graham wölbte eine Augenbraue und war einen Moment lang still, bevor er sagte: „Natürlich." Dann wandte er sich von Simon ab, und die Spannung der Begegnung ließ etwas nach, als sie sich nicht mehr gegenüberstanden. „Entschuldige mich. Ich glaube, ich sehe James, der nach mir sucht. Guten Tag, Crestwood."

Dann ging er weg, ohne einen Blick zurück. Ohne ein weiteres Wort. Und Simon starrte ihm nach und wünschte sich, er könnte seinen Freund zurückrufen und den Riss zwischen ihnen reparieren. Er wusste, dass er das nicht konnte, bis er seine Gefühle für Meg überwunden hatte.

Das Spiel auf dem Rasen war nun vorbei und er suchte sie in der Menge. Sie war nicht mit den anderen nach vorne gedrängt, um dem Sieger zu gratulieren. Sie stand abseits, den Kopf gebeugt und die Hände an den Seiten geballt. Sie sah sehr beunruhigt aus, sehr unglücklich. Aber niemand sonst schien es zu bemerken. Kein Freund oder Familienmitglied oder gar ihr Verlobter eilte herbei, um sie zu trösten. Sie stand allein und still, bis sie den Kopf hob und ihren Blick langsam, aber zielstrebig zu ihm wandern ließ.

Sie waren weit voneinander entfernt. Er auf dem steinernen Hof gleich außerhalb der Hofbegrenzung, sie auf der anderen Seite des Spielfeldes ... und doch war die Verbindung, die ihn immer zu ihr gezogen hatte, stark wie eh und je. Es war, als hätte sie ihn an einer Schnur befestigt, und alles, was sie tun musste, war, ihn anzuschauen, damit er sich auf sie zubewegte.

Heute machte er einen Schritt in ihre Richtung und sie senkte ihren Kopf, brach den Blickkontakt ab, bevor er einen weiteren machen konnte. Sie schüttelte langsam den Kopf und ging davon. Sie ging weg von den Spielern, verschwand aus dem Garten, weg vom Haus und weg von ihm.

Und es gab keinen Zweifel daran, was er als Nächstes tun würde. Er würde ihr folgen. Auch wenn er wusste, dass es dumm und töricht war. Schlimmer noch, es war falsch. Es war nicht seine Aufgabe. Und es könnte zu etwas führen, das er nicht mehr zurücknehmen konnte.

Aber er würde ihr trotz allem folgen. Denn bald würde er weg sein und es würde keine Gelegenheit mehr dazu geben.

Was die Konsequenzen einer solchen Handlung betraf, so

beschloss er, im Moment nicht daran zu denken. Und selbst wenn er es tat, war es ihm egal.

~

Meg war eine Stunde lang gelaufen. Sie hatte kein Ziel im Kopf. Sie ging einfach, genoss die Sonne auf ihrem Gesicht, wenn sie hinter den grauen Wolken hervorlugte, und die Brise, die ihr Haar und ihre Haut durcheinanderbrachte, wenn sie um sie herumwirbelte.

Sie war frei. In diesen Momenten war sie frei. Und doch spürte sie, wie sich die Gefängnismauern, die bald ihr Leben sein würden, um sie herum schlossen.

Sie blieb mitten im Wald stehen, in dem sie umhergewandert war, und lehnte sich mit einer Hand an einen Baum, während sie darum kämpfte, die Gelassenheit wiederzuerlangen, die auszufransen drohte wie ein Schal, an dem zu lange und zu stark gezogen und gezerrt worden war.

Simon und Graham hatten zusammengestanden und sich unterhalten, während sie Krocket gespielt hatte. Sie hatte gesehen, wie sie sie ansahen, hatte Simons Sanftmut und Grahams schwaches Desinteresse gesehen. All die Emotionen, die sie ständig zu unterdrücken versuchte, waren in diesem Moment in ihr aufgestiegen, und plötzlich hatte nichts mehr eine Rolle gespielt, außer den beiden zu entkommen.

Zu flüchten.

„Aber du kannst nicht entkommen", sagte sie laut mit ersticktem Tonfall, während sie ihre Finger gegen die raue Rinde des Baumes presste. „Das ist dein Leben, und es gibt … keine … Möglichkeit, es zu ändern."

Die letzten drei Worte drangen gebrochen hervor, als sie sie flüsterte, denn ihr Atem wurde plötzlich kurz und ihre Brust zog sich bei dem Gedanken zusammen. Sie beugte den Kopf und kämpfte gegen die Tränen an, die zu fallen drohten. Sie hatte in den letzten Tagen genug geweint. Es war einfach genug. Sie musste die Zukunft akzeptieren und aufhören, sich deswegen wie eine Idiotin aufzuführen.

Es gab nichts im Himmel oder auf Erden, das etwas an dem ändern würde, was passieren würde.

„Meg."

Sie versteifte sich, als ihr Name hinter ihr erklang, gesprochen mit einer Sanftmut, die sie so gut kannte. Die einzige Stimme, die jemals eine Rolle gespielt hatte.

Simon, dachte sie, ohne sich zu trauen, seinen Namen laut auszusprechen. Wenn sie es tat, dann würde diese Fantasie, dass er hier bei ihr war, zerbrechen.

Langsam drehte sie sich um, und ihr Herz machte einen Sprung, den es nicht machen sollte. Simon war hier. Er war kein Hirngespinst, keine Illusion, die ihr verrückter Verstand erschaffen hatte. Er war da, stand drei Meter entfernt von ihr und beobachtete sie.

„Verfolgst du mich?", keuchte sie, ihr Tonfall schärfer, als sie in ihrem Schock beabsichtigt hatte.

Seine vollen Lippen verzogen sich zu einer dünnen Linie. „Ja", schnappte er zurück, ebenfalls scharf. So hatte er noch nie mit ihr gesprochen, und es ließ sie zusammenzucken. „Eine volle Stunde lang."

„Warum?", fragte sie.

Er wölbte eine Braue. „Weil ich ..."

Er unterbrach sich abrupt und wandte sein Gesicht von ihrem ab. Sie verschränkte die Arme und wartete darauf, dass er fortfuhr. Wartete darauf, dass er sprach. Irgendetwas sagte.

„Ich habe gesehen, wie du die Party verlassen hast", flüsterte er schließlich, und seine Schultern rollten nach vorne, als wäre er im Kampf geschlagen. „Und ich dachte, du solltest nicht allein sein."

Sie machte einen Schritt auf ihn zu. „W... warum?", stammelte sie.

Er hob seine Augen zu ihr. Ihre Blicke trafen sich, und plötzlich richtete er sich auf und sah sie voller Hitze an. Wie oft hatte sie diese Wärme in seinen Augen gesehen, diese Verbindung, wenn er sie ansah? Jedes Mal hatte er es weggeschoben, und sie hatte sich immer wieder eingeredet, dass es nur etwas war, was sie sich einbildete, obwohl sie in ihrem Herzen wusste, dass es nicht wahr war.

Heute, nun da sie allein waren, weit weg von den anderen, weit weg von allem, was der Anstand gebot, blieb diese Hitze, und ihr Körper reagierte. Alles kribbelte, vom Kopf bis zu den Zehen, aber besonders an verbotenen Stellen. Stellen, die sie berührte, während sie an diesen Mann dachte.

Sie zitterte und verdrängte diese Gedanken.

„Warum bist du mir gefolgt?", wiederholte sie.

„Wegen unserer Begegnung vor ein paar Abenden", sagte er. „Als du auf der Terrasse geweint hast. Ich weiß, du bist nicht glücklich, Meg. Ich weiß, dass du ..."

Sie erlitt einen, wie sie wusste, undamenhaften Lachanfall. „Was weißt du schon?", fragte sie und machte einen weiteren langen Schritt auf ihn zu. Der Abstand zwischen ihnen war noch nicht ganz geschlossen, aber er hatte sich nun deutlich verringert.

Seine Augen weiteten sich, als sie das tat, und es war klar, dass er sich der Herausforderung bewusst war, die sie an ihn richtete. Es war ihr egal, zumindest in diesem Moment. Sie spielte mit dem Feuer, und sich zu verbrennen war die geringste ihrer Sorgen. Sie wollte, dass er etwas tat.

Egal was.

Und es schien, als würde er das. In diesem magischen, gestohlenen Moment im Wald hob er eine zitternde Hand und seine Finger griffen nach ihr. Sie hielt den Atem an, während sie wartete, ihr Körper war angespannt und bereit für das, was als Nächstes kommen würde.

Ein Donnergrollen ertönte um sie herum und der Bann war gebrochen. Simon riss seine Hand weg und hob den Blick zum zunehmend grauen Himmel. „Es wird regnen, Meg", stellte er fest.

„Wir sollten zurück zu den anderen gehen."

Sie schürzte die Lippen und starrte auf den bedeckten Himmel, der sie davon abgehalten hatte, das zu bekommen, was sie wollte. Oder sie vielleicht davor bewahrte, etwas Dummes zu tun. Sie nahm an, dass man es aus beiden Perspektiven sehen konnte.

„Sobald wir zurückgehen, ist es vorbei", sagte sie, zu sich selbst, aber auch zu ihm. „Es ist vorbei. Die Zukunft ist unwiderruflich festgelegt."

Simon hielt ihrem Blick stand, und Emotionen, die sie noch nie zuvor in seinen Augen gesehen hatte, strömten über sein Gesicht. Bedauern war klar auf sein Gesicht geschrieben, und bei diesem Anblick zog sich ein Schraubstock um ihr Herz zusammen.

„Meg", flüsterte er. „Das alles war schon immer unwiderruflich festgelegt."

Ihre Schultern rollten nach vorne, und sie stieß einen schaudernden Seufzer aus. „Ja, du hast recht. Natürlich hast du recht. Dann lass uns gehen. Wie du gesagt hast, es wird bald regnen. Wir sollten uns nicht vom Regen überraschen lassen."

Simon ging neben Meg her, wie er es schon so oft getan hatte. Nur heute bemerkte er eine Spannung zwischen ihnen, ein Drängen und Ziehen, das sie bis vor ein paar Tagen nie ans Licht gelassen hatten. Nun war sie da, eine Barriere in ihrer Freundschaft. Und zugleich ein Fenster in seine Seele, von dem er wusste, dass es sehr gefährlich war, es zu öffnen.

Schlimmer noch, es war ein Fenster in *ihre* Seele. Zum zweiten Mal in ebenso vielen Tagen sah er deutlich, dass sie ihn auch wollte. Es war in ihren Augen aufgeleuchtet und stand ihr ins Gesicht geschrieben. Margaret Rylon wollte ihn.

Und er konnte nichts tun, weil sie Graham versprochen war.

„Er wird sich um dich kümmern", sagte er, und die Worte

klangen hohl in der Stille des Waldes. „Graham wird sich um dich kümmern, bis ans Ende deiner Tage."

Sie drehte sich zu ihm, ihre Augen funkelten vor Wut und anderen Emotionen, die er sah und nicht ganz glauben konnte. „Soll mich das etwa trösten?", blaffte sie. „Dass er sich um mich kümmern wird? Als wäre ich ein Tier, das man füttern muss? Und das ist genug?"

„Das ist nicht das, was ich meinte", versicherte Simon.

Sie winkte ihn ab. „Ich habe nie geglaubt, dass Graham ein schlechter Ehemann sein würde. Er ist ein guter Mann, ein anständiger Mann, ein starker Mann. Ein sehr gutaussehender Mann…"

Simon zuckte bei ihrer Aufzählung der besseren Eigenschaften seines guten Freundes zusammen.

„…aber ich will ihn nicht", beendete sie den Satz. „James hat ihn vor all den Jahren für mich ausgesucht, und ich weiß, er hatte seine Gründe dafür. Aber ich wollte ihn nie." Sie holte schluchzend Luft und machte einen Schritt auf Simon zu. „Ich wollte … ich wollte immer nur …"

„Sag es nicht", flüsterte er und wusste, wenn diese Worte ihre Lippen verließen, würde er jegliche Fähigkeit verlieren, sich zu beherrschen. Er würde jede Loyalität gegenüber seinen Freunden verlieren und Meg für sich beanspruchen. Wenn er einmal angefangen hatte, fürchtete er, er würde nie wieder aufhören.

Er hätte schon vor einer Woche gehen sollen. Er hätte überhaupt nicht hierherkommen dürfen. Und ganz sicher hätte er ihr nicht folgen sollen, denn ein Teil von ihm hatte gewusst, dass dies passieren würde.

Aber hier war er nun und sie starrte mit großen, flehenden Augen zu ihm auf.

In diesem Moment begann es zu regnen. Nicht in einem Rinnsal, sondern in einem Sturzbach, der in Kaskaden vom Himmel fiel. Meg stieß einen Schrei der Überraschung aus, als das kühle Wasser sie traf.

Simon duckte sich gegen den Regenschauer und ergriff Megs Hand. „Lauf!“, rief er.

Er spürte, wie sich ihre Finger an den seinen festkrallten, als sie den Pfad hinunter zum Haus stürmten, das meilenweit entfernt war. Sie begann zu lachen und er konnte nicht anders, als sich ihr anzuschließen.

Und für einen kurzen Moment war er im Himmel.

KAPITEL 4

Sie war in der Hölle. Eine kalte, nasse Hölle. Der Spaziergang, der auf dem Hinweg eine Stunde gedauert hatte, dauerte dank des strömenden Regens, des wehenden Windes und der schlammigen Pfade auf dem Rückweg offensichtlich doppelt so lange. Sie und Simon hatten sich zwanzig Minuten lang durchgeschlagen, und sie war bis auf die Haut durchnässt.

Ihre sehr kalte Haut. Und verdammt, ihr Kleid war schwer. Es fühlte sich an, als würde es fünfzig Pfund wiegen, als es sich klitschnass an ihren Körper schmiegte.

Das einzig Positive an all dem war, dass Simon immer noch ihre Hand hielt, während er sie auf dem Weg zum Haus führte. Meg klammerte sich an seine starken Finger, und in den Momenten, in denen sie über ihre kalte Haut glitten, wünschte sie sich, ihr Spaziergang würde nie enden.

Selbst, wenn sie sich beide damit den Tod holen würden.

„Verdammt", murmelte er, und seine Worte drangen kaum über das Rauschen des Windes und das Hämmern des Regens zu ihr durch.

„Was ist los?", fragte sie.

Er drehte sich zu ihr. Der Regen hatte sein Haar auf seiner Stirn geglättet und kleine Rinnsale liefen über seine markanten Wangen. Sie hielt den Atem an. Ein nasser Simon war gleichzeitig ein wunderschöner Simon.

Falls er etwas Ungewöhnliches in ihrem Blick bemerkte, reagierte er nicht darauf. Vielmehr presste er missmutig die Lippen aufeinander und sagte: „Erinnerst du dich an den kleinen Bach, den du auf deinem Weg nach draußen überquert hast?"

„Ja", antwortete sie. Es gab eine kleine Brücke darüber, die vor Jahrzehnten von ihrem Großvater erbaut worden war, noch bevor sie geboren wurde.

„Nun ..." Simon brach ab und machte eine Handbewegung nach vorne.

Meg trat vor, blinzelte durch den Sturzregen und schnappte nach Luft. Der Bach war jetzt ein reißender Fluss, das Wasser strömte über die Brücke und schnitt ihnen den Weg ab.

„Oh, Gott", stöhnte sie. „Wir müssen den ganzen Weg um den Glassford Hill herumgehen, um den Bach zu umgehen! Das wird unseren Weg um mindestens eine Stunde verlängern."

„Nein, wird es nicht", sagte Simon, sein Ton fest und grimmig. „Weil wir das nicht tun werden."

Sie keuchte, als sie ihn erneut ansah. „Wovon redest du da? Wenn wir es nicht tun, kommen wir nicht nach Hause."

„Das ist genau richtig. Wir werden nicht nach Hause kommen. Nicht jetzt." Er drückte ihre Hand. „Du zitterst, und wenn wir in den nächsten zwei Stunden in diesem Regenguss um das Anwesen herumlaufen, wirst du noch erfrieren. Und ehrlich gesagt, ich auch. Aber ich habe eine Idee, wo wir hingehen könnten." Simon lächelte, aber sie bemerkte, dass sein Lächeln nicht bis zu seinen Augen reichte.

„Wohin?", fragte sie und hielt den Atem an.

Er zog sie vorwärts, und sie ging hinter ihm her, als er sie dorthin zurückbrachte, woher sie gekommen waren. Dann zog er sie vom Hauptweg weg und führte sie durch den nassen Wald.

„Simon, wo gehen wir hin?", fragte sie erneut.

„Zum Haus des Verwalters", sagte er.

Sie runzelte die Stirn. „Himmel, ich habe seit Jahren nicht mehr an dieses Haus gedacht. Es steht leer, seit … nun, Vater lebte noch, als unser letzter Verwalter dort wohnte. Woher weißt du überhaupt davon?"

Simon zwinkerte ihr über die Schulter hinweg zu, und sie verlor bei dem frechen Ausdruck auf seinem nassen Gesicht fast den Verstand. „Ich weiß eine ganze Menge." Er lachte, dann sagte er: „In Wahrheit kamen wir immer hierher, wenn ich zu Besuch war. Als dein Vater noch lebte, brauchte James …"

„…einen Zufluchtsort", flüsterte sie und vollendete seinen Satz, als Erinnerungen sie überfluteten. Sie zuckte ob ihrer Wucht zusammen. „Ich brauchte auch einen solchen Ort."

Simons Hand legte sich fester um ihre. „Ich wünschte, wir hätten dich mitgenommen. Obwohl ich bezweifle, dass du an Duke-Gesprächen und Angeln sehr interessiert gewesen wärst."

„Fischen hätte ich gemocht", behauptete sie und bemerkte, dass sein Tempo zunahm. Es war anstrengend, aber wenigstens hielt die Bewegung sie ein bisschen warm. „Ich liebte es, zu fischen."

„Nun, wenn wir das nächste Mal alle von zu Hause weglaufen, werde ich dich auf jeden Fall zum Fischen einladen", sagte er.

Sie lächelte. „Wenn du das nächste Mal von zu Hause wegläufst, wird Graham vor mir wegrennen. Ich bezweifle, dass er es gutheißen wird, wenn ich mich dir anschließe."

Daraufhin versteifte sich Simons Haltung und er sprach die nächsten fünf Minuten, in denen er sie durch den Wald schleppte, nicht mehr. Sie war schon dabei, die Hoffnung aufzugeben, dass sie den Ort noch finden würden, aber dann brachen sie durch das Blätterdach der Büsche und Bäume und sahen ihr Ziel.

Es war nichts Besonderes. Nur ein einfaches Häuschen, das jahrzehntelang ihren alten Verwalter beherbergt hatte. Er war gestorben und ihr Vater hatte ihn nicht sofort ersetzt. Nachdem James das Anwesen übernommen hatte, hatte er ein viel schöneres gebaut, das viel näher am Haupthaus lag, da der jetzige Verwalter mit der Haushälterin verheiratet war. Dieses alte Haus war schon vor Jahren verlassen worden, und die mit Brettern vernagelten Fenster und die rostigen Scharniere an den Türen sprachen Bände.

Aber im Moment war es besser als der schönste Palast.

Simon gab widerwillig ihre Hand frei und kramte unter einem Stein neben der Tür. Er förderte ein gefaltetes Stück Stoff zutage, das er entfaltete und einen Schlüssel zum Vorschein brachte. Er grinste sie an, als er ihn in das Schloss steckte und es schaffte, die klapprige Tür aufzudrücken.

Simon winkte sie hinein, und sie eilte an ihm vorbei, dankbarer, dem Regen zu entkommen, als sie es jemals in ihrem Leben gewesen war. Sie stand bewegungslos in dem sehr dunklen Raum und ihre Augen gewöhnten sich nur langsam an die spärlichen Lichtverhältnisse, als Simon eintrat und damit kämpfte, die knarrenden Scharniere in Bewegung zu setzen, um die Tür hinter ihnen zu schließen.

Im Hauptraum gab es einen großen Kamin und ein mit einem staubigen Tuch bedecktes Sofa, das auf einem dicken Teppich stand. Ein kleiner Schrank stand in der hinteren Ecke auf der gegenüberliegenden Seite des Raumes und ein Tisch mit nur einem Stuhl befand sich gleich in der Nähe. Die Tür an der Rückwand war geschlossen, aber Meg nahm an, dass sie in die Schlafkammer führte.

Simon streckte die Hand aus und sie zuckte zusammen, als sich seine Hand um ihren Unterarm schloss. In der Dunkelheit des Verwalterhäuschens fühlte er sich plötzlich so groß neben ihr an. Seine Anwesenheit schien die Luft aus dem Raum zu saugen.

Bei diesem Sauwetter würde niemand zu ihrer Rettung eilen.

„Gott, James muss außer sich sein", flüsterte sie.

Simon legte den Kopf schief, und seine Hand glitt von ihrem Arm. „Da bin ich mir sicher, aber wenn er auch gemerkt hat, dass ich weg bin, dann weiß er hoffentlich, dass ich nicht zulassen würde, dass dir etwas zustößt, wenn ich es verhindern kann. Wenn der Regen aufhört, gehen wir so schnell wie möglich weiter."

Sie nickte, als ein großer Schauer ihren Rücken hinunterlief.

Nun, da sie sich nicht mehr bewegten, schien die Kälte ihr ganzes Wesen zu durchdringen.

Er runzelte die Stirn. „Ich werde ein Feuer machen. Ich glaube, ich habe Holz unter dem Vordach an der Seite des Hauses gesehen. Es sollte trocken sein." Er durchquerte den Raum und beugte sich vor, um etwas von der alten Asche, die sich im lange vernachlässigten Kamin angesammelt hatte, zu entfernen. „Geh ins Schlafzimmer und sucht alle Decken heraus, die du finden kannst. Dann zieh dich aus."

Sie starrte ihn an, ohne zu blinzeln, als der Schock sie überspülte. „Ich soll mich ausziehen?", wiederholte sie.

Sein Blick hob sich und seine Augen glitzerten im schummrigen Licht. „Du wirst dich sonst erkälten. Wir müssen deine Kleider trocknen, und sie werden nicht trocknen, wenn du darin steckst. Also suche ein paar Decken, wickele dich ein, so gut es geht, und lass deine Kleidung im Schlafgemach vor dem Kamin."

Sie wich zurück. „Aber was ist mit ..."

Er erhob sich in einer fließenden Bewegung und streckte die Hand aus, um ihre feuchten Oberarme zu ergreifen. Dass er sie berührte, während er mit ihr darüber sprach, sich auszuziehen, machte das, was er sagte, umso eindringlicher. Sie hielt den Atem an und ihre Worte stockten, weil sie nicht mehr wusste, wie sie sie formulieren sollte.

„Meg", sagte er und lachte ein wenig, obwohl sie dachte, dass es ein etwas nervöses Lachen war. „Bis du nicht mehr Gefahr läufst durch die Kälte krank zu werden, werde ich nass bleiben. Und mir ist kalt. Also hör mir zuliebe auf zu streiten und zieh dich aus."

Sie schürzte ihre Lippen ein wenig und nickte dann. „In Ordnung." Sie wandte sich von seiner Berührung ab und bewegte sich auf das Schlafgemach im hinteren Teil des kleinen Hauses zu. Als sie die staubige Klinke berührte, drehte sie sich wieder zu ihm um. „Simon?"

„Ja?", fragte er, sein Tonfall voller Frustration, die ihr sagte, dass sie sich nicht schnell genug bewegte.

„Es ... es tut mir leid."

Er starrte sie einen langen Moment an, dann machte er eine Bewegung zur Tür. „Geh schon. Wir werden noch viel Zeit zum Reden haben, sobald wir beide uns aufgewärmt haben."

Sie verließ ihn und ihre Hände zitterten, nicht nur von der Kälte, sondern auch von der Vorstellung, dass sie in wenigen Augenblicken nackt mit ihm in einem Raum sein würde. Nackt mit dem Mann, den sie mehr als alles andere auf dieser Welt liebte.

Und sie hatte keine Ahnung, was als Nächstes passieren würde.

~

Simon stand vor dem Feuer, das nun heiß und hell im Hauptraum des Häuschens flackerte. Es half ein wenig, aber er war immer noch nass bis auf die Knochen und ihm war kalt. Natürlich hatte er auch eine Erektion, die schmerzhaft an der Vorderseite seiner durchnässten Hose rieb.

„Das ist das erste Mal", murmelte er.

Kälte und Nässe waren normalerweise nicht förderlich für so eine Reaktion, aber es war möglich. Er war hart wie Granit und belauschte Meg durch die dünne Holztür, als sie sich auszog. Nur eine winzige Barriere zwischen ihm und ihrer glatten Haut, ihren langen Beinen, offenen Armen, die er ...

„Nein", schaffte er es, sich durch zusammengebissene Zähne zu erinnern. „Nein."

Die Tür hinter ihm öffnete sich endlich und er zwang sich, sich umzudrehen und zu schauen, wie Meg aus der Kammer trat. Sein Mund wurde augenblicklich trocken. Sie war in eine dünne graue Decke eingewickelt, in einem eher armseligen Toga-Stil. Ihr Haar war halb heruntergelassen, einige Strähnen kitzelten unter dem Rand der Decke und drückten nasse Locken gegen all die Haut, die seinem Blick offenbart war.

Und er sah viel Haut. Das meiste ihrer Schulterpartie war entblößt, ihr Rücken war nackt, ihr Hals war zu sehen, ebenso wie die Wölbung ihrer Brüste, die über den Rand der Decke ragten. Und dann waren da noch ihre Beine. Lange, glatte, prächtige Beine. Die Decke reichte nur bis knapp über ihr Knie und er starrte auf ihre Beine hinunter.

„Simon?", sagte sie, ihre Stimme angespannt.

Er zwang seinen Blick zurück zu ihrem Gesicht. „Ja. Gut."

Sie runzelte die Stirn über seine Antwort und trat weiter in den Raum, in Richtung des wärmenden Feuers. Auf ihn und seinen wütenden Schwanz zu, der jetzt noch schlimmer schmerzte, falls man das glauben konnte.

„Ich habe eine Decke für dich auf das Bett gelegt", sagte sie.

Er nickte und trat einen Schritt von ihr zurück. Sein Ton war scharf, als er wiederholte: „Gut."

Er ging weg, ohne noch etwas zu sagen, und hielt nur inne, um das Holz in die Arme zu nehmen, das er neben die Tür zum Schlafgemach gestapelt hatte, damit er auch dort ein Feuer entzünden konnte.

Simon schloss die Tür hinter sich, sperrte sich in die fast pechschwarze Dunkelheit und lehnte sich mit einem Stoßseufzer dagegen. Es gab Prüfungen im Leben eines Mannes. Das wusste er, denn er hatte schon einige überwunden. Dies war eine, nicht wahr? Ein Test der Kontrolle. Der Loyalität.

Er musste seine Gefühle unter Kontrolle bringen. Sonst nichts.

Er legte die Holzscheite ab und machte sich daran, ein Feuer zu machen. Sobald es zu glühen begonnen hatte, stand er davor und zog sich aus. Seine Hände streiften immer wieder über die unerwünschte Erektion und er stöhnte bei dem Gefühl.

Er ließ seine Hose fallen, zerrte sich das klatschnasse Hemd über den Kopf und nahm sich dann fest in die Hand. Der einzige Weg, sein Verlangen zu kontrollieren, war, das Bedürfnis zu stillen. Also streichelte er einmal, zweimal, lehnte sich mit einer Hand gegen den Kaminsims, während er sich vorstellte, wie er zurück in den Hauptraum ging, Meg gegen die Wand drückte und sie in seine Arme hob. In Gedanken nahm er sie mit langen, gleichmäßigen Stößen, bis sie ihren Höhepunkt erreichte und seinen Namen in seine Schulter flüsterte.

Er kam in perlenden Schüben und biss sich auf die Lippe, um nicht vor Lust zu schreien, die durch seinen Körper strömte. Als er zu Ruhe kam, stützte er seine andere Hand gegen den Kaminsims und lehnte sich mit seinem ganzen Gewicht dagegen.

„Reiß dich zusammen", fluchte er und hasste sich für das, was er gerade getan hatte. Was er immer noch tun wollte.

Er hob alle ihre nassen Kleider auf, wrang sie in dem rissigen Waschbecken neben der Tür aus und begann, sie aufzuhängen. Seine hingen zuerst, dann folgte ihr Kleid. Sein Atem stockte, als er ihr Unterkleid anhob. Es war dank der Nässe durchsichtig. Er schloss die Augen, als er es auf die Rückenlehne eines Stuhls drapierte und sie zum Feuer drehte. Ihre Strümpfe, seidig und fein, lagen daneben. Als er alles erledigt hatte, wischte er sich die Hände ab und schlang die Decke um sich.

Sie bedeckte nicht viel, aber er tat sein Bestes und wickelte sie um seine Taille, als wäre sie ein Kilt, bevor er tief durchatmete. Er musste in den Hauptraum zurückkehren. Er musste sich Meg stellen. Simon musste sich seinen Fantasien stellen.

Genau in diesem Moment.

Er stieß die Tür auf und holte Luft. Sie war über das Feuer gebeugt und legte ein weiteres Holzscheit hinein, um die gewaltige Flamme zu nähren. Ihre Decke hatte sich dabei gesenkt und er erhaschte einen Blick auf die Seite ihrer vollen, üppigen Brust.

Sie richtete sich auf und drehte sich um, als ob sie seinen Blick spürte. Ihr Atem stockte und ihr Blick glitt von seinem Gesicht hinab zu seiner nackten Brust. Sie stand einfach da und starrte ihn an, so wie er sie anstarrte, und alles in seiner Welt konzentrierte sich allein auf sie.

Meg wollte ihn. Er hatte diesen Ausdruck schon einmal gesehen, aber nun stieg dieser Gedanke in ihm auf und raste auf ihn zu wie eine außer Kontrolle geratene Kutsche. Sie wollte ihn, sie waren allein und niemand würde es je erfahren.

„Graham", murmelte er leise und versuchte, an den Mann zu denken, den er so lange als einen seiner besten Freunde betrachtet hatte.

Sie schluckte hart und winkte ihn näher zu sich, wie eine Sirene, die ihn zu den Felsen trieb. „Komm, wärm dich auf", sagte sie, ihre Stimme rau.

Er begann sich zu bewegen, um neben sie zu treten, und sie starrten in die Flammen. Ihre nackten Arme berührten sich fast, aber nicht ganz. Eine fast perfekte Metapher für ihre gesamte Beziehung, wie es schien. Fast da, aber nicht ganz.

Als ob sie seine Gedanken gelesen hätte, bewegte sie sich auf ihn zu. Ihr Gesichtsausdruck war angespannt und ihre Hände zitterten an ihren Seiten. Er hielt den Atem an und wartete auf das, was sie sagen wollte. Meg sah ernst aus. Sie schien etwas lebensveränderndes sagen zu wollen. Und er war sich nicht sicher, ob er dafür bereit war.

～

Alles, was Meg jemals zu diesem Mann hatte sagen wollen, lag ihr auf der Zunge, bereit, in der seltsamen kleinen Welt, die nur sie bewohnten, gestanden zu werden. Aber als sie ihn anstarrte, in sein angespanntes Gesicht blickte, sein prächtig aussehendes Gesicht musterte, wurde sie plötzlich unsicher.

Was nützte es, etwas zu sagen? Es war offensichtlich, dass Simon sie wollte, aber er hatte nie den Versuch unternommen, diesem Wunsch nachzukommen. Vielleicht bedeutete das, dass es nichts weiter als ein Bedürfnis war, nicht Liebe. Wenn sie ihm offenbarte, was sie fühlte, und es ihn nicht wirklich interessierte, würde er weniger von ihr halten. Wenn es ihn interessierte ... nun, das machte es fast noch schlimmer. Sie konnten niemals zusammen sein. James hatte das sichergestellt, als er sie vor all den Jahren Graham versprochen hatte.

Sie schluckte ihr Geständnis hinunter und flüsterte: „Es wird schon dunkel."

Er blickte zu den vernagelten Fenstern hinüber. Durch die Lücken drang jetzt viel weniger Licht. „Das liegt zum Teil an der Schwere des Sturms, aber es ist auch schon spät. Wir ..." Er zögerte und wandte sein Gesicht von dem ihren ab. „Vielleicht schaffen wir es heute Nacht nicht mehr zurück, Meg."

Sie erstarrte bei dieser Aussage. Sie war den ganzen Nachmittag so in Simons Gegenwart vertieft gewesen, dass sie nie die Möglichkeit in Betracht gezogen hatte, nicht zum Haus zurückzukehren. Aber nun musste sie die Möglichkeit in Betracht ziehen ... eine erdrückende Realität, die Konsequenzen hatte. So viele Konsequenzen.

„Aber ... aber wenn wir es nicht zurückschaffen, werden die Leute ... sie werden wissen, dass wir beide vermisst werden", flüsterte sie.

Sein Mund verzog sich zu einem grimmigen Stirnrunzeln und er weigerte sich, sie anzusehen. „Ja. Ich bin sicher, dass unser Verschwinden bereits von mehr Personen als nur von James und Emma bemerkt wurde."

Sie konnte nicht anders, als zu keuchen. „Sie werden denken ... wenn wir eine Nacht alleine verbringen, werden sie denken ..."

Simon neigte den Kopf noch weiter, und seine Hände pressten sich gegen seine Oberschenkel, die sich unter der Decke abzeichneten. „Ja. Sie mögen trotz der Umstände sehr schlecht von uns denken", gab er leise zu. „Aber Graham wird es besser wissen, nicht wahr?"

Er sagte Grahams Namen leise, fast so, als hätte er Angst, ihn damit herbeizurufen. Meg zitterte, als sie an ihren Verlobten dachte. Daran dachte, was er sagen würde, wenn sie zurückkam.

„In Wahrheit ...", begann sie und hielt dann inne. Aber als sie Simon anstarrte, seinen Umriss im Licht des Feuers betrachtete, wusste sie, dass sie heute Abend ehrlich sein musste. Es war zu schwer, sich ihm gegenüber zu verstellen, gegenüber dem Mann, der sie am besten kannte. „Ich kenne Graham so gut wie gar nicht."

Simons Blick ruckte zu ihr und sie konnte nicht sagen, ob ihn diese Aussage überraschte oder wütend machte. „Was meinst du damit?", wollte er wissen. „Du bist schon seit Jahren mit ihm verlobt, Meg. Natürlich kennst du ihn."

Sie nickte. „So viele Jahre. Und doch ist er nicht mein Freund. Nicht so wie du."

Er drehte sich zu ihr, beugte sich vor, und ihr Herz blieb fast stehen. Er sah aus, als wolle er sie berühren, und sie ertappte sich dabei, wie sie ihr Gesicht zu seinem hob, bereit für den Moment, auf den sie ihr ganzes Leben gewartet hatte.

Aber er wandte sich stattdessen ab und bewegte sich auf die gegenüberliegende Seite des Raumes zu. „Ich werde nach etwas zu Essen suchen", murmelte er über seine Schulter hinweg.

Meg bewegte sich auf das Sofa zu, das er offenbar abgedeckt hatte, nachdem er vorhin das Feuer entzündet hatte, und nahm darauf Platz, wobei sie ihr Gesicht mit den Händen bedeckte. Sie zitterte, und das lag nicht an der Kälte. Sie war sich nicht sicher, ob sie das hier überleben würde.

Sie war sich nicht sicher, ob sie es überhaupt wollte.

KAPITEL 5

Die Auswahl war gering, aber ein Päckchen Trockenobst, das, wie Simon ihr versicherte, von James und den anderen Männern vor ein paar Monaten in die Hütte gebracht worden war, und eine Flasche Wein würden ihnen über die Runden helfen. Es war ja nicht so, dass sie für immer hierbleiben würden. Simon musste bei diesem Gedanken fast lachen, obwohl an dieser Situation nichts lustig war. Wenn sie für immer hierbleiben und sich nie den Konsequenzen stellen müssten, wusste Simon genau, was er tun würde. Und es würde nichts mit Essen oder Ehre zu tun haben.

Meg bewegte sich auf ihrem Platz am Tisch und rückte ihre immer wieder verrutschende Decke zurecht. Es war faszinierend zu beobachten, wie sie sich über ihre Haut bewegte, und doch zwang er sich, wegzusehen. Diese abwegigen Gedanken waren in ihrer jetzigen Situation viel zu gefährlich. Wenn er nicht aufpasste, würde er jede Vernunft verlieren und etwas Unüberlegtes tun, das nie mehr zurückgenommen werden konnte.

Im Raum war es vollkommen still, und Meg blickte nach oben, was seine Aufmerksamkeit auf das Prasseln des Regens auf dem Dach lenkte. Es hatte etwas nachgelassen, aber es war immer noch viel zu heftig, um in Erwägung zu ziehen, zu Fuß zurück zum Haus zu gehen. Besonders in der zunehmenden Dunkelheit.

„Es wird nicht aufhören, oder?", fragte sie, ihre Stimme leise und ihr Gesicht blass im Kerzenlicht.

Er schluckte ob dieser Frage. Sie konnte auf so viele Dinge in dieser Situation zutreffen, aber sie meinte den Regen. Er musste sich konzentrieren.

„Nein, ich glaube nicht, dass es in nächster Zeit nachlässt, wenn man bedenkt, dass es schon fast zwei Stunden lang so prasselt."

Meg neigte den Kopf. Sie kannten beide die Konsequenzen dessen, was hier geschehen war. Sie würden eine Nacht zusammen verbringen, unbeaufsichtigt. Das Gerede, wenn sie auf James' Anwesen zurückkehrten, würde bösartig sein und sofort einsetzen. Wahrscheinlich geschah es bereits unter den Partygästen.

Aus diesem Grund würden Meg und Graham wahrscheinlich gleich danach heiraten müssen. Wenn sie irgendwann im nächsten Jahr ein Kind bekäme, würden die Leute tuscheln, dass es Simons sein könnte, auch wenn das nicht möglich wäre.

Ein Kind. Simon biss die Zähne zusammen. Den Gedanken, dass sie ein Kind mit Graham haben könnte, war das, was er am häufigsten zu vermeiden versuchte, wenn er an ihre Zukunft dachte. Natürlich würde es irgendwann passieren. Northridge brauchte Erben und Ersatzerben, um seinen Titel fortzuführen, so wie sie alle es brauchten. Graham und Meg würden am Ende wahrscheinlich eine große Familie haben. Wie konnte er ihr schließlich widerstehen, wenn er erst einmal die Gelegenheit hatte, sie zu berühren?

Simon drehte sich der Magen um.

„Was sollen wir tun?", fragte sie.

Die Resignation in ihrem Tonfall schnitt ihm bis auf die Knochen, und es gab nichts, was er tun konnte, um sie zu trösten. Schon gar nicht, wenn sein Körper so angespannt war.

Er seufzte. „Ins Bett gehen", schlug er vor. „Wir gehen schlafen und wachen früh auf und schaffen es hoffentlich, im Trockenen zurückzugelangen."

Sie hob ihren Blick zu ihm und er sah, wie sie unter einem großen Schauer am ganzen Körper zitterte. Er runzelte die Stirn. Trotz der Decken und des Feuers war ihr immer noch kalt. Wenn er es sich recht überlegte, war ihm auch kalt. Und mit der hereinbrechenden Nacht würde es in der zugigen Hütte nur noch schlimmer werden.

Er stand auf und sah zu ihr hinunter. Er war im Begriff, etwas vorzuschlagen, das wahrscheinlich die schlechteste Idee war, die er je hatte. Etwas, von dem er nicht ganz sicher war, ob es zu ihrem Besten oder zu seiner Zufriedenheit war. Es war unangebracht, egal wie sehr er versuchte, sich etwas anderes einzureden. Wenn sie ihn ohrfeigen würde, hätte er es verdient. Und trotzdem wollte er es sagen.

Er musste es sagen.

„Meg, das beste Mittel gegen eine solche Kälte ist ... Körperwärme", schaffte er es, über plötzlich sehr trockene Lippen zu bringen. „Hättest du ... etwas dagegen ... das Bett zu teilen? Nur, um uns zu wärmen."

Ihr Mund öffnete sich schockiert, und er sah ein Dutzend Emotionen über ihr Gesicht huschen. Eine davon war definitiv die Art von Interesse, die eine unverheiratete Lady gut daran tun würde, abzulehnen. Er versuchte, dieses Interesse zu ignorieren und biss die Zähne zusammen, als er darauf wartete, dass sie seine Anfrage verarbeitete.

„Aber wir sind ... nackt. Unsere Kleider werden nicht trocken sein, bis ..."

„Stundenlang, ja", stimmte er zu. „Wir können sie wahrscheinlich nicht vor dem Morgen wieder anziehen, sonst riskieren wir, dass es noch kälter wird."

Sie schluckte. „Also würden wir zusammen nackt in einem Bett liegen."

Als sie es so sagte, ließ es Simon kurz zusammenzucken. „Ja", flüsterte er. „Aber ich verspreche dir, Meg, ich würde nichts Unanständiges tun. Sobald der Morgen kommt, würde ich das Bett verlassen. Wir werden nach Hause gehen, und es gibt keinen Grund auf der Welt, dass irgendjemand jemals erfahren müsste, was hier passiert ist. Ich werde deinem Bruder und Graham sagen, dass ich im anderen Raum geschlafen habe und du das Bett genommen hast. Ich werde ihnen sogar versichern, dass du einen Stuhl gegen die Tür gelehnt hast, um deine Unschuld zu schützen."

„Du würdest lügen", sagte sie.

Er zuckte mit den Schultern. „Ich würde deine Zukunft schützen."

Bei dieser Aussage drehte sie ihr Gesicht. „Es wäre unser Geheimnis", meinte sie, immer noch leise und ihr Ton so unleserlich wie ihre Gedanken.

Er nickte langsam. „Ja."

„Und du bist sicher, dass es uns helfen wird, uns zu wärmen?"

„Das wird es", versicherte er schnell, denn zumindest das stimmte, auch wenn der Rest seiner Beweggründe verdächtig war.

Meg stand auf. „Dann sollten wir es tun. Ich sehe, dass du frierst … du bist viel länger in nasser Kleidung geblieben als ich. Ich würde dieses Geheimnis lieber für mich behalten und nicht krank werden oder frieren, als mich von dir fernzuhalten, jemandem, dem ich bedingungslos vertraue."

Simon schluckte ein ersticktes Stöhnen hinunter. Wenn sie die verruchten Dinge in seinem Herzen kennen würde, würde sie ihm nicht trauen. Keiner würde ihm trauen. Er traute sich selbst kaum.

Aber er lächelte sie an und deutete auf das Schlafzimmer. „Du gehst hinein und legst dich unter die Decke, damit ich … nichts sehe. Ich schüre hier draußen das Feuer und komme gleich zu dir."

Sie warf ihm noch einen letzten Blick zu und schlüpfte dann an ihm vorbei in die Schlafkammer, wo sie die Tür hinter sich schloss. Als sie weg war, atmete er lange und schwer aus.

Das war eine schreckliche Idee. Schrecklich. Und doch erregte die Idee dieser einen gestohlenen Nacht mit Meg alles in ihm.

Meg beobachtete, wie Simon sich über das Feuer in der Schlafkammer beugte und die Flammen so hoch schürte, dass sie einen hellen Schein in den kleinen Raum sandten. Er nahm sich die Zeit, ihre trocknenden Kleidungsstücke zurechtzurücken, indem er jedes Teil drehte und an verschiedene Haken hängte. Als er ihr Unterhemd und ihre Strümpfe berührte, zuckte sie ob der Intimität dieser Handlung zusammen.

Als Simon fertig war, stand er ihr endlich gegenüber, und sie schnappte nach Luft.

Im Schein des Feuers, mit der tief auf den Hüften sitzenden Decke und der nackten Brust, die so perfekt bemuskelt war, war er wunderschön. So schön, dass er fast nicht mehr real erschien. Aber in gewisser Weise war er auch nie ganz real gewesen.

Simon war schon immer ihr Traummann gewesen, in physischer Form zum Leben erweckt. Ein Mann mit Schalk und Humor, Intelligenz und Stärke, Vertrauen und Kompetenz. Sie hatte sich ihn so perfekt vorgestellt, dass sie sich jedes Mal, wenn sie getrennt waren, einredete, ihre Erinnerung könne nicht stimmen. Aber dann trafen sie sich wieder und da war er: perfekt.

Perfekt für sie.

Nur, dass er für immer unerreichbar war. Zuerst, weil sie viel zu jung war, als dass er sie in Betracht hätte ziehen können. Dann, weil James ihre Ehe mit Graham besiegelt und damit jede Möglichkeit auf ein anderes Leben oder eine andere Zukunft beendet hatte.

Aber heute Abend bewegte sich Simon auf sie zu und sie konnte fast so tun, als wäre dies ihre Hochzeitsnacht. Dass er ihr gehörte und sie heute Nacht zu seiner Frau machen würde. Ihr Körper reagierte auf diese Fantasie, ihre Brustwarzen wurden von der rauen Decke gerieben und zwischen ihren Schenkeln wurde sie feucht vor Erregung, die sie nicht verspüren sollte.

Er drehte ihr den Rücken zu, und sie nahm an, dass sie die Augen schließen sollte. Das tat sie auch, aber nur teilweise, denn sie beobachtete ihn immer noch, wie er die Decke um seine Taille fallen ließ und sie dann auf die Decke legte, die sie vor den Außentemperaturen schützen würde. Ihr Mund wurde ganz trocken, als sie auf seinen muskulösen Hintern und seine kräftigen Oberschenkel starrte. Dann drehte er sich um, und sie keuchte fast laut auf und verriet ihre unanständige Beobachtung. Sein Glied – sie wusste, dass Männer es Schwanz nannten – war ... nun, es war sehr groß und schien halb hart zu sein. Wie er mit diesem Ding zwischen den Beinen in der Welt herumlief, verstand sie nicht.

Er zog die Decken zurück, und sie drückte ihre Augen zu, als er sich neben ihr in Position brachte. Das Bett war schmal, reichte kaum für zwei Personen, und ihre Arme berührten sich, als er sich auf dem flachen Kissen niederließ.

„Gute Nacht, Meg", sagte er, seine Stimme rau und tief.

„Gute Nacht, Simon", flüsterte sie zurück, während sie an die Decke starrte.

Sie lagen einige Zeit so da, sie wusste nicht, wie lange. Es konnten nur Augenblicke gewesen sein, aber es fühlte sich an wie Stunden. Sie war sich der Berührung seines Arms mit ihrem so sehr bewusst. Das Gewicht seines Körpers auf der unbequemen Matratze. Das Geräusch seines Atems in der Stille des Raumes.

Ihr Verstand drehte sich um all das und geriet vollkommen außer Kontrolle. Egal, wie sehr sie es wollte, diese Nacht hätte nicht passieren dürfen. Und Simon würde wahrscheinlich mehr darunter leiden als sie. Oh, die Leute würden tuscheln und flüstern, und sie würde vielleicht ein paar Freunde verlieren, die sie verurteilten oder sie ohne jeden Grund lüstern nannten. Aber sobald sie Graham geheiratet hätte, würde die Erinnerung der Leute an diesen Fehler verblassen.

Doch für Simon würden die Auswirkungen wahrscheinlich

noch länger anhalten. Und sie konnte sich vorstellen, dass James und Graham nicht glücklich mit ihm sein würden. Sie würde natürlich gegen ihr Urteil protestieren, aber würde das eine Rolle spielen? Sie konnte sich gut vorstellen, dass James Simon sagen würde, er hätte ihr gar nicht folgen sollen oder er hätte ein Pferd nehmen sollen, um früher zurückzukommen oder er hätte, hätte, hätte …

Ihre Verärgerung, die auf der Party entstanden war, als sie Simon und Graham zusammen gesehen hatte – die Zukunft, die ihr aufgedrängt worden war und die sie nie haben würde –, hatte jetzt eine Menge Probleme verursacht. Vor allem für die eine Person, die sie niemals auf dieser Welt verletzen wollte.

Sie rollte sich langsam zusammen und sah ihn im Dunkeln an. „Simon?", flüsterte sie.

Er antwortete nicht. Sein Gesicht war leicht gedreht, sodass sie nicht erkennen konnte, ob seine Augen geschlossen oder geöffnet waren.

„Simon?", wiederholte sie, dieses Mal mit weniger Bestimmtheit.

„Was?", antwortete er, seine Stimme war fest.

„Es tut mir leid, dass ich den heutigen Tag ruiniert habe", sagte sie langsam. „Es tut mir leid, dass ich all diesen Ärger verursacht habe, indem ich von der Party weggelaufen bin."

Er sagte nichts, aber er bewegte sich leicht. Seine Schultern entspannten sich ein wenig. Sie nahm das als die Ermutigung, die er nicht laut aussprach, und fuhr fort.

„Ich habe das Gefühl, dass ich mich erklären sollte", fügte sie mit einem Seufzer hinzu. Die Dunkelheit, die Intimität des gemeinsamen Liegens in einem Bett, all das ließ es sicher erscheinen, zu sagen, was in ihrem Herzen war. Natürlich nicht alles. Aber einiges. Wenn Simon es verstehen würde, wäre es vielleicht einfacher, irgendwie. „Ich … ich will ihn nicht heiraten."

So, die Worte waren raus. Worte, die sie nie zu einer anderen Seele gesprochen hatte. Irgendwie hatte sie erwartet, dass sie, wenn sie sie sagte, etwas von ihrer verrottenden Kraft verlieren würden.

Aber stattdessen machte es ihre Angst um ihre Zukunft nur noch stärker.

„Meg ...", sagte Simon, sein Tonfall schien einer Warnung gleich.

Aber sie war jetzt über jegliche Warnungen hinweg. Nun schienen ihr die Worte von ihren Lippen zu fallen, auch wenn sie es nicht wollte. „Es ist nicht so, dass ich Graham nicht mag, oder dass er keine gute Partie ist. Gott weiß, er ist eine gute Partie ... jede Frau würde darum kämpfen, an meiner Stelle zu sein. Aber das ändert nichts an den Tatsachen. Und die Tatsache ist, dass es keine Verbindung zwischen uns gibt."

„Meg", sagte Simon wieder, diesmal mit mehr Dringlichkeit.

„Nicht die Verbindung, die es gibt, wenn ich mit ..."

Simon rollte sich unerwartet herum und drückte sie auf den Rücken auf die Matratze, seine Hände griffen nach ihren Oberarmen, während er über ihr schwebte. Sein Körper bedeckte die Hälfte von ihrem, während er mit wilden Augen in ihr Gesicht hinunterstarrte. Ihr jovialer, verspielter Freund Simon war in diesem Männergesicht nicht zu erkennen, das ihrem eigenen so nahe war. An seine Stelle war ein dunkler, harter, leidenschaftlicher Simon getreten, der sie festhielt und ihren Körper noch mehr vor einem Verlangen schmerzen ließ, das falsch und richtig zugleich war.

„Stopp", zischte er. „Sag kein Wort mehr, Margaret, oder ich werde ..."

Das bisschen Atem, das sie noch in ihrer Lunge hatte, blieb ihr im Hals stecken. „Was? Was wirst du tun?", fragte sie.

Er stöhnte tief in seiner Kehle und dann presste sich sein Mund auf ihren. Simon küsste sie. Der Schock darüber war so stark, dass sie nicht daran dachte, sich dagegen zu wehren.

Sein Griff um ihre Arme lockerte sich, und sie schlang sie um seinen Hals und zog ihn näher zu sich, während Erleichterung sie überflutete. Es war, als wäre ein Damm gebrochen, der sich über Jahre hinweg aus gestohlenen Blicken und versteckter Sehnsucht gebildet hatte. Jetzt ergoss sich alles, was sie je für diesen Mann gefühlt oder von ihm gewollt hatte, über sie, und sie verlor sich in seiner Macht. An seine Macht.

Sein Mund lag rau auf ihrem, öffnete sich, damit seine Zunge in sie eindringen konnte. Sie erlaubte es und erwiderte den Kuss mit ihrem eigenen, ungeübt, ja, aber genauso leidenschaftlich. Er streichelte ihre Zunge, schien jeden Zentimeter von ihr zu schmecken, während sein Gewicht sie in die Kissen drückte. Meg begann zu verstehen und tat dasselbe mit ihm, was ihm ein weiteres leises Stöhnen entlockte.

Auch seine Hände bewegten sich, glitten ihre nackten Seiten hinunter, griffen in der Dunkelheit unter den Decken nach ihren Hüften und drückten sich gegen sie. Sie stemmte sich gegen sein Gewicht und keuchte, als der harte Schwanz, den sie zuvor gesehen hatte, gegen ihren Unterbauch stieß, eindringlich und heiß.

„Simon", keuchte sie in seinen Mund, überwältigt von Lust und Verlangen zugleich. Es war alles so berauschend und gefährlich und wollüstig und wunderbar.

Er erstarrte beim Klang seines Namens, seine Hände hielten inne, sein Mund bewegte sich nicht mehr. Dann ließ er sie blitzschnell los und sprang von ihr herunter, so schnell er konnte. Er fing die Decke auf und wickelte sie um sich, während er zum Feuer schritt.

„Nein!", rief er, laut genug, dass der Raum fast bebte. Sie dachte, dass der Ausruf sowohl an ihn selbst als auch an sie gerichtet war, und zuckte zusammen angesichts des Schmerzes in diesem einen kleinen Wort.

„Nein", wiederholte er, und in der leiseren Ermahnung lag noch mehr Schmerz.

Er bewegte sich in Richtung Tür und sie setzte sich auf. Die Decken rutschten dabei von ihren Brüsten, aber das war ihr egal.

„Wohin gehst du?", fragte sie. „Bitte, Simon."

„Ich kann nicht, Meg", sagte er und drehte sich, um sie anzusehen. Er starrte sie an, und sie errötete, bevor sie sich verhüllte. „Ich kann nicht, verstehst du? Egal, wie sehr ich es will, egal, wie sehr ich es brauche. Er ist einer meiner engsten Freunde. Praktisch ein Bruder. Er war immer für mich da, als ich niemanden sonst auf der Welt hatte. Das sind sie beide. Ich schlafe auf dem Boden. Das hätte ich von Anfang an tun sollen."

Ihre Lippen teilten sich. „Aber die Kälte ..."

„Dann erfriere ich eben", blaffte er, verließ den Raum und schlug die Tür hinter sich zu.

Sie ließ sich auf das Bett zurückfallen und bedeckte ihr Gesicht mit einem Unterarm, während die Tränen zu fließen begannen.

KAPITEL 6

Simon bewegte sich und stöhnte, als der Schmerz in seinen Arm schoss. Jeder Teil seines Körpers fühlte sich steif und geprellt an. Seine Augen waren geschlossen, er war gefangen zwischen unruhigem Schlaf und Wachsein, und versuchte, sich genau zu erinnern, warum sich alles so furchtbar anfühlte.

Und dann hörte er die Stimmen. Entfernt, durch Glas und Holz, aber da. Er erkannte diese Stimmen. James sagte: „… einer der wenigen Menschen, die wissen, wo dieser Ort ist."

Dann Graham, sein Ton war wütend. „… zumindest würde es sie schützen."

Simon schoss auf die Beine, alle Erinnerungen an die letzte Nacht stürzten auf ihn ein. Er und Meg, gefangen im Sturm. Er und Meg, wie sie zusammen in einem Bett lagen. Meg zu küssen und zu erleben, dass es so viel besser war als alles, was er sich je erträumt hatte.

Und so viel schlimmer.

Er hatte die Absicht gehabt, sie früh zu wecken, damit sie vor dem Morgengrauen vollständig angezogen waren. Aber dank des brennenden Kusses hatte er kaum geschlafen, wahrscheinlich weniger als eine Stunde.

Jetzt Graham und James und ... da war noch eine Stimme, eine, die er nicht erkannte. Nun, sie waren hier. Und er war nackt bis auf eine Decke, und alle seine Sachen waren in einem Schlafzimmer mit Meg, ebenso nackt.

„Scheiße!", platzte er heraus und zog die Decke um sich, gerade als sich die Tür zu öffnen begann.

„Es ist aufgeschlossen!", hörte er James mit Erleichterung in der Stimme sagen, als die Tür vollständig aufschwang und James, Graham und den Viscount Baxton, einen entfernten Freund ihrer Gruppe, offenbarte. Außerdem einer der geschwätzigsten Gentlemen der Gesellschaft. Alle drei blieben stehen und starrten, als sie Simon in seiner kleinen Decke und sonst nichts sahen.

Grahams Augen verengten sich und die von Lord Baxton weiteten sich. James trat vor, sein Ausdruck war unsicher. „Gott sei Dank, Simon. Wir haben uns große Sorgen gemacht. Ist Meg bei dir?"

„Ja", sagte Simon langsam. „Wir wurden vom Sturm überrascht. Ich musste sie hierher bringen, sie war bis auf die Knochen durchnässt und ..."

Bevor er zu Ende sprechen konnte, öffnete sich die Schlafzimmertür und alle Männer drehten sich zu ihr um, als Meg in den Hauptraum trat. Simons Augen flatterten zu ihr. Sie trug immer noch nur die Decke und ihr Haar war vom Schlaf zerzaust. Sie sah umwerfend aus wie immer, aber sie sah auch ... sehr geliebt aus.

Sie holte Luft, zog ihre Decke höher und ihr Blick fiel auf Simon.

Es gab einen kurzen Moment, in dem alle schwiegen und sich gegenseitig anstarrten, während die Bedeutung all dessen für jeden einzelnen zu wirken begann.

Dann stürzte Graham nach vorne. „Du Mistkerl!", brüllte er, bevor er ausholte und Simon einen Schlag auf die Nase verpasste.

～

Meg schrie auf, als Simon unter der Wucht von Grahams Schlag taumelte und fast auf das Sofa fiel. Blut begann aus seiner Nase zu tropfen, aber Graham sah nicht fertig aus, als er einen langen Schritt nach vorne machte.

Sie dachte nicht nach. Sie bewegte sich, eilte, um sich zwischen die Männer zu stellen. „Nein, stopp! Bitte, Graham, hör auf!", rief sie und blockierte Simon, während sie sich mit einer Hand an ihre Decke klammerte und Graham mit der anderen zurückstieß.

Er starrte auf sie herab, sein Blick plötzlich sehr konzentriert. Und sehr wütend. Sie hatte ihn in der ganzen Zeit, in der sie verlobt waren, noch nie so wütend gesehen, oder so emotional.

„Was soll das, Margaret?", zischte Graham, sein Blick hielt ihren geradezu fest, zwang sie, nicht wegzusehen, und sagte ihr alles, was er von ihr dachte. „Was hast du getan?"

„Ich habe nichts getan", entgegnete sie, hob ihr Kinn und versuchte, nicht an den Kuss mit Simon zu denken. „Wir waren hier gefangen, das ist alles. Ich habe nichts falsch gemacht."

Graham stieß ein bellendes, wütendes Lachen aus. „So sieht es für mich nicht aus. Es sieht so aus, als hättest du deine ..."

Jetzt war es Simon, der schrie. „Halt dein gottverdammtes Maul und hab etwas Respekt!", rief er und legte seine Hand auf Megs Rücken.

Sie schätzte den Schutz, aber da jeder einzelne Mann im Raum die unpassende Bewegung seiner Hand verfolgte, half es in ihrer Situation nicht wirklich weiter.

James trat vor und ergriff Grahams Arme, während Meg Simon zurückdrängte, um ihn vom Kämpfen abzuhalten. „Genug!", schnappte James, sein scharfer Ton brachte den Raum zum Schweigen. Er schubste Graham in Richtung Baxton. „Schaff ihn hier raus. Ihr zwei reitet zurück zum Anwesen, und ich werde mich dort um euch kümmern."

Graham schüttelte den Kopf. „Es gibt nichts, worum du dich

kümmern solltest, James. Oder etwa doch? Was sagst du dazu, Simon?"

James funkelte ihn an und warf einen Seitenblick auf Baxton, der sein Grinsen vor Freude über das sich entfaltende Drama kaum unterdrücken konnte. Meg unterdrückte ein Schluchzen. Was für eine Geschichte würde er zu erzählen wagen.

„Geht. Zurück. Nach. Hause", forderte James.

Baxton ergriff schließlich Grahams Arm und zerrte ihn zur Tür hinaus, wobei Graham Simon die ganze Zeit über wütende Blicke zuwarf. Als sie gegangen waren, schlug James die Tür hinter ihnen zu und drehte sich zu Simon und Meg um.

Meg hatte ihren Bruder durch so manches beunruhigende Szenario begleitet. Durch den Missbrauch und die Vernachlässigung ihres Vaters, durch die vielen Ausbrüche ihrer Mutter, wenn sie betrunken war, durch sein Werben um Emma, das nicht ganz glatt verlaufen war. Aber als er sie heute ansah, hatte er einen Gesichtsausdruck, den sie noch nie gesehen hatte. Auf seinem Gesicht lag Anspannung, Sorge, Wut und ein Hauch von dem, was sie als Enttäuschung erkannte.

Meg hatte ihn enttäuscht und das schnitt ihr bis ins Herz. Sie wandte sich von ihm ab und blinzelte gegen die Tränen an, die ihr in die Augen stiegen.

„Geh ins Schlafgemach und zieh dich an, Meg", sagte James leise. „Simon wird das Gleiche hier draußen tun."

Simon räusperte sich. „Äh, meine Sachen sind im anderen Raum."

James zuckte mit dem Gesicht in Simons Richtung, und seine Enttäuschung verdreifachte sich. „Natürlich sind sie das", knurrte James. „Margaret, bring die Sachen des Duke of Crestwood zu mir, ich werde sie ihm überreichen. Dann ziehst du dich im Schlafgemach an. Bitte."

„Ja, Jamie", flüsterte Meg und griff auf den Spitznamen aus ihrer Kindheit für ihn zurück, in der Hoffnung, dass er dadurch etwas erweicht werden könnte.

Er sagte nichts, als sie den Raum betrat und alle von Simons Kleidungsstücken einsammelte. Sie brachte sie zurück und übergab sie an James. Er berührte ihre Hand. Sobald er alles in den Händen hielt, beugte er sich wortlos vor, um ihre Wange zu küssen.

„Kommst du klar?"

Sie nickte und schaute ein letztes Mal über seine Schulter zu Simon. Er starrte sie an, sein Ausdruck war voller Schuld und Bedauern. Bedauern über das, was sie gemeinsam erlebt hatten. Sie nahm an, dass sie das Gleiche fühlen sollte, wenn man bedachte, was ihre Handlungen angerichtet hatten.

Aber das tat sie nicht. Und diese Gefühle auf seinem Gesicht zu sehen, brach ihr erneut das Herz. Langsam schloss sie die Tür und bedeckte ihr Gesicht. Ihre ganze Welt war gerade zerbrochen. Es war sehr wahrscheinlich, dass nichts davon repariert werden konnte.

~

James warf Simon seine Kleidungsstücke zu und dieser konnte sie gerade noch auffangen, als sie mit so viel Wucht auf seine Brust trafen, dass ihm fast die Luft wegblieb. Sie standen da und starrten sich einen Moment lang an, bevor die Stille durch den Klang von drei Schüssen in der Ferne unterbrochen wurde.

„Was war das?", fragte Simon.

James schüttelte den Kopf und seine dunklen Augen funkelten mit unausgesprochenen Emotionen. „Das ist Baxton, der Schüsse abfeuert, um allen anderen, die nach euch suchen, mitzuteilen, dass du und Meg in Sicherheit seid und gefunden wurdet."

Simon schluckte. „Allen anderen?"

„Ja. Alle unsere Freunde und die meisten anderen Männer unserer Gruppe haben sich heute Morgen im Morgengrauen über das ganze Anwesen verteilt, in der Hoffnung, dich und meine Schwester lebend zu finden."

Simon legte den Kopf schief und versuchte, nicht an die

verzweifelte, schreckliche Nacht zu denken, die James durchgemacht haben musste. Die Liebe, die er für seine Schwester empfand, war tief und stark nach der Kindheit, die sie gemeinsam durchlebt hatten. Schon die Andeutung, dass sie für ihn verloren sein könnte, muss James vor Angst fast erstickt haben.

„Was zur Hölle hast du dir dabei gedacht, Simon?", zischte James.

Simon seufzte, als er sich die Hose anzog und die Decke endlich fallen ließ. Er schüttelte sein Hemd aus, während er über die richtige Antwort auf die Frage nachdachte. Die Wahrheit schien der einzige Ausweg zu sein.

Aber nicht alles davon.

„Ich habe überhaupt nicht nachgedacht", gab er zu. „Ich sah Meg von der Party wegschleichen. Sie war offensichtlich über etwas verärgert, also bin ich ihr gefolgt."

„Das war nicht deine Aufgabe", stieß James hervor.

Simon zögerte. Nein, das war es nicht. Und er hatte es gewusst, als er es tat. Er war trotzdem gegangen. Und er hatte sie erst aufgehalten, als sie weit vom Haus entfernt waren und als der Sturm aufzog ... vielleicht gab es einen Teil von ihm, der das alles inszeniert hatte.

Das machte es umso schlimmer.

„Ich habe nicht gelogen, als ich sagte, dass wir in den Sturm geraten sind. Und sie hat auch nicht gelogen, als sie dir versicherte, dass nichts ... nichts zwischen uns passiert ist."

Seine Gedanken rissen ihn zurück zu ihrem Kuss im Bett. Zu ihrem weichen, nackten Körper, der sich an seinen schmiegte, während sie seufzte und in seinen Mund stöhnte. Dieser Moment, als er fast die Kontrolle verloren und sich in sie hineingestoßen hatte, damit kein anderer jemals Anspruch auf sie erheben konnte.

Aber das hatte er nicht. Irgendwie hatte er sich aufhalten können.

„Ich sollte dich herausfordern, wenn Graham es nicht tut", sagte James und schüttelte den Kopf, während er durch den kleinen Raum schritt. „Zusammen nackt in diesem winzigen Raum?"

„Was sollte ich denn tun? Sie in ihrer nassen Kleidung erfrieren lassen, um einen gewissen Anstand zu wahren?", fragte Simon und warf James einen bösen Blick zu, bevor er sich endlich sein Hemd überzog und begann, es zuzuknöpfen.

„Nein." James presste die Lippen fest aufeinander. „Natürlich nicht."

„Hör zu, wenn einer von euch beschließt, mich herauszufordern, dann ist das völlig verständlich", sagte Simon und seufzte. „Dieses Vergnügen möchte ich euch nicht verwehren. Ich verdiene die Konsequenzen meines Handelns."

„Und deiner Gefühle?", stellte James klar, drehte sich zu ihm um und schenkte ihm einen finsteren Blick.

Simon hob sein Kinn. „Vielleicht auch die." James' Augen weiteten sich, als er Simon eine gefühlte Ewigkeit lang wortlos anstarrte. „Du wolltest nicht, dass ich sie heirate. Du hast Graham mehr geliebt, und ich habe vielleicht ... ich habe ... das ruiniert."

James' Stirn legte sich in Falten, was wie ein echter Schock aussah. „Ich habe Graham mehr geliebt? Ist es das, was du wirklich denkst?"

„Das ist die Wahrheit", meinte Simon leise. „Ich habe das schon vor Jahren akzeptiert, James."

Was nicht ganz der Wahrheit entsprach. Die Tatsache, dass James Graham als seinen wahren Bruder wollte, stach gelegentlich immer noch. Aber nicht so sehr, wie es wehtat, Meg zu verlieren.

„Ich habe Graham gewählt, weil du zu der Zeit noch mit halb London herumgehurt hast", erklärte James und hob die Hände wie zur Kapitulation. „Großer Gott, du und Roseford habt ab und zu zusammen Frauen gefickt, wenn ich mich an die betrunkene Prahlerei richtig erinnere."

Simon zuckte zusammen. „Robert hat geprahlt. Das habe ich nie getan."

„So oder so, du warst noch nicht bereit, sesshaft zu werden. Ich dachte nicht, dass du für die Idee einer Verlobung offen wärst. Aber Simon, sieh mich an."

Simon hob seinen Blick von dem staubigen Holzboden, auf den er sich konzentriert hatte, und zwang sich, James anzuschauen. James' Gesicht war jetzt nachgiebiger. Die Wut und die Enttäuschung waren immer noch darauf zu sehen, aber über all dem lag etwas Starkes.

„Was?", fragte Simon.

„Dich nicht zu wählen, hatte nie etwas mit einem Mangel an Liebe zu dir zu tun", versicherte James.

Simon nickte und eine Last wurde von seinen Schultern genommen. Natürlich hatte sich dort bereits eine andere niedergelassen, und die war viel schwerer als die erste. Als hätte James seine Gedanken gelesen, verzog sich sein Mund zu einer grimmigen Linie.

„Du weißt, was nun passieren muss, denke ich."

Simon hielt den Atem an. In dem Moment, als die drei Männer in den Raum geplatzt waren, hatte er gewusst, was passieren würde. Wären es nur Graham und James gewesen, die sie fanden, wäre es vielleicht etwas anderes gewesen.

Aber das war es nicht. Baxton war dort gewesen und er hatte alles gesehen. Simon hatte sich nicht ganz erlaubt, zu verarbeiten, was das bedeutete, aber nun war es unausweichlich.

„Ja", flüsterte er. „Ich werde sie heiraten müssen."

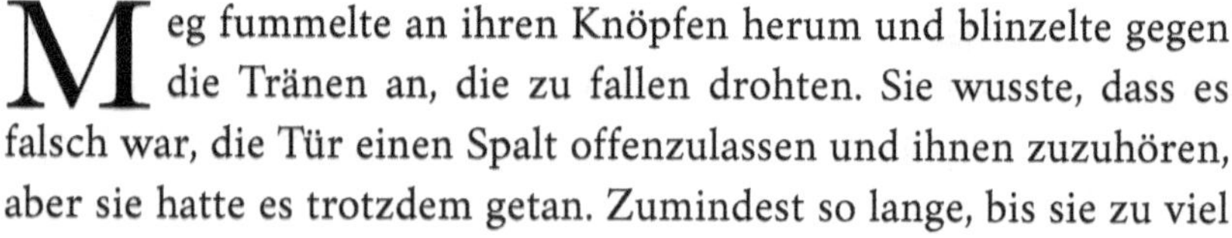

Meg fummelte an ihren Knöpfen herum und blinzelte gegen die Tränen an, die zu fallen drohten. Sie wusste, dass es falsch war, die Tür einen Spalt offenzulassen und ihnen zuzuhören, aber sie hatte es trotzdem getan. Zumindest so lange, bis sie zu viel hörte und sie sich zurückzog und ankleidete.

Sie hatte gehört, wie James Simon wegen des Herumhurens in London angeschrien hatte. Darüber, dass er Frauen mit dem Duke of Roseford geteilt hatte. Das war der Zeitpunkt, als sie weggegangen war. Der Gedanke daran war sehr verwirrend für sie, denn sie verstand den Sinn nicht, aber die Bedeutung stach sie ins Herz. Die ganze Zeit, in der sie sich nach Simon verzehrt hatte, war er von Frau zu Frau gezogen und hatte nicht einmal an sie gedacht?

War sie nur eine weitere in dieser Reihe von Frauen mit der er sich vergnügte? Ging es bei seinem Kuss letzte Nacht darum, dass sie nur ein weiterer warmer Körper war, dem er nicht widerstehen konnte? War alles, was sie dachte, was zwischen ihnen war, nur eine Lüge?

Sie schüttelte den Kopf. Es war nicht mehr wirklich wichtig. Sie hatte größere Probleme, die vor ihr lagen. Eine Klatschtante, die diese Geschichte verbreiten würde. Einen Verlobten, dessen Wut greifbar und völlig verständlich war. Die Enttäuschung eines heißgeliebten Bruders. Diese Dinge waren es, auf die sie sich konzentrieren musste.

Simon würde auf sich selbst aufpassen müssen.

Meg holte tief Luft und verließ dann den Raum. Die beiden Männer hörten auf zu reden, als sie hinaustrat und sie ertappte sich dabei, dass sie Simon ansah, obwohl sie versuchte, genau das nicht zu tun.

Er sah zerknittert und zerzaust aus und sein Haar stand in seltsamen Winkeln ab. Aber er war perfekt und gutaussehend, und ihre Gedanken drehten sich um das Gefühl seiner vollen Lippen auf ihren.

„Meg?" James trat auf sie zu, und sie verdrängte die anderen Gedanken aus ihrem Kopf. Sein Gesichtsausdruck war jetzt sanfter als er es gewesen war, als sie das Schlafgemach betreten hatte. Er berührte ihre Wange. „Es wird alles wieder gut."

Diese Worte, diese Lüge, brachen sie und sie trat in seine Arme. Er strich mit seinen Händen über ihren Rücken, als sie sagte: „Nein. Nein, das wird es nicht. Ich weiß, dass es das nicht sein kann. Nicht für eine lange Zeit."

James ließ sie einen Moment lang in seinen Armen zittern, bevor er sich zurückzog und sie anlächelte. „Wir werden das schon hinkriegen, Meg. Ich verspreche es dir, und du weißt, dass ich meine Versprechen nie breche. Und nun komm. Emma hat sich große Sorgen gemacht. Gleich hinter dem Wald steht eine Kutsche auf der Straße, und wir beide werden gemeinsam darin zum Anwesen zurückfahren."

„Eine Kutsche?", wiederholte sie verwirrt. „Warum eine Kutsche?"

James' Gesicht verlor etwas an Farbe. „Jeder Suchtrupp hat eine Kutsche dabei, nur für den Fall, dass man euch ... verletzt auffindet und das Fahrzeug benötigt wird, um euch schnell zu einem Arzt zu bringen."

Megs Mund öffnete sich, als sie in das aschfahle Gesicht ihres Bruders starrte. „Oh, Jamie."

Er schüttelte den Kopf. „Es geht euch gut. Euch beiden. Das ist alles, was jetzt zählt."

Sie warf einen Blick über ihre Schulter. Simon folgte ihnen nach draußen, schweigend und grimmig. „Was ist mit Simon? Wird er mit uns in der Kutsche fahren?"

„Nein, Simon wird mein Pferd zurückreiten", sagte James und schickte ihm einen spitzen Blick. „Er braucht frische Luft, um den Kopf freizubekommen."

Simon nickte nur kurz, aber er schwieg immer noch. Es war erstaunlich, wie viel dieses Schweigen bedeutete. Normalerweise war Simon der Erste, der einen Scherz machte und die Stimmung auflockerte. Aber nun war nichts Heiteres in seinem Gesicht zu sehen. Es war, als wäre er ein anderer Mensch.

So wie er es kurz vor ihrem Kuss gewesen war.

James nahm ihren Arm und führte sie aus der Hütte. Als sie an Simon vorbeikamen, zögerte Meg kurz. „Es tut mir so leid", flüsterte sie.

Sie erwartete, hoffte, dass er auf sie reagieren würde. Aber er neigte nur den Kopf und sah ihr beim Gehen hinterher. Draußen war es ein heller, sonniger Morgen, und sie zuckte zusammen, als das grelle Licht in ihre Augen stach. James' Pferd stand vor der Tür, und Simon nahm die Zügel auf und führte es durch den Wald, bis sie die Straße erreichten. Dort wartete eine Kutsche, gefahren von einem Diener, der sie nicht ansah, als James die Kutschentür öffnete.

Simon schaute ihr weiterhin hinterher. Er beobachtete, wie James ihr in den Wagen half. Der letzte Blick, den sie auf ihn warf, war der, wie er ihr Fahrzeug wegfahren sah. Sie ließ sich zurück in den Sitz fallen und schloss kurz die Augen, um sich auf den Vortrag vorzubereiten, den James ihr sicher halten würde.

Aber er tat es nicht. Tatsächlich sprach er fast zehn volle Minuten lang nicht, sondern ließ sie sitzen, bombardiert von ihren eigenen Gedanken und Ängsten und Erinnerungen.

Schließlich räusperte er sich. „Ich habe vielleicht einen Fehler gemacht, eine Heirat zu arrangieren, ohne dich zu fragen."

Langsam öffnete sie ihre Augen und sah ihren Bruder an. James lehnte sich nach vorne, die Ellenbogen auf die Knie gestützt, das Gesicht gezeichnet und angespannt.

Das war ein Thema, das sie nie angesprochen hatten. Was konnte sie schon sagen, wenn die Tat vollbracht war? Aber nun hatte er die Tür geöffnet, höchst unerwartet, und sie beschloss, tief durchzuatmen und hindurchzugehen.

„Warum hast du das getan?", fragte sie und dachte an die stumpfen Worte zwischen James und Simon vorhin zurück. James' Vorwürfe über Simons Verhalten. Sie zuckte zusammen.

Er fuhr sich mit einer Hand durch die Haare. „Gott, Meg, ich war so neu darin, Duke zu sein. Ich hatte jeden Moment eines jeden Tages Angst, dass ich versagen würde."

„Wie Vater behauptet hat", flüsterte sie und reichte ihm die Hand.

Er nickte und der Schmerz der Vergangenheit huschte über sein Gesicht. Sie hatte dieses Spiegelbild seit Monaten nicht mehr gesehen. Seine Beziehung zu Emma hatte es stark abgemildert.

„Es war mir egal, ob ich es mir selbst versaute", fuhr er fort. „An diesem Punkt war ich bereit, den Titel in den Boden zu stampfen, nur um das Einzige zu zerstören, was dieser Bastard jemals wirklich geliebt hat. Aber ich musste an dich denken. Wenn ich versagt hätte, wärst du verletzt worden, sogar zerstört. Das habe ich nicht gewollt. Eine Ehe ..." Er brach ab.

Sie seufzte, denn sie verstand, was er nicht gesagt hatte. „Eine Heirat würde mich in Sicherheit wiegen. Besonders eine mit einem mächtigen Duke. Einem alten Freund."

„Das war genau mein Gedanke. Ich war so sehr damit beschäftigt, wie es dir helfen würde, dass ich gar nicht an den Schaden dachte, den es anrichten könnte."

Meg ignorierte diese Aussage einen Moment lang und musterte ihren Bruder genau. „Und warum hast du dir Graham und nicht Simon ausgesucht? Oder einen deiner anderen Freunde. Du hattest sicherlich eine Fülle an Dukes, aus denen du bei deinen Vorbereitungen auswählen konntest."

„Eine ganze Schar", sagte er mit einem sanften Lächeln. „Emma sagt, eine Gruppe von Dukes ist eine Schar."

Sie grinste trotz der Situation. „Nun, Emma hat immer recht. Aber ich will die Antwort auf meine Frage hören."

Er nickte. „Du hast es verdient. Ich habe nie jemand anderen als Simon oder Graham in Betracht gezogen, als mir die Idee kam. Wir standen uns immer am nächsten. Aber Simon ..." James hielt inne und sie erstarrte, weil sie wusste, dass er an die Dinge dachte, die er gesagt hatte. Dinge, die er ihr nicht sagen würde, aus Respekt vor ihrer Unschuld.

„Was?", drängte sie, weil sie ihn diese Dinge sagen hören wollte.

Aber das tat er nicht. „Ich dachte, Graham wäre die standhaftere Wahl." Er schaute aus dem Fenster, und sie konnte sehen, dass sie jetzt fast zurück auf dem Anwesen waren. Ohne den Regen und mit seinen besten Reittieren, die die Kutschen anführten, war es ein viel schnellerer Rückweg. „Meg, es tut mir so leid."

„Oh Jamie, ich weiß, dass du immer nur das Beste für mich wolltest", flüsterte sie, und Tränen traten aus ihren Augen, als sie versuchte, sie zurückzuhalten. „Und ich hätte dir schon vor langer Zeit sagen sollen, dass ich ..."

Er presste die Lippen aufeinander. „Bist du in Simon verliebt?"

Sie nickte, erleichtert, dass sie diese Worte nicht zu ihm sagen musste. Sie suchte sein Gesicht ab, auf der Suche nach seiner Enttäuschung oder seinem Tadel. Aber da war nichts. Er sah nur untröstlich aus. Für sie. Aber auch für die Freundschaften, die in einer stürmischen Nacht zerstört worden waren.

Das hatte sie ihm angetan.

Die Kutsche hielt an, und James streckte die Hand aus, um ihr eine Träne von der Wange zu wischen. „Nun, meine Liebe, du darfst dir deinen Wunsch erfüllen und Simon bekommen."

Ihre Augen weiteten sich. „Wie meinst du das?"

Er lehnte sich zurück und starrte sie an. „Wenn es nur wir wären, unsere Freunde, die dich gefunden hätten ... aber das waren wir nicht. Baxton und Graham sind vorausgeritten, und der Vicomte hat wahrscheinlich schon begonnen, die schlimmste Version dessen zu verbreiten, was heute im Cottage gesehen wurde. Es ist ein großer Skandal ..."

Ihre Lippen teilten sich. „Graham wird die Verlobung nicht durchziehen wollen. Nicht, dass ich es ihm verdenken könnte. Er war sehr wütend."

James nickte. „Es ist der Verrat, glaube ich. Simons Verrat."

Sie legte den Kopf schief. Die Vorstellung, dass ihre Verlobung mit Graham enden würde und sie stattdessen mit Simon zusammenkommen könnte, war lange ein Traum von ihr gewesen. Aber nun war es ein Albtraum wegen der Handlungen, die sie an diesen Punkt gebracht hatten.

„Oh Gott, James, die Kosten."

James lächelte. Er versuchte, beruhigend zu wirken, dachte sie, aber es gelang ihm nicht. „Wir werden viel Zeit haben, die Kosten abzuwägen, Meg", erklärte er, als sich die Kutschentür öffnete und er ausstieg. Er griff wieder hinein, um ihr zu helfen und drückte sanft ihre Hand, als sie sie ihm gab. „Für den Moment, komm erstmal ins Haus. Es wird einen Spießrutenlauf geben. Dein Verschwinden mit Simon war gestern Abend in aller Munde. Es würde mich nicht wundern, wenn der Großteil des Hauses es gar nicht abwarten kann, wie die Sache ausgeht. Baxtons und Grahams Rückkehr wird das nur noch schlimmer gemacht haben."

Meg hob ihr Kinn, als sie aus dem Fahrzeug stieg, und als sie ihren Blick zum Haus hinaufwarf, stellte sie fest, dass James' Warnung eine vorausschauende gewesen war. Aus fast jedem Fenster, das die Auffahrt überblickte, lugte ein Gesicht hervor.

Ihr Herz sank, als sie den Arm ihres Bruders nahm und sich von ihm die Treppe hinaufführen ließ. Als sie das Foyer betraten, zuckte sie zusammen. Emma wartete dort, und ihr blasses Gesicht leuchtete auf, als sie Meg eilig umarmte.

„Wir haben uns solche Sorgen gemacht", flüsterte Emma dicht an ihrem Ohr.

„Es tut mir leid." Meg schluchzte fast. „Es tut mir so, so leid."

„Beruhige dich", beruhigte Emma sie, legte einen Arm um sie und zog sie an sich.

Sie hob ihren Blick zu James und er beugte sich vor, um seine Frau auf die Wange zu küssen. Meg sah die unausgesprochene Kommunikation zwischen ihnen. Sie spürte, wie sich ihr Bruder ein wenig entspannte, weil er in Emmas Gegenwart war.

„Wie schlimm ist es?", fragte er leise.

Emma schürzte die Lippen. „Schlimm genug. Es wurde noch schlimmer, als Baxton und Graham zurückkamen. Baxton ging direkt zur größten Gruppe von Leuten, um ihnen zuzuflüstern, was er gesehen hat. Graham ist direkt in dein Arbeitszimmer gegangen, und dem Krachen nach zu urteilen, nehme ich an, dass er den größten Teil deiner Glaswaren zerstört hat."

James und Meg zuckten zusammen. Bevor einer von beiden reagieren konnte, kam Simon durch die Tür. Emma lächelte ihn an, während Meg ihn anstarrte. Seine Nase war immer noch rot und sein Ausdruck war leer.

„Hallo, Simon", sagte Emma leise. „Ich bin so froh, dass du in Sicherheit bist. Danke, dass du auch Meg in Sicherheit gebracht hast."

Simon schien überrascht, aber er neigte den Kopf. „Es tut mir leid, dass ich so viel Ärger mache, Emma."

Sie zuckte mit den Schultern. „Der Ärger wird kommen und gehen. Das ist der Lauf der Welt."

James warf einen Blick über seine Schulter in Richtung des Flurs, der zu seinem Arbeitszimmer führte. „Graham wird Rache wollen."

Emma zog die Augenbrauen hoch. „Ich nehme an, das wird er. Aber er kann darauf warten. Ich gehe mit Meg nach oben. Sie muss sich umziehen. Ich denke, Simon sollte das auch tun. Wenn du ihm sagst, dass er in einer Stunde nachkommen soll, wäre das wohl das Beste."

James grübelte darüber nach. „Ich werde es ihm sagen. Und wenn er mir Ärger macht, schicke ich nach dir."

„Wenn er dir Ärger macht", sagte Emma, während sie Megs Hand nahm und mit ihr die Treppe hinaufging, „wird er nicht wollen, dass ich hereinkomme. Sei sicher, dass er das versteht."

James starrte zu ihr auf, sein Ausdruck war erfüllt von purer Liebe. „In Ordnung."

Meg lächelte über ihre Verbindung. Ihr Bruder verdiente nichts Geringeres als die Liebe, die er mit ihrer Freundin gefunden hatte. Aber in diesem Moment machte es ihre Situation nur noch schlimmer. Denn als sie Simon ansah, erwiderte er ihren Blick nicht. Er blieb am Fuße der Treppe stehen, und es fühlte sich an, als würde sie für weit mehr als nur einen Moment gehen.

Es fühlte sich an, als wäre dies eine Art Abschied für immer.

KAPITEL 7

Eine knappe Stunde nach seiner Rückkehr ins Haus war Simon gebadet und rasiert. Nun stand er vor dem Spiegel, während sein Kammerdiener seine Weste von allen Falten glättete und den ohnehin schon perfekten Knoten seiner Krawatte richtete.

„Die schwarze Jacke?", fragte Swanson, als er wegschritt und das Kleidungsstück zur Beurteilung anhob.

„Warum nicht? Sie passt zu den blauen Flecken", antwortete Simon und starrte auf sein Spiegelbild.

Seit seiner Rückkehr ins Haus war seine Nase geschwollen und dunkle Blutergüsse begannen sich bis zu seinen Augen auszubreiten. Sie waren ein klares Indiz dafür, dass sie von Grahams gut platziertem Schlag früher am Tag gebrochen war. Das würde bei dem Gerede auf der Party sicher nicht helfen, aber es gab nicht viel, was er nun dagegen tun konnte.

Abgesehen von der gebrochenen Nase hatte Simon das Gefühl, dass er gut zurechtgemacht aussah. Das musste er auch sein. Er stand kurz davor, einem Erschießungskommando gegenüberzustehen. Und wenn es vorbei war, würde man ihn wahrscheinlich zu einer schnellen Heirat drängen.

Eine Tatsache, über die er sich nicht freuen wollte. Er sollte es nicht. Er hatte es nicht verdient, sich über diese gestohlene Zukunft mit Meg zu freuen, obwohl er den Menschen, die er jahrzehntelang seine Brüder genannt hatte, solchen Kummer bereitet hatte. Obwohl er ihr solchen Schaden zugefügt hatte.

Gerade als Swanson ihm die Jacke über die Schultern schob, klopfte es plötzlich an der Tür. Beide Männer drehten sich bei dem Geräusch um, und Simons Herz sank. Kein Diener würde so laut klopfen, auch nicht James, wenn er nur gekommen war, um vor dem finalen Gefecht nach Simons Fortschritt zu sehen.

Das ließ nur eine Möglichkeit.

„Lass ihn herein", sagte er zu Swanson. „Und dann kannst du gehen."

Sein Diener sah unsicher aus, widersprach aber nicht, als er zur Tür ging und sie öffnete, um Grahams Gestalt preiszugeben. Simon zog seine Schultern zurück und zwang sich, seinem Freund in die Augen zu sehen, als Swanson vorbeiging, dessen Gesichtsausdruck angesichts der Spannung, die nun zwischen den beiden Männern herrschte, von Sorge erfüllt war.

„Komm herein", sagte Simon, als Graham sich nicht bewegte.

Grahams Augenbraue wölbte sich. „Du bittest mich herein, als wäre nichts passiert?"

Simon holte scharf Luft bei der kalten, harten Qualität von Grahams Ton. Er kämpfte darum, seinen eigenen neutral zu halten. „Nein, es ist unmöglich, dass ich in den Spiegel schaue und mich nicht daran erinnere, was vorhin passiert ist."

„Du willst, dass ich mich dafür entschuldige, dass ich dein hübsches Gesicht verunstaltet habe?", fragt Graham kalt.

„Nein. Ich möchte, dass du hereinkommst, weil es wahrscheinlich ein Dutzend lauschende Ohren im Flur gibt", erwiderte Simon durch zusammengebissene Zähne. „Und ich denke, was auch immer du zu sagen hast, bedarf der Privatsphäre."

„Privatsphäre. Ja, damit kennst du dich aus, nicht wahr? Was du letzte Nacht mit meiner Verlobten gemacht hast, erforderte Privatsphäre, richtig? Und du hast verdammt nochmal dafür gesorgt, dass ihr sie hattet", zischte Graham, als er den Raum betrat und die Tür hinter sich zuschlug, so fest, dass eines der Porträts an der Wand klappernd auf den Holzboden fiel.

Keiner der beiden Männer bewegte sich, um es aufzuheben, denn sie standen da und starrten sich an. Simon bemühte sich, Worte zu finden, die er Graham sagen konnte, aber es war fast unmöglich. Die Worte seines Freundes waren wahr, zumindest bis zu einem gewissen Grad. Simon hasste sich selbst dafür.

„Du bist wütend, Graham", sagte Simon sanft. „Und du hast jedes Recht, es zu sein. Ich will mich nicht für das entschuldigen, was ich gestern Abend getan habe. Für das, worüber du heute Morgen gestolpert bist."

Graham lachte, aber es war ein harter, wütender Ton, der durch den Raum hallte. „Aber?"

Simon ballte die Fäuste an seinen Seiten. „Es ist nichts passiert", beteuerte er. „Nichts ist passiert. Du musst mich gut genug kennen, um mir zu vertrauen, wenn ich dir das sage und in deine Augen schaue."

Graham schüttelte langsam den Kopf. „Ich glaube, es könnte sein, dass ich dich gar nicht kannte. Meg auch nicht, wie es scheint."

Simon versteifte sich. „Wenn du wütend auf mich sein willst, mich verleumden willst, nur zu. Ich habe es verdient, ich kann es ertragen. Aber hör auf, sie da mit hineinzuziehen. Meg trifft keine Schuld."

„Ihr zwei", hauchte Graham. „Immer dumm wie Bohnenstroh. Immer einander zugewandt, flüsternd und kichernd, tanzend."

Simon spannte den Kiefer an. „Du tanzt nicht gern, Meg schon. Das ist der einzige Grund ..."

„Offensichtlich nicht ganz der einzige Grund", unterbrach Graham.

Simon legte den Kopf schief. „Ich nehme an, du hast recht."

„James kam zu mir, um mit mir zu reden. Um zu sagen, dass ihr zwei nach eurer schmutzigen kleinen Nacht heiraten müsst und dass ich auf meine Rache warten soll. Er versucht, mich zu beruhigen, indem er mir sagt, dass er glaubt, dass zwischen euch schon seit Jahren Gefühle bestehen."

Simon zuckte zusammen. „Ich wünschte, er hätte mir erlaubt, dir das selbst zu sagen. Und warum bist du nicht mehr bei ihm? Ich kann mir nicht vorstellen, dass er dich hierher geschickt hat, um dieses Gespräch zu führen, wenn du in dieser Verfassung bist."

„Hat er nicht", räumte Graham ein. „Er ging, um mit Baxton zu sprechen. Anscheinend verbreitet der Vicomte die Geschichte im ganzen Haus. Ich weiß nicht, warum James sich die Mühe macht, ihm Einhalt zu gebieten. Sobald Baxton diese Art von Klatsch laut ausgesprochen hatte, gab es keine Möglichkeit, dass es sich nicht wie ein Lauffeuer verbreiten würde."

„Nein", flüsterte Simon und hasste sich selbst. „Das wäre auch zu schön gewesen."

Graham legte den Kopf schief und sah Simon genauer an. „Das ist es, nicht wahr? Denn wie oft streiten sich zwei Dukes, die seit ihrer Kindheit befreundet sind, um die Schwester des anderen Dukes? Wie oft hintergeht einer dieser Dukes und besagte Schwester den anderen Duke und dann ... tun sie gar nichts, während sie nackt sind."

Simon biss die Zähne fester zusammen. Graham war auf einen Kampf aus, und er köderte Simon nun, sagte alles, was er konnte, um Simon dazu zu bringen, eine Schlägerei anzufangen. Und es funktionierte, denn Simon wollte nichts lieber, als den Schlag zu erwidern, der ihm zuvor die Nase gebrochen hatte.

„Hör auf, bitte", flüsterte er.

Graham schüttelte den Kopf. „Hast du über mich gelacht, während du nichts mit meiner Verlobten gemacht hast? Hattest du vor, es mir die ganze Zeit zu sagen und damit zu prahlen, wie du es mit all den Frauen getan hast, die du im Laufe der Jahre gefickt hast? Oder hattet ihr vor, es zu verschweigen, sie mich heiraten zu lassen und einfach hinter meinem Rücken weiterzumachen?"

Nun stürzte sich Simon auf ihn. Er erwischte Grahams Revers und schleuderte ihn zurück, wobei er ihn mit aller Kraft gegen die Wand schmetterte.

„Das hätte ich nie getan, verdammt nochmal, Graham. Du solltest es besser wissen. Ich wollte abreisen. Roseford und ich wollten in ein oder zwei Tagen verschwinden, außer Landes gehen, und ich wollte nicht zurückkommen, bis ihr verheiratet seid. Was gestern Abend passiert ist, war nicht, um dich zu hintergehen."

„Obwohl du Gefühle für sie hast?", fragte Graham, ohne sich gegen Simons Griff zu wehren. Er bewegte sich überhaupt nicht, außer dass er auf ihn herabschaute, sein Blick fest und unerschütterlich.

„Ja", flüsterte Simon. „Ja, ich habe Gefühle für sie. Ich habe seit fast einem Jahrzehnt Gefühle für sie. Und ich habe nie nach ihnen gehandelt, nicht ein einziges Mal. Deinetwegen. Aber du kannst nicht so tun, als würde dich das interessieren, verdammt. Du willst sie nicht, du wolltest sie nie. Und hier war ich, innerlich sterbend, wissend, dass sie dein sein würde. Dass du sie eines Tages so berühren würdest, wie ich es stets wollte. Dass du eines Tages Kinder mit ihr haben würdest, die ich ansehen müsste, die ihre Augen und ihr Haar haben. Du wolltest sie nicht, Graham. Aber ich wollte sie."

„Mein Problem ist nicht, dass du sie wolltest", knurrte Graham. „Mein Problem ist, dass, wenn du es mir vor einem Jahr oder vor fünf Jahren gesagt hättest, ich zur Seite getreten wäre und dir nichts als Glück gewünscht hätte. Aber du hast es mir nicht gesagt. Du hast es eitern lassen, du hast zugelassen, dass es unsere Freundschaft über das letzte halbe Jahrzehnt verändert hat. Eine Freundschaft, von der du behauptest, dass sie dir so viel bedeutet. Und dann hast du die Hand ausgestreckt und sie mir auf die öffentlichste Art gestohlen, die dir eingefallen ist."

Simon zog sich zurück, ließ Grahams Revers los und wandte

sich dem Feuer zu. Er wusste nicht, was er zu diesem Vorwurf sagen sollte. Es gab nichts zu sagen. Was auch immer seine Absichten, was auch immer seine Ziele waren, er hatte genau das getan, was Graham gesagt hatte.

„Du bist mein Freund, Graham", sagte er leise. „Ich hätte dir nie mit Absicht wehgetan."

Graham bewegte sich auf ihn zu, seine Augen verengten sich. „Du warst nie mein Freund, Simon. Und das weißt du." Er ging zur Tür und hielt dort inne. „Nun lass uns nach unten gehen. Es gibt Dinge, die erledigt werden müssen. Demütigungen, die vollendet werden wollen. Du hast eine Braut zu gewinnen, und ich will damit fertig werden, damit ich nach Hause reisen kann."

Er öffnete die Tür und Simon kniff die Augen zusammen, als ein halbes Dutzend Menschen davonhuschten. Lauscher, Klatschbasen, die diese Geschichte weitertragen und ausschmücken würden.

Sie würden alle darunter leiden ... Graham, Meg, Emma, James ... obwohl nur Simon den Tadel und den Klatsch verdiente. Er öffnete die Augen und sah zu, wie Graham wegging, ohne auch nur einen Blick zurückzuwerfen. Es brachte ihn um, denn er wusste, was dieser Moment bedeutete.

Er hatte gerade einen seiner liebsten Freunde verloren. Sein Leben würde nie mehr dasselbe sein.

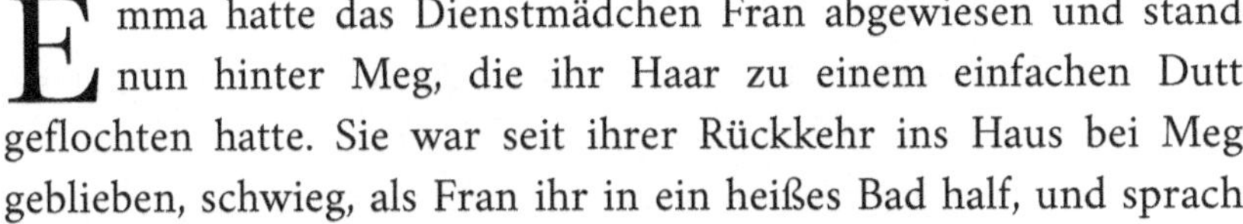

Emma hatte das Dienstmädchen Fran abgewiesen und stand nun hinter Meg, die ihr Haar zu einem einfachen Dutt geflochten hatte. Sie war seit ihrer Rückkehr ins Haus bei Meg geblieben, schwieg, als Fran ihr in ein heißes Bad half, und sprach über nichts Wichtiges, während sie angezogen wurde.

Meg wusste, was ihre Freundin vorhatte. Sie gab ihr eine Gnadenfrist, da sie beide wussten, dass es für lange Zeit keine weitere geben würde.

Sie schätzte Emma dafür, mehr als sie es ausdrücken konnte.

„Ich werde das nicht so gut hinbekommen wie Fran", murmelte Emma um die letzte Haarnadel herum, die sie zwischen ihre Lippen gepresst hatte. „Aber du bist wunderschön, egal was passiert."

Sie schob die letzte Nadel hinein und reichte Meg einen Spiegel, damit diese ihr Werk betrachten konnte. Meg tat es kaum und drehte sich um, um Emma anzulächeln. „Ich bin mir nicht sicher, ob es wichtig ist, wie ich heute aussehe."

„Natürlich ist es das", sagte Emma. „Das ist deine Rüstung."

Meg stand auf und ging durch ihre Kammer, um aus dem Fenster zu blicken. Sie sah hinunter in den Garten, wo ein gutes Dutzend Partygäste versammelt stand, die hinter Fächern flüsterten und angeregte Diskussionen führten, bei denen es nur um eine Sache gehen konnte. Ihre Wangen brannten und ihre Brust schmerzte.

„Werden wir darüber reden, was passiert ist?", fragte Meg.

Emma trat einen Schritt vor. „Nur wenn du es möchtest."

Meg stellte sich ihr gegenüber. „Wir müssen es tun, nicht wahr? Immerhin wird das, was ich getan habe, Auswirkungen auf dich und James haben. Dieser Skandal wird noch sehr lange nachwirken. Und ihr beide seid frisch verheiratet. Es tut mir so leid, euer Glück zu zerstören."

Emmas Gesichtsausdruck wurde weicher. „Meine Liebe, es gibt nichts, was irgendjemand auf dieser Welt tun könnte, um mein Glück zu zerstören, wenn es um James geht. Solange er hier auf dieser Welt ist und an meiner Seite steht, bin ich vollkommen. Es gibt also keinen Grund, sich dafür zu entschuldigen." Sie ergriff Megs Hände und drückte sie sanft. „Was das andere angeht, ja, da bewegst du dich in etwas schlammigen Gewässern. Ich kenne nur Bruchstücke von dem, was passiert ist, aus dem furchtbaren Gerede von Lord Baxton. Willst du mir die Wahrheit berichten?"

„Es gibt so wenig zu erzählen", flüsterte Meg. Sie unterbrach sich selbst, denn laut auszusprechen, worüber sie sich sorgte, fühlte sich falsch an, besonders jetzt, wo so viel Schaden angerichtet worden war. „Ich war verärgert. Ich bin spazieren gegangen, Simon ist mir gefolgt, dann hat uns der Sturm vom Anwesen abgehalten. Ja, als wir gefunden wurden, waren wir nackt, aber das war nur, um unsere Kleidung trocknen zu lassen. Es ist nichts ... passiert."

Emma wölbte eine Braue. „Die Art und Weise, wie du das sagst, lässt mich glauben, dass etwas mehr als nur nichts passiert ist."

Meg hielt den Atem an, als sie ihre Freundin ansah. Emma hatte einen so freundlichen Ausdruck, einen sanften. Und die Wahrheit über das, was letzte Nacht passiert war, fühlte sich an, als würde sie in Megs Körper eitern. Sie musste es laut aussprechen. Sie brauchte jemanden, der sie verstand. „Er ... er hat mich geküsst."

Emma nickte, wirkte aber nicht überrascht über das Eingeständnis. „Und wie war es?"

Meg wich zurück. „Das ist alles, was du zu sagen hast? Keine Ermahnung? Kein Schock?"

„James mag überrascht sein, dass du all die Jahre Gefühle für Simon gehegt hast, aber ich bin es nicht", erklärte Emma mit einem lachenden Kopfschütteln. „Ich habe gesehen, sogar schon bevor du und ich vor ein paar Monaten gute Freunde geworden sind, wie nahe du und Simon euch steht. Wie viel ihr euch gegenseitig bedeutet. Und, wie war der Kuss? Du hast schon so lange darauf gewartet."

Meg verzog das Gesicht, denn wie Schulmädchen über den Kuss zu tratschen, schien unpassend zu sein. „Vielleicht sollte ich nicht ..."

„Es gibt noch viel Gelegenheit für Selbstvorwürfe", flüsterte Emma. „Erzähl mir von dem Kuss. Es ist erlaubt, ihn zu genießen."

„Graham hat mich nie geküsst. Nicht mehr als auf die Wange, und selbst das nur selten", gab Meg langsam zu. „Es war also nicht nur mein erster Kuss mit Simon, sondern mein erster Kuss überhaupt. Und es war ... so etwas habe ich noch nie gefühlt, Emma. Es war zärtlich und leidenschaftlich, nicht sanft, aber ich wollte es so sehr. Ich wollte mehr."

Emma lächelte. „Und ich denke, wir beide wissen, dass du gleich mehr bekommen wirst. Ist es der beste aller Umstände? Nein, natürlich nicht. Aber ich hoffe, du lässt dich von diesem problematischen Anfang nicht von eurem glücklichen Ende abhalten."

„So wie du und James", erkannte Meg.

Emma schaute auf die Uhr auf dem Kaminsims und keuchte. „Wir müssen uns ihnen gleich anschließen. Komm, wir gehen zusammen."

Megs Magen krampfte sich zusammen. „Oh Gott, ich bin nicht bereit. Ich bin nicht bereit, Graham zu begegnen, James zu begegnen. Der Zukunft ins Auge zu sehen."

Emma schüttelte den Kopf. „Du denkst, du bist es nicht, aber du bist stärker als du ahnst. Ich glaube, das hast du mir einmal gesagt."

„Der Unterschied ist, das es wahr war, als ich es dir sagte."

Ihre Freundin berührte sanft ihre Wange. „Ich versichere dir, es ist auch wahr, nun da ich es zu dir sage. Und jetzt komm."

Emma verschränkte die Arme mit ihr und sie verließen die Kammer, gingen die Treppe hinunter und durch die Flure zu James' Arbeitszimmer. Megs Nervosität nahm mit jedem Schritt zu und schließlich blieben sie vor der geschlossenen Tür stehen. Sie erwartete, dass Emma sie einfach hineindrängen würde, aber das tat sie nicht.

Stattdessen wandte sich ihre Freundin ihr zu, mit einem erneut ernsten Blick. „Du hattest recht, als du sagtest, dass James und ich einen seltsamen Start hatten. Unser vorgetäuschtes Werben, sein Schwur, mich zu heiraten, um mich vor den Machenschaften meines Vaters zu schützen ... all das hätte uns am Anfang unserer Ehe weit auseinander treiben können. Aber ich liebte ihn, Meg. Und er liebte mich. Sobald wir uns das eingestanden und uns darauf konzentriert hatten, war alles andere egal."

Meg nickte langsam. Sie verstand, was Emma ihr zu sagen versuchte. Der Unterschied war, dass sie sich nicht ganz sicher war, ob Simon sie liebte. Oder ob er sie wollte, sie wirklich wollte, trotz des brennenden Kusses in diesem kleinen Cottage.

Alles, was sie mit Sicherheit wusste, war, dass das, was hinter der großen Mahagonitür passieren würde, nicht glücklich oder freudig oder feierlich enden würde.

Aufgrund dessen, was sie und Simon getan hatten, würde es viel, viel schlimmer kommen.

KAPITEL 8

Als Meg den Raum betrat, ihren Arm um Emma geschlungen, taumelte Simon auf die Beine. Er, James und Graham hatten nur ein paar Augenblicke auf sie gewartet, aber es hatte sich wie eine Ewigkeit angefühlt. Nun starrte er Meg an, ihre Wangen blass, ihre dunklen Augen niedergeschlagen, und alles, was er jemals für sie empfunden hatte, quoll an die Oberfläche.

Er liebte sie, wie er es schon immer getan hatte. Und er würde sie heiraten. Sie würde ihm gehören. Aber dieser Anfang ... er würde über ihnen hängen. Vielleicht würde es etwas sein, das sie nie überwinden könnten. Allein der Gedanke, dass dies passieren könnte, brach ihm das Herz.

Er hörte, wie Graham sich räusperte und drehte sich um, um zu sehen, wie sein Freund davonschritt, ohne einen von ihnen anzusehen. Meg hob endlich den Blick, schaute zuerst auf den umgedrehten Rücken von Graham, dann auf ihren Bruder und schließlich schwenkte sie ihren Blick zu ihm. Sie hielt den Atem an.

„Oh, Simon", keuchte sie. „Deine Nase."

Graham drehte sich bei dieser Aussage scharf um und starrte Simon an. Simon erzwang ein halbes Lächeln für sie und konnte sich kaum eine Grimasse verkneifen angesichts des Schmerzes, der von genau der Verletzung ausging, die ihr Sorgen bereitete. „Es ist alles in Ordnung, Margaret.“

Sie versteifte sich bei der förmlichen Verwendung ihres Namens und ihr Blick glitt weg, als sie errötete. Emma runzelte die Stirn in seine Richtung, dann führte sie Meg an James' Seite und ging zurück, um die Tür zu schließen und zu verriegeln.

„Dieser Raum hat zum Glück eine dicke Tür“, sagte Emma. „Wenigstens hören die Lauscher da draußen kein Wort, was hier drinnen gesprochen wird.“

Simon legte den Kopf schief. Oh ja, sie hatten schon viel zu viel Futter für die Klatschtanten geliefert.

„James“, sagte Emma leise und traf die Augen ihres Mannes.

Simon starrte auf die sanfte Ermutigung, die zwischen ihnen hin und her huschte. Die Art und Weise, wie sein Freund weicher wurde, wenn er mit seiner Frau zusammen war. Ihre Verbindung war natürlich trügerisch. Simon wusste, wie hart sie um ihre Liebe gekämpft hatten.

Aber jetzt waren sie glücklich. Er warf einen Blick auf Meg und fragte sich ... hoffte ... dass das vielleicht eines Tages seine eigene Zukunft sein könnte.

„Bringen wir es einfach hinter uns“, meinte Graham, als er sich endlich den anderen zuwandte. „Hört auf, es hinauszuzögern.“ Sein harter Ton und die Art, wie er sich vom Rest des Raumes abgrenzte, ließ Simons Herz sinken.

James räusperte sich. „Nun gut. Offensichtlich hat die kompromittierende Position, in der Simon und Margaret erwischt wurden, die Umstände ihrer Verlobung mit dir verändert, Graham. Hätten nur du und ich sie so vorgefunden, hätten wir die Sache vielleicht glätten können. Aber da Baxton bei uns war und genüsslich seine Geschichte verbreitet ... nun, das verkompliziert die Dinge.“

„Das verkompliziert die Dinge in der Tat“, pflichtete Graham leise bei. „So kann man es ausdrücken.“

„Ich denke, wir wissen alle, was nun passieren muss“, sagte James und ignorierte den wütenden Ton in der Stimme ihres Freundes.

„Es ist offensichtlich, dass Graham und Meg ihre Verlobung auflösen müssen. Und Simon und Meg heiraten werden."

„Und zwar schnell", sagte Emma mit einem beruhigenden Lächeln für Meg.

Graham verschränkte die Arme. „Ich habe kein Problem damit, die Verlobung zu lösen", sagte er. „Aber vielleicht solltest du das neue Paar fragen, ob es überhaupt heiraten möchte. Eine Ehe zu arrangieren, hat in der Vergangenheit nicht so gut für dich geendet, Abernathe."

James zuckte zusammen, denn keiner seiner engsten Freunde nannte ihn bei seinem Titel. Für Graham und Simon war er immer James gewesen. Graham wollte eindeutig eine Botschaft senden, indem er etwas anderes sagte.

„Du hast recht, dass ich einen Anteil an diesem Schlamassel habe", stimmte James zu. „Dafür entschuldige ich mich aufrichtig. Ich dachte, ich würde das Richtige tun. Offensichtlich habe ich das nicht getan."

Meg schüttelte den Kopf. „Du kannst keine Verantwortung für mich oder für Simon übernehmen, James."

Ihr Bruder zuckte mit den Schultern. „Trotzdem, Graham hat nicht ganz Unrecht. Ich will die Fehler der Vergangenheit nicht wiederholen, nur um Klatsch und Tratsch zu beschönigen. Meg, würdest du Simon heiraten wollen? Und Simon, würdest du Meg heiraten?"

Simon zuckte bei dieser Frage zusammen. Die Antwort war so viel komplizierter, als sein Freund je wissen würde. Er war sich nicht einmal sicher, ob er die Worte hatte, um zu versuchen zu erklären, wie tief diese Frage sein Herz berührte. Ein Herz, das er so lange zu verstecken versucht hatte, dass er nicht mehr wusste, wie er es ans Licht ziehen sollte. Oder ob er es überhaupt ans Licht bringen sollte.

Als er schwieg, sagte Meg: „Ich weiß, dass dieser Skandal wahrscheinlich nie ganz verblassen wird. Aber eine Heirat würde ihn sicherlich abmildern. Ich würde Simon heiraten, aber nur, wenn er nicht dagegen wäre. Ich werde niemanden in die Ehe drängen. Lieber bleibe ich eine Jungfer und werde zur Strafe für das, was ich getan habe, aufs Land verbannt."

Simon schüttelte sich bei der Vorstellung, dass Meg, weggesperrt in irgendeinem Landgut für immer für seine Taten bezahlen würde. Allein. Ihre leidenschaftliche Natur unterdrückt. Sie sah ihn nicht an, während sie seine Antwort auf ihre Aussage abwartete, aber er konnte sehen, wie ihre Unterlippe leicht zitterte und ihre Hände an den Seiten zu Fäusten geballt waren.

„Das würde ich nicht zulassen", sagte er. „Margaret, es wäre mir ... eine Ehre, dich zu heiraten, wenn du mich haben willst, nachdem ich einen solchen Bruch in Charakter und Ehre demonstriert habe."

„Ihr seid also alle einverstanden", sagte James, und die Erleichterung in seinem Ton war nicht zu überhören. „Dann sage ich, dass wir das Ende der einen Verlobung und den Beginn der anderen so schnell wie möglich bekannt geben. Nichts zu sagen und den Klatsch und Tratsch einfach wachsen zu lassen, würde ihn nur noch schlimmer machen. Graham, würdest du dich an einer solchen Sache beteiligen?"

Graham schüttelte langsam den Kopf. „Ich soll helfen, den Schlag abzumildern, meinst du. So tun, als wäre es in Ordnung, was getan wurde?"

Meg holte tief Luft und ging auf ihren ehemaligen Verlobten zu. Er versteifte sich, als sie sich näherte, und Simon spannte sich an, während er darauf wartete, was Meg tun würde.

„Ich würde das nicht von dir verlangen", sagte sie. „Wenn du mich als Hure beschimpfen und dieses Haus verlassen willst, ohne zurückzublicken, werde ich diese Zurechtweisung hinnehmen. Ich habe es verdient. Du warst nie etwas anderes als nett zu mir, und ich habe es dir mit Demütigung und der Andeutung einer schlimmeren Art von Verrat zurückgezahlt. Deshalb verdiene ich nichts Geringeres als das Schlimmste."

Ihre Worte, gesprochen in einem schwankenden, aber starken

Tonfall, schienen Graham zu beruhigen. Sein Gesichtsausdruck wurde leichter und er atmete langsam aus.

„Du verdienst es nicht, zerstört zu werden", sagte er und hob seinen Blick zu Simon. „Das würde ich euch nicht antun. Ja, Abernathe, ich werde tun, was du sagst. Ich werde Teil einer Ankündigung sein. Aber ich würde gerne so schnell wie möglich von hier abreisen. Eine ruhige Rückkehr nach London scheint die beste Lösung für alle zu sein. So könnt ihr eure Hochzeit planen, denn es scheint das Beste für die beiden zu sein, ihre Verlobung schnell bekanntzugeben."

„Natürlich", sagte Emma. „Wir werden heute Nachmittag eine Ankündigung machen. Nur ein paar kurze Worte von James, während ihr euch alle bereithaltet."

Als Meg wegging, trat James vor und hielt Graham die Hand hin. „Danke."

Graham starrte auf das Angebot, dann wanderte sein Blick zu Meg und zu Simon. „Eine Szene wird keinem von uns etwas nützen", sagte er, ohne James' Hand zu nehmen. „Ich werde nun nach oben gehen und meine Diener bitten, meine Sachen für die sofortige Abreise vorzubereiten. Gebt mir Bescheid, wenn ich zu euch stoßen soll. Ich werde da sein."

Graham sagte nichts weiter, sondern verließ den Raum mit ein paar langen, zielstrebigen Schritten. Er schloss die Tür hinter sich, ohne sie zuzuknallen, aber mit einer Festigkeit, die von einem Ende zeugte. Einem dauerhaften Ende.

James senkte langsam die Hand, die er immer noch ausgestreckt hielt und neigte den Kopf. Emma eilte an seine Seite und nahm seinen Arm, während er murmelte: „Er verachtet mich."

„Er ist verletzt", meinte Emma und strich mit ihrer Hand über seinen Rücken, um ihn zu beruhigen. „Im Moment ist er verletzt und beschämt. Aber die Zeit wird ihn heilen. Und die Zeit wird ihn wieder offen für deine Freundschaft sein lassen."

„Du hast ihm nichts angetan", sagte Simon kopfschüttelnd. „Er wird dir verzeihen."

Was im Raum unausgesprochen blieb, war, dass Graham Simon nie verzeihen würde. Und auch wenn sie sich in den letzten Jahren mehr voneinander entfernt hatten, der Verlust eines seiner ältesten Freunde verletzte ihn. Aber er hatte es verdient zu leiden.

„Sind wir nun verlobt?", fragte Meg und ihre Augen huschten zu ihm.

Simon räusperte sich und ging auf sie zu. So sehr es ihm in Herz und Seele wehtat, was er getan hatte, so sehr entfachte ihre Frage auch einen Funken der Freude in ihm. Einen, den er aus Anstand unterdrückte.

„Ja", antwortete er leise und griff nach ihrer Hand. Sie ließ ihn sie nehmen und sah ihm in die Augen, voller Fragen, voller Ängste ... aber auch voller Sehnsucht. Dieselben Gefühle, die in der Nacht zuvor zwischen ihnen aufgeflammt waren und ihr Leben um sie herum zum Einsturz gebracht hatten.

Aber jetzt gehörte sie ihm, und er konnte diese Begierden nach Herzenslust ausleben.

„Glückwunsch", sagte James und versuchte sichtlich, seinen Tonfall aufzuhellen. „Wir sollten anstoßen."

„Nein", entgegnete Simon und wandte sich mühsam von Meg ab. „Wir werden auf die Hochzeit anstoßen, wenn sie stattfindet. Ich denke, auf die Verlobung anzustoßen, wäre in diesem Moment unpassend, angesichts der Umstände."

James nickte. „Nun gut. Dann sollten wir vielleicht über die Details sprechen."

Simon ließ Megs Hand nur schwer los und ging zu James' Schreibtisch. Ja, mit Details konnte er umgehen. Details waren nüchtern und technisch. Nicht so wie die wogenden Gefühle, die derzeit sein Herz übermannten.

Er würde sie in den Griff bekommen müssen. Sie hatten bereits einen großen Schaden angerichtet.

～

Als Meg am oberen Ende des Gartens stand und die dort versammelte Gästeschar überblickte, wünschte sie sich nichts sehnlicher, als an Simons Seite zu stehen und seine Hand zu nehmen. Seine Anwesenheit war immer ein Trost für sie gewesen, aber jetzt ...

Nun, jetzt war er weit weg, stand neben James und sah sie nicht an, als sie sich darauf vorbereiteten, ihre Ankündigung vor den Anwesenden zu machen. Sein Gesicht, gutaussehend, wenn auch geschwollen ob seiner gebrochenen Nase, wandte sich ihr nicht zu. Und die Menge tuschelte viel zu laut über die blauen Flecken unter seinen Augen und die Art, wie Graham sich von Meg abwandte.

„Ladies und Gentlemen", begann James, seine dröhnende Stimme und sein sachlicher Ton ließen die Gruppe im Nu verstummen. „Offensichtlich haben alle Anwesenden heute schon einiges gehört." Er warf einen spitzen Blick auf Lord Baxton, der sich weigerte, dem Blick seines Gastgebers zu begegnen. „Und unsere Familie hat eine Ankündigung zu machen."

„*Ich* habe eine Ankündigung", sagte Graham und trat vor.

Meg zuckte mit dem Gesicht zu ihm. Das war nicht das, was sie vereinbart hatten, und nach Grahams grimmigem Gesichtsausdruck zu urteilen, war es unmöglich vorherzusagen, was er jetzt verkünden würde. Sie hielt den Atem an.

„Vor sieben Jahren arrangierte mein engster Freund eine Ehe zwischen mir und seiner geliebten Schwester", begann Graham. „Ich war glücklich, die Chance auf eine Zukunft mit einer solchen Lady zu haben. Aber die jüngsten Ereignisse haben mich erkennen lassen, dass sie besser zu einem anderen passen würde. Also haben wir unsere Verlobung einvernehmlich gelöst."

Die Menge stieß ein kollektives Keuchen aus und das Geflüster, das durch James' Worte zum Schweigen gebracht worden war, begann wieder mit doppelter Geschwindigkeit.

Graham wandte sich Meg zu und hielt ihr die Hand hin. Sie blinzelte. Er lächelte, aber das war alles nur Show. Sie konnte immer noch den Verrat, die Wut und den tiefen Schmerz in seinem Blick sehen. Dinge, die er nicht aus einer Güte und Ehre heraus ausdrückte, die sie nicht verdiente. Sie streckte die Hand aus, um die seine zu ergreifen. Er hielt ihre Hand kaum fest, als er sie zu Simon zog und sie ihm anbot.

Simon warf einen Blick in die Menge, die nun an diesem Schauspiel hing, als wäre es eine große Theateraufführung. Dann traf er Grahams Blick und hielt dessen Blick stand, als sein Freund Megs Hand in seine legte.

Graham zuckte sofort zurück und trat nach hinten, weg von der Präsentation, die ihm offensichtlich kein Vergnügen bereitete. Meg war sich auch nicht sicher, ob es Simon Freude bereitete. Er sah nicht glücklich aus, als er ihre Hand in seine Armbeuge führte und sie sich der Menge zuwandten.

James räusperte sich. „Ich freue mich, allen mitteilen zu können, dass Margaret am Samstag in einer Woche den Duke of Crestwood in einer privaten Zeremonie hier in Falcons Landing heiraten wird. Mehr gibt es in dieser Angelegenheit nicht zu sagen, also hoffe ich, dass alle die letzten Tage unseres Zusammenseins genießen und dem glücklichen Paar nichts weniger als das Beste wünschen werden. Es ist ein glücklicher Tag."

Er drehte sich um und winkte Simon und Meg zurück zum Haus. Graham ging vor ihnen her und stieg die Stufen zur Terrasse hinauf, zwei auf einmal. Simon führte Meg hinauf, wortlos, ohne sie anzusehen. Sie betraten den Salon, James und Emma waren dicht auf ihren Fersen.

Drinnen angekommen, stellte sich Graham vor die Vierergruppe. „Es ist vollbracht. Und ich gehe zurück nach London. Mein Pferd steht bereit, und meine Diener werden in ein paar Stunden meine Sachen in der Kutsche zurückbringen."

James trat vor, die Hände ausgestreckt. „Verdammt nochmal, Graham, bitte. Geh nicht auf diese Weise. Bitte nicht. Nicht nach allem, was wir füreinander sind, nach allem, was wir durchgemacht haben. Geh nicht so."

Graham starrte James an, und Megs Herz brach. Als sie noch Kinder gewesen waren, war Graham James' und Simons ultimativer Beschützer gewesen. Sie erinnerte sich daran, wie er sich einmal mit einem drei Jahre älteren Jungen geprügelt hatte, weil dieser etwas Unanständiges über Simon gesagt hatte, der als letzter in seinen Männerkörper hineingewachsen war. Sie erinnerte sich auch daran, wie er James und Megs Vater herausgefordert hatte, als dieser vor Jahren bei einem Besuch grausam zu ihnen gewesen war. Er hatte seine Ohren geboxt bekommen und sich nicht darum gekümmert.

Jetzt sah er James und Simon an, als würde er sie gar nicht kennen.

„Ich habe zwei Möglichkeiten, wie ich abreise", sagte er leise. „So, oder auf eine Weise, die viel schlimmer wäre. Ich entscheide mich *dafür*, denn eines Tages ... eines Tages bin ich vielleicht nicht mehr so wütend. Aber im Moment ist das alles, was ich tun kann. Auf Wiedersehen."

Seine Stimme brach, als er das Letztere sagte, dann verließ er den Raum, ohne auch nur zu nicken. Seine Schritte führten ihn durch das Foyer und nach draußen, wo sein Pferd auf ihn wartete.

James neigte den Kopf und drehte sich um. Simon sah benommen aus. „Es tut mir leid."

James stieß einen langen Seufzer aus. „Es spielt jetzt keine Rolle. Wir sind hier. Wir sollten das Beste daraus machen." Er ging auf Meg zu und lächelte sie sanft an. „Ich glaube, es wäre am besten, wenn du nach oben gehst."

„Und was ist mit der Party?", fragte sie.

Emma schüttelte den Kopf. „James und ich haben es vorhin besprochen. Wir sind uns einig, dass du und Simon heute fernbleiben solltet. Lasst das Schlimmste der Reaktionen abklingen, während James und ich die Meute unterhalten. Morgen fangen wir von vorne an. Morgen werden wir einen kleinen Ball planen, um die Party zu beenden und die Verlobung zu feiern. Und James und Simon werden sich Zeit nehmen, die Sondergenehmigung und den Rest zu arrangieren."

Meg nickte wie betäubt, obwohl sie eigentlich glücklich sein sollte. In nur einer Woche würde sie Simon heiraten. Und doch war ihr nicht zum Feiern zumute.

Ob der derzeitigen Stimmung im Raum fühlte sich das eher wie eine Zeit der Trauer an. All die Leidenschaft, die sie in der Nacht zuvor mit Simon im Cottage gespürt hatte, all das Vergnügen und die Verbindung, die zwischen ihnen pulsiert und diese schockierende Veränderung verursacht hatte ... sie war nun verglommen.

Und Meg machte sich Sorgen darüber, ob sie jemals wieder eine solche Verbindung zu ihm spüren würde.

KAPITEL 9

Meg saß an ihrem Schminktisch, fuhr sich mit einer Bürste immer wieder durch die Haare und wünschte, sie könnte sich einfach von den Streicheleinheiten hypnotisieren lassen und ihren ruhelosen Geist ausschalten. Es war ein unglaublich anstrengender Nachmittag gewesen.

Dass die Bekanntgabe ihrer neuen Verlobung eine so öffentliche, schockierende Sache war, machte es schier unmöglich, sich von den Folgen zu erholen. Trotz der Tatsache, dass Meg abgeschottet war, kamen immer wieder Frauen, die sich als Freundinnen bezeichneten, an ihre Tür. Sie waren auf der Suche nach Informationen. Sie suchten nach frischem Klatsch und Tratsch.

Sie wollten sie anschauen und sehen, wie ihr der Schmerz ins Gesicht geschrieben stand. Oh, es gab ein paar, die dabei nicht so grausam waren, aber alle waren neugierig. Alle wollten einen kleinen Kern der Geschichte, den sie später wiederholen konnten.

Meg war erschöpft und wollte nur noch in ihr Bett gehen und diesen Tag vergessen. Sie seufzte und stand auf, schlüpfte aus ihrem Morgenmantel und ging zu ihrem Bett. Fran hatte es vor einer halben Stunde aufgedeckt, bevor sie gegangen war, und als Meg ihre Hand über die kühlen, sauberen Laken strich, stieß sie einen

Seufzer aus. Ja, die Dinge sahen immer besser aus, wenn man gut geschlafen hatte.

Das mussten sie nun auch.

Sie wollte gerade in die Laken klettern und ihre Kerze ausblasen, als es an ihrer Kammertür leicht klopfte. Sie drehte sich um und kniff die Lippen zusammen. Sie hatte James vor Stunden gute Nacht gesagt, Emma war vor kurzem gekommen, um nach ihr zu sehen und Fran sollte glücklich in ihrem eigenen Bett liegen.

Was bedeutete, dass sich auf der anderen Seite der Tür wahrscheinlich mehr Klatschbasen befanden. Um an Mitternacht hierherzukommen, brauchte man einiges an Mut.

„Ignoriere es", murmelte sie, als sie sich wieder ihrem Bett zuwandte.

Aber das Klopfen ertönte erneut, diesmal mit mehr Kraft und Dringlichkeit. Meg kniff die Augen zusammen und die Frustration über diese ganze Situation stieg schließlich in ihr auf. Sie stürmte zur Tür und riss sie auf, während sie schnippisch sagte: „Es gibt nichts zu besprechen!"

Aber sie fand sich nicht einer neugierigen Lady gegenüber, die nach Klatsch und Tratsch suchte, oder gar einer Freundin, die versuchte, sich darüber klar zu werden, was Meg getan hatte. Nein, sie fand sich auf eine breite Brust starrend wieder und hob den Blick, um zu erkennen, dass Simon vor ihr im Flur stand. Im Dunkeln. Er hatte seine Jacke ausgezogen, war ohne Schuhe, sein Halstuch stand offen und sein Haar war zerzaust, als wäre er eben mit der Hand hindurchgefahren.

„Simon", stammelte sie.

Er lächelte nicht, sondern legte den Kopf schief. „Wenn du mich nicht sehen willst..."

„Nein", unterbrach sie und sah, wie seine Schultern zusammensackten. Sie fing seine Hand auf. „Nein, ich dachte nur, du wärst jemand anderes. Doch, ich möchte dich sehen. Es tut mir leid. Komm herein."

Sie trat zurück und wurde sich zum ersten Mal bewusst, dass sie nur mit einem dünnen Nachtgewand bekleidet war. Ihre Schultern waren bis auf ein paar zentimeterbreite Riemen nackt. Sie errötete, obwohl es albern war. In der letzten Nacht war sie nur mit einer Decke bekleidet gewesen.

Trotzdem griff sie nach ihrem Morgenmantel und band ihn sich um die Taille, als Simon den Raum betrat und die Tür hinter sich schloss.

„Was dachtest du, wer ich bin?", fragte er.

Sie zuckte mit den Schultern und zwang sich, ihm ins Gesicht zu sehen und so zu tun, als wäre das alles ganz normal. Dass er mitten in der Nacht in ihrem Schlafgemach sein sollte, dass er ihr Verlobter war. Dass sich seit gestern Morgen nichts verändert hatte, auch wenn alles in ihrer Welt anders war.

Sie wusste nicht, wie sie sich sonst verhalten sollte.

„Ich werde schon den ganzen Nachmittag von *Interessenten* geplagt", gab sie zu.

Sein Kiefer spannte sich. „Interessenten? Was soll das heißen?"

„*Freunde*, die mich über meine neue Verlobung ausfragen wollen. *Gratulanten*, die im privaten mit mir sprechen wollen", erklärte sie und schüttelte dann den Kopf. „Sie wollen spionieren und einen Blick auf mich werfen. Du weißt, wie diese Skandale laufen."

Er sah finster drein. „Und James und Emma verhindern das nicht?"

„Sie sind nicht meine Hüter", sagte sie. „Selbst wenn sie es wären, was könnten sie schon tun? Den ganzen Tag vor meiner Tür Wache stehen?"

„Ja, wenn sie es müssen", stieß er hervor. „Wenn sie nicht wollen, mache ich es selbst."

Sein Beschützerinstinkt berührte ihr Herz auf eine Art und Weise, die sich in Anbetracht ihrer aktuellen Situation sehr gefähr-lich anfühlte, aber sie lächelte trotzdem. „Meinst du nicht, dass das alles nur noch schlimmer machen würde? Nein, wenn ich sie hereinlasse und mit ihnen so spreche, als wäre diese neue Verlo-bung ganz normal, dann wird ihnen das Thema vielleicht schneller langweilig und wir gewinnen einen gewissen Anschein von Normalität zurück."

Simon neigte den Kopf und Stille erfüllte den Raum. Sie starrte ihn an, da er sie nicht ansah. Eine Sache, die sie immer an diesem Mann geliebt hatte, war das Licht, das ihn zu umgeben schien. Er hatte immer ein halbes Grinsen, ein Lächeln auf den Lippen. Er konnte selbst die dunkelsten Situationen aufhellen. Simon war der erste Mensch, der sie zum Lachen gebrachte hatte, nachdem ihr Vater gestorben war.

Heute Abend jedoch war dieses Licht verschwunden. Der Mann vor ihr war ernst und grimmig. Gequält. Sie verstand, warum, aber sie hasste es, dass sie nach so vielen Jahren einfacher Freundschaft und Verbindung an diesem Punkt angekommen waren.

Das wollte sie nicht verlieren. Langsam bewegte sie sich auf ihn zu und streckte ihre Hand aus. Sie sahen beide zu, wie sie seine ergriff und ihre Finger ineinander verschränkte, wie sie es bisher nur beim Tanzen tun durften. Sein Atem stockte und er drehte sich leicht zu ihr um.

„Warum bist du heute Nacht hierhergekommen?", flüsterte sie. „In meine Kammer, nachdem alle anderen zu Bett gegangen sind?"

Simon schluckte, seine Kehle arbeitete und er rückte näher, schnitt den kleinen Abstand ab, der zwischen ihnen verblieb. Nun berührten sie sich fast, ihre Körper waren nur noch eine Haaresbreite voneinander entfernt.

„Du weißt, was ich letzte Nacht wollte", flüsterte er.

Die Hand, die er nicht hielt, begann zu zittern, und Meg ballte sie zu einer Faust. „Ich denke schon", antwortete sie. „Das Gleiche, was ich wollte."

Er drückte seine Augen zu und ein leises Stöhnen trat tief aus seiner Brust. Die Hitze im Raum veränderte sich und stieg an, als er ihre Hand losließ und stattdessen seine Finger um ihre Taille schob. Er zog sie an sich, um sie ganz an sich zu schmiegen.

„Letzte Nacht ... konnte ich nicht. Weil du nicht mir gehörtest", fuhr er fort.

Sie nickte und verstand, was er sagte. Verstand, wie verzweifelt er versucht hatte, seinen Freund, seinen Anspruch zu ehren. „Aber nun gehöre ich dir", murmelte sie.

Er ließ seine Hände durch ihr Haar gleiten, umfasste ihren Hinterkopf und neigte ihr Gesicht zu seinem. „Ich will dich zu meiner Frau machen", sagte er. „Und mich zu deinem Mann. Möchtest du das?"

Sie antwortete nicht, sondern hob sich auf ihre Zehenspitzen und presste ihre Lippen auf seine. Ein Schauer der Erleichterung ging zwischen ihnen hin und her, ein Echo dessen, was sie gefühlt hatte, als er sie letzte Nacht geküsst hatte. Nur dieses Mal gab es keine Schuldgefühle, die damit einhergingen. Da war nichts als die Leidenschaft, die lange verweigert worden, aber immer da war und darauf wartete, entfesselt zu werden. Sein Mund öffnete sich und er fuhr mit seiner Zunge über ihre Lippen. Sie hieß ihn willkommen, während sie ihre Arme um seinen Hals schlang und sich an ihn presste.

Sie standen so da und küssten sich, was sich wie eine Ewigkeit anfühlte. Sie prägte sich jede Mulde und Kurve seines Mundes ein, ertrank in seinem Geschmack und dem Gefühl, wie er ihre Lippen anbetete. Es war himmlisch.

Schließlich zog er sich zurück und lehnte seine Stirn an ihre, während er keuchend atmete. „Das wollte ich schon so verdammt lange tun, Meg."

Sie lächelte, als sie mit ihren Fingern über seine Schultern strich, fühlte, wie sich die Muskeln dort bündelten, und spürte, wie sich seine eigenen Hände an ihrer Taille festhielten. „Ich habe auch darauf gewartet."

Er griff nach unten und schob seinen Finger in den Knoten ihres Morgenmantels. Behutsam wickelte er das Stück Seide auf und begegnete dann ihrem Blick, als er mit seinen Händen ihre Arme hinaufglitt, den Saum ergriff und ihn nach unten zog. Der Raum war warm vom Feuer, aber sie fröstelte, als er ihren Morgenmantel zur Seite warf.

Er trat zurück und betrachtete sie von Kopf bis Fuß, seine Pupillen weiteten sich und seine Finger spannten sich an. Dann griff er nach oben, knöpfte sein eigenes Hemd auf, öffnete es mit wenigen Handgriffen und warf es auf den Boden.

Meg hielt den Atem an. Letzte Nacht hatte sie ihn so gesehen, natürlich, aber sie hatte diese Blicke nur gestohlen. Heute Abend hatte sie keinen Grund dazu, und sie starrte ihn lange und intensiv an, als sie sich vorwärts bewegte und eine Handfläche flach auf seine Brust legte. Die festen Muskeln, die sie begrüßten, waren warm, und sie spürte sein Herz unter seiner Haut schlagen.

Simon stockte der Atem, aber er wich nicht zurück, als sie mit ihren Fingern über sein Fleisch strich und jede Wölbung und Vertiefung erkundete. Sie zwang ihren Blick hinauf zu seinem Gesicht und errötete, als sich ihre Augen trafen. Er lächelte, das erste Mal, dass sie ihn hatte lächeln sehen, seit sie zusammen im Regen gestanden hatten. Dann glitt er mit den Fingern unter den Riemen ihres Nachtgewandes und ließ eine Seite nach unten gleiten.

Sie keuchte, als die warme Luft im Raum ihre nackte Brust berührte, und drehte ihr Gesicht so, dass sie nicht sah, wie er sie anblickte. Sie vernahm sein scharfes Einatmen. Als seine Finger ihre harte Brustwarze berührten, richtete sie ihre Aufmerksamkeit ruckartig wieder auf ihn.

Er starrte sie aufmerksam an, während er mit seiner Hand über sie strich. Es war wie nichts, was sie jemals zuvor gefühlt hatte ... als wäre sie auf eine Weise lebendig, die sie nicht für möglich gehalten hatte. Ein Kribbeln der Lust und des Bewusstseins schoss von ihrer Brust aus hinunter in ihren Bauch, dann tiefer zwischen ihre Beine, und sie konnte nicht mehr richtig Luft holen.

Er strich mit dem Daumen über sie, und sie griff nach seinen Unterarmen, grub ihre Finger hinein, während sie angesichts der Intensität der Empfindungen überrascht aufstöhnte.

Sein Lächeln wurde etwas breiter und er streckte die Hand aus, um den anderen Riemen ihres Nachtgewands herunterzustreifen.

Simon entblößte sie von der Taille aufwärts und zerrte dann daran, sodass der fadenscheinige Stoff über ihre Hüften hinunterfiel und sich um ihre Füße legte.

Sie war nackt. Nackt in Simons Gegenwart. Aber nicht so wie gestern Abend, als es Decken und Gefühle und Lügen zwischen ihnen gegeben hatte. Heute Nacht war sie wirklich nackt mit diesem Mann. Und er berührte sie. Ihr ganzer Körper bebte, und sie wusste, dass ihre Augen weit waren und ihr Blick unsicher. Was sie wollte, konnte sie nicht benennen, was er tat, verstand sie nicht ganz, und was als Nächstes passieren würde, fürchtete sie.

Trotz alledem wollte sie mehr. Mehr Berührungen. Mehr von ihm. Mehr von dem, was sie in der Nacht zuvor begonnen hatten. Mehr von dem, was nun ihnen gehörte. Sie wollte alles, und sie vertraute darauf, dass das, was er geben würde, magisch sein würde.

Er bedeckte ihre andere Brust, umfasste nun beide in seinen warmen Händen. Sie neigte ihren Kopf zurück, genoss die Intensität seiner Berührung, die Art, wie sich ihr Körper in ihn hineinwölbte und verlangte, was sie zu schüchtern war, mit Worten zu erbitten.

Dann spürte sie die heiße Wärme seines Atems in der Nähe ihrer Brustwarze. Sie öffnete die Augen und beobachtete, wie er sich vorbeugte und die Knospe sanft mit der Zungenspitze umkreiste.

„Simon", keuchte sie und ihre Hände griffen in sein Haar. Sie zerrte ihn näher heran und stieß ihn dann weg, kippte fast um, als sie versuchte, alles zu verarbeiten, was sie fühlte.

Er richtete sich auf und sah ihr in die Augen. „Willst du das?"

„Ich bin mir nicht sicher, ob ich überhaupt weiß, was das ist", gab sie zu. „Verlobt oder nicht, meine Mutter hat mir nicht gerade viel erklärt. Und ich habe Emma noch nicht gefragt."

Er schürzte seine Lippen. „Ich werde dich nehmen, Meg. Ich werde unsere Körper zusammenführen."

Sie nickte. „Den Teil kenne ich."

Er streckte seine Hand aus, ergriff ihre und drückte sie auf die Vorderseite seiner Hose, wo sie die harte Linie seines Schwanzes spürte. Sie hatte gestern Abend nur einen flüchtigen Blick darauf geworfen. *Groß* war das, woran sie sich erinnerte.

Einschüchternd.

„Wird es wehtun?", fragte sie und strich mit ihren Fingern über den Stoff, der diese faszinierende Länge bedeckte.

Er stieß ein Geräusch aus, bei dem sie sich nicht sicher war, ob es Lust oder Schmerz war. „Am Anfang, ja."

Sie wölbte ihre Hand um ihn und er zuckte zusammen. „Aber nicht immer?"

„Nein", sagte er mit erstickter Stimme.

„Tue ich dir weh?", fragte sie leise.

„Nein", stieß er hervor, sein Tonfall schärfer als zuvor. Simon schob ihre Hände weg und öffnete seine Hose. Er ließ sie fallen und trat sie weg. Nun stand er vor ihr, so nackt wie sie es war.

Meg hielt den Atem an. Gestohlene flüchtige Blicke in der Dunkelheit wurden ihm nicht gerecht. Sein Körper war ... erstaunlich. Hart, wo sie weich war, breit, wo sie schmal war, und sein Schwanz ... dieser Schwanz, von dem er behauptete, er würde in sie hineinpassen. Er war so verlockend wie erschreckend.

Sie griff noch einmal nach ihm und nahm ihn in ihre Hand. Diesmal gab es keine Barrieren zwischen ihnen, und sie sog einen überraschten Atemzug ein, als sie sah, wie hart er war. Aber die Haut über der Härte war so weich. Sie strich mit den Fingern über die pralle Eichel und den langen, dicken Schaft hinunter.

Er stieß in ihre Hand hinein, als sie das tat, und gab einen leisen Fluch von sich. Sie blickte auf, fasziniert davon, wie entrückt er war. Sein Atem kam kurz, seine Augen waren glasig, sein Körper war angespannt und platzte förmlich vor Kraft. Er könnte jederzeit die Kontrolle übernehmen, das spürte sie, aber er tat es nicht. Er ließ sich einfach von ihr streicheln, wieder und wieder.

„Mach so weiter und ich verliere die Kontrolle", schaffte er zu sagen.

Sie hörte auf, ihre Hand zu bewegen. „Was soll das bedeuten?"

„Dass du mir so viel Vergnügen bereitest, dass ich den Verstand verliere und meinen Samen verspritzen werde, bevor ich überhaupt die Chance habe, dich zu berühren", erklärte er, umfing ihr Handgelenk und entfernte ihre Hand von seinem Glied. „Und ich habe so lange darauf gewartet, Meg, ich habe nicht die Absicht, es so zu beenden."

Er schob sie zurück in Richtung ihres Bettes und führte sie rückwärts, bis ihre Beine die Seite der Matratze berührten. Dann hob er sie hoch und setzte sie auf den Kissen ab, kletterte neben sie und umschloss sie mit seinen Armen. Obwohl Meg nicht sicher war, was sie tun sollte, schien sich ihr Körper wie von selbst zu bewegen, sie hob sich ihm entgegen, schlang ihre Arme um seinen Hals und zog ihn zu einem weiteren dieser tiefen, erderschütternden Küsse heran.

Simon war sanft, fast ehrfürchtig, streichelte sie mit seiner Zunge, küsste sie, bis sie sich entspannte. Dann schob sich sein Mund tiefer, seine Lippen schmeckten die Haut an ihrem Kiefer, erkundeten die Kurve ihres Halses, und wanderten weiter zu ihren exquisit empfindlichen Brüsten.

Sie ließ ihre Hände wieder in sein Haar gleiten und konnte sich nun, da sie nicht mehr versuchte, aufrecht zu bleiben, ganz gehen lassen, während er sie neckte und kostete. Er saugte an einer Brustwarze, dann an der anderen. Mit dem Rand seiner Zähne knabberte er an ihr empfindliches Fleisch, saugte, bis sie einen Schrei unterdrücken musste, streichelte mit seiner Zunge, bis sie erzitterte.

Er brachte sie um ihren Verstand und sie brannte innerlich förmlich, zitterte und war bereit zu betteln. Aber er zog seinen Mund weg und wanderte tiefer. Über ihren Brustkorb, an ihrem Bauch vorbei, über ihre Hüfte, und dann legte er eine Hand auf jeden ihrer Schenkel und öffnete sie.

Sie stemmte sich auf die Ellenbogen und starrte auf ihn hinab, als er sich zwischen ihren Beinen niederließ, sein Gesicht nur Zentimeter von der intimsten Stelle ihres Körpers entfernt. Und obwohl das ihren Verstand schockierte, war ihre heiße Spalte ganz anderer Ansicht. Sie war bereits feucht und prickelte, und ihn so nah zu haben, ließ ihre Hüften sich wölben, obwohl sie das gar nicht wollte.

Simon lächelte und sah zu ihr auf. „Du kannst mir vertrauen", flüsterte er.

Sie spannte sich bei diesen Worten an. Er sagte ihr damit, dass er sich um sie kümmern würde. Dass er aufgrund seiner Erfahrung ihr in dieser Nacht Vergnügen bereiten würde. Der Gedanke war in der Tat wunderbar, aber er ließ sie an die Worte ihres Bruders von zuvor denken.

An all die anderen Frauen, mit denen Simon das Gleiche getan hatte. Von all denen, die er geliebt und in seinem Kielwasser vergessen hatte.

Aber bevor ihre Sorgen sie überwältigen und ihr die Freude an diesem Moment stehlen konnten, ließ er seinen Mund auf sie niedergehen und leckte sie sanft. Megs Verstand leerte sich von allem, was sie dachte, von allem, was sie vielleicht gesagt hätte. Sie ertappte sich dabei, wie sie sich an die Bettdecke klammerte, als er sie weit spreizte und sie erneut leckte.

Es war spektakulär. Intim und verrucht, konzentriert und weitaus lustvoller, als das, was er mit ihren Brustwarzen gemacht hatte. Sie stemmte ihre Hüften in ihn hinein und presste sie mit einer Art uralten, wollüstigen Wissens gegen ihn. Der Akt machte das Vergnügen noch fokussierter und er arbeitete schneller mit seiner Zunge, ließ seinen Mund über ihre Mitte gleiten, umspielte den Nervenknoten an der Spitze. Sie drehte ihr Gesicht in ihren Arm und versuchte, unaufhaltsames Keuchen und ihre Schreie zurückzuhalten, als er sie mit seiner geschickten Zunge an den Rand des Wahnsinns brachte.

Und gerade als sie dachte, das Vergnügen könnte nicht besser sein, gerade als sie dachte, sie hätte den Höhepunkt erreicht, begann ihre Spalte zu beben. Mehrere Beben der Lust überspülten sie und sie rollte wild mit den Hüften, als er mit seiner Zunge über sie fuhr, wieder und wieder und wieder.

Erst als sie aufhörte zu zittern, hob er seinen Kopf zwischen ihren Beinen hervor und kroch zu ihr hinauf, wobei er seine Hände auf beide Seiten ihres Kopfes legte, während er in ihr Gesicht starrte.

„Ich bin bereit", flüsterte sie, als er so lange schwieg, dass sie schon befürchtete, er würde darüber nachdenken, aufzustehen und wegzugehen. „Ich will dich."

Er schloss die Augen, und für einen Moment blitzte ein Schmerz in seinem Gesicht auf. Ein Blitz des Bedauerns, der ihr Herz packte und zusammenpresste. Aber dann öffnete er die Augen wieder und flüsterte: „Dann gebe ich dir alles, was du willst, Meg. Alles."

KAPITEL 10

Simon starrte auf Meg hinunter, die noch immer von ihrem Orgasmus errötet war, ihre Augen glasig vor Verlangen, aber auch vor Sorge. Wie viele Nächte hatte er davon geträumt, genau das zu tun? Wie oft hatte er sich selbst befriedigt, während er sich vorstellte, wie sie sich unter ihm krümmte und sich ihm hingab?

Und jetzt war er hier. Er hatte ihren Körper bereits verwöhnt, er hatte ihr bereits Lust entlockt. Alles, was noch fehlte, war diese letzte Forderung. Diese letzte Sache, die sie zu seiner Frau machen würde.

Aber alles, woran er denken konnte, war der Schmerz, den er verursachen würde. Der physische Schmerz, sie zu nehmen, hatte begonnen, all den anderen Schmerz zu repräsentieren, den er von diesem Tag an in ihr Leben bringen würde. Das Geflüster heute war harsch gewesen. Die Londoner Gesellschaft war grausam.

Und es würde noch schlimmer werden. Seinetwegen.

„Simon?", flüsterte sie, hob ihren Kopf leicht an und streckte die Hand aus, um seine Wange zu berühren.

Er stieß einen schaudernden Seufzer aus und lehnte sich in ihre sanften Finger. „Ich will dir nicht wehtun", gab er zu. „Aber es lässt sich nicht vermeiden."

Sie neigte den Kopf, musterte ihn, und er dachte, sie hätte verstanden, dass er nicht nur von dieser Nacht, von diesem Moment sprach.

„Du hast mir gesagt, es würde nicht immer wehtun ... Hast du gelogen?", flüsterte sie.

Er schüttelte den Kopf. „Nein. Nein, nach dem ersten Mal sollte es nie wieder wehtun, wenn ich es richtig mache."

Sie lächelte. „Dann führt der Schmerz zu etwas Besserem."

Er zuckte zusammen. „Meg ..."

Sie griff zwischen ihre Körper, berührte sanft sein Glied und führte ihn an ihren Eingang. „Ich will das, Simon. Alles. Wenn der Schmerz ein Teil davon ist, dann will ich auch diesen spüren. Denn all die Gefühle, die guten und die schlechten, machen es real. Mach es wahr. Bitte."

Es war die Bitte, die ihn in den Bauch traf. Sie sagte es so leise, so sanft, nicht als Bitte in ihrem Namen, sondern in seinem. Und er wäre nie in der Lage gewesen, es ihr zu verweigern. Nicht in dem Moment, in dem er sie zum ersten Mal gesehen hatte. Und vor allem nicht seit dem Moment, als er erkannt hatte, dass sie nicht nur eine wunderschöne Frau war, sondern *die* Frau für ihn.

Und in guten wie in schlechten Zeiten, in Reichtum wie in Armut, was immer er getan hatte, um sie hierher zu bringen ... jetzt waren sie hier. Und obwohl Simon sich nicht sicher war, ob er jemals würdig sein würde, sie zu lieben, ob er überhaupt in der Lage wäre, ihr zu geben, was sie brauchte, eines wusste er. Wenn es um Vergnügen ging ... da war er ein Experte.

Er holte tief Luft, dann begegnete er noch einmal ihrem Blick. Als er sich auf die braunen Tiefen konzentrierte, schob er ihre Beine mit seinem Knie ein wenig weiter auseinander. Er hielt ihren Blick gefangen, auch als er begann, in sie einzudringen.

Und es war himmlisch. Von dem Moment an, als er in sie eindrang, umfasste ihr Körper ihn wie ein enger, feuchter Handschuh, der ihn willkommen hieß, als gehöre er genau dorthin. Er spürte den Widerstand ihres jungfräulichen Geschlechts, wusste, wann der Schmerz einsetzte, weil sie den Atem anhielt.

Er hielt inne, auch wenn es ihn einiges an Kontrolle kostete, und streichelte mit seiner Hand ihre Wange. „Entspann dich", murmelte er.

Sie nickte. „Es ist nur ein kleiner Schmerz", beruhigte sie ihn. „Es ist so seltsam, eine andere Person in mir zu haben."

Er lächelte, beugte sich vor und presste seinen Mund auf den ihren. Sie öffnete sich ihm sofort und seine Zunge streichelte ihre, so wie er sie gleich mit seinem Körper streicheln würde. Als er spürte, wie sie sich unter ihm entspannte, stieß er langsam tiefer in sie.

Sie keuchte in seinen Mund, aber ihre Arme lösten sich nicht von seinem Hals, der Kuss brach nicht ab und ihr Körper nahm ihn Zentimeter für Zentimeter auf, bis er ganz in ihr versunken war.

Es war das Mächtigste, was er je gespürt hatte. Oh, er hatte schon viele Frauen genommen und er hatte viel Freude an diesem Akt gefunden. Aber es war stets flüchtig gewesen. Dies hier war etwas anderes. Dies war eine Frau, die er liebte. Eine Frau, von der er sicher gewesen war, dass er sie verlieren würde.

Und nun war er in ihr, ihr Körper spannte sich um ihn herum an, ihr Atem strömte gegen seinen Hals, während sie sich an ihn klammerte. Er hatte noch nie zuvor ein solches Vergnügen empfunden, und er hatte noch nicht einmal angefangen, sich zu bewegen.

Dann bewegte Simon seine Hüften sanft, um ihre Reaktion zu testen, und sie gab einen leisen Laut von sich. „Tut es weh?", fragte er.

Sie schüttelte den Kopf. „Nein", stöhnte sie. „Nichts dergleichen."

Er lächelte über die Spannung in ihrer Stimme, die durch das Vergnügen hervorgerufen wurde, und rollte wieder seine Hüften. „Fühlt sich das gut an?"

„Oh, Gott", stöhnte sie und ihre Fingernägel gruben sich leicht in seinen Rücken. „Ja."

Er presste seinen Mund auf den ihren und begann, sie in langen, gleichmäßigen Stößen zu nehmen. Sie hob ihre Hüften, um ihm entgegenzukommen, denn ihre Unschuld war nicht so stark wie ihr natürlicher Drang, Erleichterung zu finden und sie ihm ebenfalls zu bescheren. Und wie sie ihm Vergnügen bereitete. Sein Schwanz hatte sich noch nie so hart und so empfindlich angefühlt, als er durch ihre nassen Falten fuhr und gegen ihren bereits empfindlichen Kitzler stieß.

Meg stöhnte nun und ihre Schreie wurden ein wenig zu laut für das Haus voller Menschen. Er bedeckte ihren Mund mit seinem, ließ sie keuchen und stöhnen, während er sie wieder und wieder nahm. Seine Eier spannten sich an und er wusste, dass er sich erschöpfen würde, aber er wollte, dass sie noch einmal kam. Er wollte sie mit Vergnügen überhäufen, bevor er sie mit seinem Samen markierte.

Und dann schrie sie seinen Namen und ihr Körper begann zu flattern, massierte ihn mit ihren inneren Muskeln, als der Orgasmus sie erneut traf. Sie starrte zu ihm auf, die Augen weit vor Überraschung und Vergnügen, und er konnte sich nicht länger zurückhalten. Er stieß noch ein paar Mal zu, während sie ihn melkte, und erlaubte sich dann, Erlösung zu finden, als er in ihr kam.

Simon sackte über ihr zusammen und fühlte die Weichheit ihres Körpers, als ihre Arme um ihn herumkamen und ihn hielten. Ihre Finger glitten an seiner Wirbelsäule entlang, während sie warme, süße Küsse auf seinen Hals und seine Schultern drückte. Simon stieß einen tiefen Seufzer aus. Darauf hatte er sein ganzes Leben lang gewartet, so schien es. Und nun war er hier. Und sie war sein.

Er hatte sie gestohlen, natürlich.

Dieser Gedanke ließ seine Augen aufgehen und er rollte sich von ihr weg auf den Rücken, trennte ihre Körper, als die Enge um seine Brust im Nu zurückkehrte.

Meg bewegte sich zur Seite und legte ihren Kopf auf seine Schulter, während eine Hand auf seiner Brust ruhte. „Ich bin so froh, dass du heute Abend hergekommen bist", murmelte sie und zeichnete mit den Spitzen ihrer Fingernägel ein leichtes Muster auf seiner Haut nach. „Um ehrlich zu sein, dachte ich, du wärst vielleicht wütend auf mich."

Er schaute auf sie herab. „Wütend?", wiederholte er. „Warum?"

„Weil du gezwungen wirst, mich zu heiraten", antwortete sie mit einem Seufzer. „Obwohl du nichts falsch gemacht hast."

Er setzte sich leicht auf, und das zwang sie, sich zu bewegen. „Ich habe nichts falsch gemacht?", wiederholte er. „Meinst du das ernst?"

Sie schluckte, als sie sich ebenfalls aufsetzte. „Ich meinte nur ..."

„Ich bin dir gefolgt, obwohl ich deinen Bruder oder deinen Verlobten dazu hätte auffordern sollen", sagte er. „Ich habe es getan, weil ich dich wollte. Und ja, dass wir in der Hütte gefangen waren, war nicht speziell meine Schuld, aber ich habe dich geküsst, Meg. Weil ich dich wollte. Ich habe dich seit Jahren begehrt. Habe begehrt, was mein Freund hatte, und nun habe ich es mir genommen."

Ihre Lippen trennten sich, und in ihren Augen blitzte ein Hauch von Wut auf. „Simon, ich bin kein Preis, der von Mann zu Mann weitergereicht werden kann. Du hast kein Pferd oder einen Ring von Graham gestohlen. Du kannst keinen Menschen stehlen."

Er drehte den Kopf. „Vielleicht nicht, aber wir sind hier, nicht wahr?"

Sie stieß sich vom Bett ab und ging weg, griff nach ihrem abgelegten Morgenmantel und warf ihn sich um die Schultern. Als sie ihn zuband, versuchte er, seine Enttäuschung darüber, dass sie sich bedecken wollte, zu verdrängen.

Sie starrte ihn an. „Wenn du dich so sehr dafür selbst hasst, was du getan hast, warum bist du dann hierhergekommen? Warum hast du mit mir geschlafen? Warum willst du, dass ich Vergnügen empfinde?"

Er runzelte die Stirn, als er aufstand. Er sah ihren Blick zu seinem Schwanz huschen und spürte, wie das Leben wieder in ihn hineinzufließen begann. Mit einem Grunzen des Selbsthasses wandte er sich ab, griff nach seiner Hose und zog sie an, bevor er sagte: „Ich hasse dich nicht. Aber ich bin heute Abend hierhergekommen, weil ... weil ...“

Simon blieb stehen. Er hatte sich sehr bemüht, nicht zu analysieren, warum er zu ihr gegangen war. Er hatte den ganzen Tag an sie gedacht. Die ganze Nacht. Und irgendwie war er einfach dort angekommen, wissend, was er tun würde. Er wusste, was er wollte und was er sich nehmen würde, weil sich ihm niemand mehr in den Weg stellen konnte.

Aber warum? Das war etwas viel Dunkleres.

„Warum?“, wiederholte sie.

Er knirschte mit den Zähnen. „Damit mir dich niemand mehr wegnehmen kann. Damit niemand mehr aufhalten kann, was passieren wird.“

Sie schwieg, ihr Gesichtsausdruck war fassungslos über das Geständnis, das er sich selbst gegenüber nicht hatte machen wollen, geschweige denn ihr gegenüber. Das Geständnis eines Diebes, der letzte Nacht gekommen war ... und heute Nacht.

„Ich habe unsere beiden Welten verändert, Meg“, erklärte er leise. „Und dabei habe ich viele Menschen verletzt, die mir wichtig sind. Alles nur, weil ich dich wollte und bereit war, alles zu tun, um dich zu bekommen. Deshalb hasse ich mich. Deshalb verdiene ich kein Glück. Nicht, solange ich so viele andere für meinen Egoismus habe leiden lassen.“

Er bewegte sich auf die Tür zu.

„Du gehst?“, fragte sie.

Er erstarrte, die Hand an der Tür, und seufzte. „Wir sind noch nicht verheiratet, Meg. Ich habe es nicht verdient, hier zu sein.“ Entschlossen verließ er den Raum, verließ sie. Und als er die Tür schloss und sich im Flur anlehnte, flüsterte er: „Ich habe es getan.“

~

Meg unterdrückte ein Gähnen und zwang sich zu einem Lächeln, als Emma ihr eine Tasse Tee einschenkte. „Danke."

„Es sei denn, du willst etwas Stärkeres?", fragte Emma, setzte sich neben sie und legte ihr sanft eine Hand auf den Bauch. Megs Lächeln wurde dabei immer echter, denn sie wusste, dass Emmas Schwangerschaft eine große Freude für ihren Bruder und seine Frau war.

Wenigstens etwas Positives, obwohl sie sich nicht vorstellen konnte, dass diese ganze Anspannung gut für Emma oder das Kind war.

„Mir geht es gut. Du solltest dir Sorgen um dich selbst machen", meinte Meg, streckte ihre Hand aus und lächelte, als sie Emmas etwas gewölbten Bauch darunter spürte. Niemand außer dem engsten Kreis der Familie wusste von ihrer Schwangerschaft.

„Ich mache mir keine Sorgen um mich, mir geht es wunderbar", beruhigte Emma sie. „Aber da deine Mutter noch nicht hier ist, um an den Planungen für den Ball teilzunehmen, frage ich mich, ob du etwas mit mir besprechen möchtest. Gibt es eine Möglichkeit, wie ich dir helfen kann?"

Meg stand auf und schritt davon. Sie konnte nicht anders, als an die letzte Nacht zu denken. An Simons Körper auf ihrem, in ihrem, an all das Vergnügen, das sie erlebt hatte.

Kurz bevor er zur Tür hinausgeschritten war.

Sie warf einen Seitenblick auf Emma und fand ihre Freundin wartend vor, still aber erwartungsvoll. Sie öffnete den Mund, konnte aber die Worte nicht finden.

Dann errötete Meg. „Darf ich heute Abend an den Veranstaltungen teilnehmen?"

Emma stand mit einem Keuchen auf. „Liebes, du bist nicht eingesperrt. Großer Gott, James und ich dachten nur, du könntest eine Pause von neugierigen Augen und lautem Getuschel brauchen.

Ich weiß, dass du nicht viel Ruhe hattest, bei all den Besuchern vor deiner Tür ..."

Meg zuckte bei dieser Aussage und der Erinnerung an Simon an ihrer Tür zusammen. Aber Emma war ahnungslos und sprach weiter.

„... aber natürlich kannst du heute Abend mit allen zu Abend essen. Und wir werden alle unser Kinn heben und eine tapfere Miene aufsetzen. Ist es nicht das, was du mir vor nicht allzu langer Zeit gesagt hast, als ich mit einer demütigenden Erfahrung konfrontiert war?"

Meg lächelte. „Der Versuch deines Vaters, eine schreckliche Ehe für dich zu arrangieren, und James' Einmischung sind nicht ganz dasselbe wie das, was Simon und ich getan haben."

Meg seufzte. „Vielleicht hat Simon recht damit, dass wir eine Strafe verdient haben. Immerhin habe ich unserer Familie geschadet."

Emma schüttelte den Kopf. „Keiner von euch verdient eine Strafe. Und dieser letzte Ball soll beweisen, dass unsere Familie die Vereinigung unterstützt, Meg. James und ich stehen voll hinter dir."

Meg blinzelte die Tränen zurück, die ihr plötzlich in die Augen stachen. Natürlich unterstützten James und Emma sie. James war immer bereit gewesen, alles zu tun, um sie zu beschützen, einschließlich der Verlobung mit Graham, die diesen Schlamassel vor all den Jahren ausgelöst hatte. Und Emma war offensichtlich nicht in der Lage, etwas anderes zu tun, als mitfühlend und liebevoll zu sein. Das änderte jedoch nichts daran, dass sie beide im Sog dieses Skandals mitgerissen wurden, auch wenn Emma sich weigerte, diese Tatsache anzuerkennen.

Bevor Meg mehr sagen konnte, schlenderte ihre Mutter in den Salon. Meg wandte sich ihr mit einem Stirnrunzeln zu. Die Dowager Duchess sah für jeden zufälligen Beobachter gut aus, aber Meg kannte sie besser. Die Schatten unter den Augen ihrer Mutter und der glasige Blick bedeutete nur eines ... sie war verkatert. Wie üblich.

Emma schenkte Meg einen unterstützenden Blick, denn sie wusste genauso gut wie Meg, welchen Schaden ihre Mutter anrichten konnte, und ging zur Tür, um sie zu begrüßen.

„Da bist du ja", sagte Emma mit einem breiten Lächeln. „Gerade rechtzeitig, denn wir haben eben erst angefangen, über den Ball zu sprechen. Megs Verlobungsball."

Die Dowager Duchess schenkte Meg einen kurzen Blick und Meg wich unter ihrem Blick zurück. Ihre Mutter war oft schwer zu durchschauen, da ihre Emotionen durch den Alkohol abgestumpft waren. Heute jedoch sah sie Sorge in den Augen der älteren Frau aufleuchten. Vielleicht sogar Verurteilung.

Und wenn sie das Urteil einer Frau verdient hatte, die oft aus Partys herausgeschmuggelt werden musste, damit sie keine Szene machte, wie weit war Meg dann gefallen?

„Ich denke, das Wichtigste ist, dass wir so tun, als wäre dies der erste Ball, den wir zu Ehren von Megs Verlobung veranstalten", sagte ihre Mutter, schenkte sich Tee ein und trank einen großen Schluck, bevor sie fortfuhr. „Wenn jemand so ungehobelt ist, den Duke of Northridge zu erwähnen, machen wir weiter, als wäre sein Name nie erwähnt worden."

Meg runzelte die Stirn. „Graham ist ... war ... ein guter Freund von James und Simon. Und wir waren lange verlobt, Mutter. Ich weiß nicht, ob es hilft, so zu tun, als gäbe es ihn nicht."

Ihre Mutter wölbte eine Braue. „Der junge Mann ist weggegangen, um euch alle zu beschützen, nicht wahr?"

Megs Stirn legte sich in Falten, als sie an Grahams überstürzte und wütende Abreise dachte. Zu dem Zeitpunkt war sie sich nicht sicher gewesen, ob er in irgendeiner Weise schützend an sie oder Simon gedacht hatte. Aber andererseits, wenn er geblieben wäre, hätte das nur noch mehr Unruhe verursacht. Es hätte mehr Möglichkeiten zum Anstarren und Analysieren gegeben.

Und das Einzige, was Graham immer gewesen war, war beschützend. Gegenüber James, Simon ... sogar über sie hatte er gewacht.

„Wenn ein Teil seiner Abreise dem Zweck diente, Simon und mich zu beschützen, dann verdanken wir ihm sehr viel", antwortete sie leise.

„Und eines Tages, da bin ich mir sicher, wirst du die Gelegenheit haben, das alles wieder gutzumachen", sagte die Dowager Duchess mit einer abweisenden Handbewegung. „Aber für den Moment schlage ich vor, dass wir daraus einen rauschenden Ball machen, eine kraftvolle Demonstration unserer Familieneinheit und eine Feier dieser Vereinigung."

Emma fuhr sich mit der Hand über das Kinn, als würde sie über den Vorschlag nachdenken. „Ich dachte, der Ball sollte eher klein und zurückhaltend sein, aber du hast wahrscheinlich recht. Ein größeres Ereignis wird unsere Unterstützung verdeutlichen und vielleicht diejenigen zum Schweigen bringen, die an diesem Spiel etwas auszusetzen haben."

„Eine gute Party bringt jeden zum Schweigen, wenn sie richtig organisiert wird", erklärte Megs Mutter.

Emma nickte. „Ich stimme zu. Aber da die Party morgen Abend stattfindet, bedeutet das, dass ich mich jetzt beeilen muss, um mit den Bediensteten zu sprechen und unsere Pläne anzupassen. Werdet ihr beide ..." Sie ließ ihren Blick zu Meg schweifen. „Kommst du zurecht?"

„Natürlich", sagte die Dowager Duchess. „Meg und ich haben jahrelang zusammen gelebt, natürlich können wir zusammen allein sein."

Meg nickte, um Emma zu erlauben, zu gehen. Sie tat dies, aber Meg konnte sehen, dass sie unsicher war. Um ehrlich zu sein, war sie selbst es auch, als sie sich ihrer Mutter zuwandte.

„Hast du mir etwas zu sagen, Mutter? Nun, da Emma gegangen ist?"

Ihre Mutter zuckte bei der Frage leicht zusammen, aber sie wich nicht zurück. „Glaubst du, ich habe mein Urteil über dich zurückgehalten, bis Emma weg war?"

Meg zuckte mit den Schultern. „Ich nehme an, wenn du ein

Urteil hättest, hätte dich Emmas Anwesenheit nicht daran gehindert, es zu äußern. Ich dachte nur, du wolltest mich schimpfen, da du gestern keine Gelegenheit dazu hattest, als dieses Chaos begann."

„Weil ich betrunken war", gestand ihre Mutter.

Megs Mund blieb vor Schreck offen stehen. Die Dowager Duchess hatte noch nie zugegeben, dass sie trank, nicht in all den Jahren, in denen Meg damit beauftragt war, sie zu beobachten, sie zu beschützen, sie aus der Öffentlichkeit herauszuhalten, wenn es ihr schlecht ging.

„Ich… "

Ihre Mutter schüttelte den Kopf. „Fragst du dich nie, warum ich zur Flasche greife, Margaret?"

Meg wandte ihr Gesicht leicht ab. „Ich weiß, warum. Du warst sehr unglücklich mit Vater."

„Aber verstehst du es? Verstehst du es wirklich? Vielleicht schon, wenn man die geplatzte Verlobung und die kompromittierende Lage bedenkt, in der du dich befindest." Die Dowager Duchess stieß einen schmerzhaften Seufzer aus. „Dein Vater hatte eine Familie vor unserer. Die Familie, die er wirklich wollte. Als sie bei diesem Unfall ums Leben kamen, wollte er nicht noch einmal heiraten oder neue Kinder bekommen."

Meg schürzte ihre Lippen. Obwohl dies kein Gespräch war, das sie jemals mit ihrer Mutter geführt hatte, hatte sie im Laufe der Jahre mit James darüber gesprochen ... mit Simon ... und sie hatte versucht, ihren Vater zu verstehen. Sie hatte versucht, sich in seine Lage zu versetzen und den Kummer zu verstehen, den er durchgemacht haben musste, als er die Familie verlor, die er sich geschaffen hatte.

Aber es war schwer, da seine Grausamkeit ihr und ihrem Bruder gegenüber so alltäglich gewesen war.

„Er tat aber seine Pflicht, nicht wahr?", sagte sie leise.

Die Witwe nickte. „In der Tat. Und diese Pflicht war ihm wichtig. Auch unsere Ehe war arrangiert. Das Vermögen meines Vaters war üppig und sein Titel wurde respektiert. Es war eine gute Partie, zumindest auf dem Papier. Die Realität war, wie du weißt, ganz anders."

„Er hat uns alle gehasst", murmelte Meg. „Ich glaube, er hat überhaupt nicht mit mir gesprochen, seit ich sieben oder acht Jahre alt gewesen war. Ich war unbedeutend, kein Junge, kein Ersatzerbe."

Ihre Mutter erschauderte. „Er hat auch kaum mit mir gesprochen. Er grunzte über mir und versuchte, aus Angst, dass sein ältester Sohn sterben würde, einen Ersatz zu produzieren, aber nachdem du geboren warst, wurde ich nie wieder schwanger. Er hat mich dafür gehasst. Er hat dich gehasst, weil du ein Mädchen bist. Er hasste James, weil er nicht sein verstorbener Sohn war."

„Hast du ihn jemals geliebt?", fragte Meg leise, ermutigt von dieser so anderen Mutter, die so offen über die Vergangenheit sprach.

Sie schien einen langen Moment lang über die Antwort nachzudenken.

„Nein", antwortete sie schließlich. „Tatsächlich war ich ... ich war in einen anderen verliebt, als mir die Ehe aufgedrängt wurde. Ich verlor ihn und die Zukunft, die ich mir ausgemalt hatte. Ich nehme also an, dass es zwischen deinem Vater und mir zu viel Groll gab, um ihn zu überwinden. Der Punkt ist, Margaret, dass die Heirat mit jemandem, den ich nicht liebte oder mochte, nur Elend für uns alle brachte. Es machte mich... zu dem hier. Es führte letztendlich dazu, dass ich dich und James im Stich gelassen habe."

Meg hob eine Hand an ihre Lippen, denn diese zusätzliche Anerkennung der Unzulänglichkeiten der Dowager Duchess kam unerwartet. „Mama", flüsterte sie und kehrte zu einer weniger förmlichen Anrede zurück, als sie es normalerweise tat.

Die Witwe hob ihr Kinn. „Ich weiß, was ich bin, Margaret. Und trotz meiner Fehler, sorge ich mich ... um dich. Ich möchte nicht, dass du wirst wie ich. Ich weiß, du liebst deinen Bruder, ich weiß, er glaubt, dass er das Richtige für dich tut, aber lass dich von niemandem zu etwas zwingen, was du nicht willst."

Meg legte den Kopf schief. „Die erste Verlobung, mit Graham ...

ich wollte das nicht. Ich war zu jung, um mich dagegen zu wehren, und dann war die Situation schon so weit fortgeschritten, dass ich nicht mehr dagegen aufbegehren konnte. Vielleicht wäre ich in diesem Szenario am Ende ... unglücklich gewesen. Aber mit Simon ist es anders. Ich möchte ihn heiraten, Mutter."

Ihre Mutter lächelte. Es war ein so seltener Ausdruck, und einen Moment lang stockte Meg der Atem, denn sie sah ihren Bruder im Gesicht ihrer Mutter. Sie sah sich selbst. Sie sah, was für eine schöne Frau sie gewesen war, bevor sie in eine lieblose, hoffnungslos unglückliche Ehe gezwungen worden war.

„Dann lass ihn nicht mehr gehen", sagte die Dowager Duchess. Sie räusperte sich und ihr üblicher saurer Ausdruck kehrte zurück. „Mir brummt der Schädel. Ich glaube, ich werde mir etwas Stärkeres als Tee holen. Guten Tag, Margaret."

Ihre Mutter ging und Meg sank hart in den nächstgelegenen Sessel, um über ihr unerwartetes Gespräch nachzudenken. Dieser Moment der Klarheit war keiner, der von Dauer sein würde, darauf würde sie wetten. Es gab zu viel Schmerz für ihre Mutter, um ihn ohne die Hilfe von Alkohol zu überwinden. Aber dies war das erste Mal seit Jahren, ja sogar Jahrzehnten, dass sie mit ihrer Mutter ein offenes Gespräch geführt hatte. Und dass sie das konnte, selbst in diesem dunklen Moment, gab ihr Hoffnung.

Eine Hoffnung, an die sie sich mit beiden Händen klammerte, als sie der ungewissen Zukunft mit einem Mann entgegensah, den sie nicht mehr verstand.

KAPITEL 11

Simon stand im Billardzimmer und sah zu, wie der Duke of Roseford, der Earl of Idlewood und James eine Runde spielten. Indem er den Raum spät betrat, hatte er sich selbst von der Teilnahme ausgeschlossen, aber das wollte er genau so. Heute Abend war er nicht in der Stimmung für Spiele.

Er war auch nicht in der Stimmung für einen Ball, aber das war es, was in weniger als einer Stunde beginnen sollte. Schlimmer noch, es war sein Verlobungsball und die letzte Veranstaltung hier auf dem Land, bevor sich die anderen auf den Weg zurück nach London machten. Die letzte Veranstaltung, bevor er Meg heiratete und sie zu seiner Ehefrau machte.

Dem Namen nach. Körperlich hatte er sie bereits beansprucht. Seitdem hatte er sie gemieden und versucht, seine Lust und seine Gefühle zu zügeln und all die Dinge, die sie an diesen Ort geführt hatten. Wenn er das nicht tat, fürchtete er, von ihr mitgerissen zu werden und sich nicht daran zu erinnern, was er getan hatte, um sie zu bekommen.

„Wird die Duchess of Crestwood an der Hochzeitsfeier teilnehmen?", fragte Robert, nachdem er einen Schluck genommen und sein Queue an Christopher weitergegeben hatte.

Simon zuckte zusammen und wurde sowohl durch die Frage als auch durch das Thema wieder in das Gespräch hineingezogen. Es war ein weiteres unglückliches Thema, denn Roberts Verhältnis zu seiner Mutter war schon lange angespannt, um es milde auszudrücken.

„Sie ist das einzige noch lebende Familienmitglied, deshalb habe ich sie gebeten, zu kommen", sagte er. „Ich habe vor zwei Tagen eine Nachricht geschickt. Die Nachricht sollte sie heute erreicht haben, und wenn sie morgen abreist, um sich uns anzuschließen, müsste sie spätestens am Dienstagabend hier in Falcons Landing eintreffen."

„Deine einzige Familie", sagte Kit leise. „Das war nicht immer so, oder? Ich meine, sollten wir nicht wie Brüder sein?"

James richtete sich auf und warf ihrem Freund einen Blick zu. „Idlewood", sagte er, eine sanfte Warnung.

Aber Christopher schien nicht abgeschreckt zu sein. Er stellte sich Simon gegenüber und verschränkte die Arme vor der Brust. „Wir haben am Abend, als Meg und Northfield das Datum ihrer Hochzeit bekannt gaben, darüber gesprochen. Nicht wahr?"

Robert und James wandten Simon ihre Aufmerksamkeit zu und schauten beide verwirrt ob dieser Wendung. Simon knirschte mit den Zähnen. „Du hast mich nach meiner … meiner Situation gefragt, als es um Meg und Graham ging, ja."

„Und in diesem Moment hast du mir gesagt, dass du erkannt hast, dass es hoffnungslos ist, denn auf diese Gedanken oder Gefühle hin zu handeln, hieße, einen Freund zu verraten. Aber hier sind wir nun, nicht wahr?"

„Genug", sagte James, legte sein Queue beiseite und trat körperlich zwischen die beiden Männer. „Das ist nicht hilfreich, Idlewood. Simon bestraft sich offensichtlich selbst genug für seinen Anteil an dieser Situation."

„Genau wie es sein sollte", stieß Simon hervor und wandte sich von seinen Freunden ab. „Ich verdiene Idlewoods Tadel, so wie ich auch deinen verdiene. In unserer Freundschaft, in unserem Club, ging es um Brüderlichkeit und Unterstützung, Ehre und Treue. Das bedeutete mir die Welt, aber ich habe dieses Gelübde trotzdem gebrochen. Ich behaupte nicht, dass ich etwas anderes getan habe. Deshalb habe ich nichts anderes verdient als Idlewoods Verachtung und den Hass, den Graham für mich empfindet. Ich wende mich nicht davon ab oder bringe irgendeine Ausrede vor, um mich davon zu befreien. Ich trage für meine Handlungen den Rest meines Lebens die Verantwortung."

Als Simon zu den Männern zurückblickte, entspannte sich Kits Gesichtsausdruck leicht, aber er hielt seine Arme verschränkt. Simon konnte sich gut vorstellen, dass die anderen Mitglieder ihres Clubs sehr wahrscheinlich für Graham Partei ergreifen würden, sobald sich die Geschichte dessen, was hier mit Meg geschehen war, verbreitet hatte. Sie würden vielleicht immer noch mit ihm reden, es vielleicht wie Gentlemen angehen, aber er würde deswegen eindeutig Freunde verlieren.

Er hatte nichts anderes verdient.

James trat vor. „Der Ball wird in etwa zehn Minuten beginnen. Vielleicht sollten wir uns zu den anderen gesellen, ja?"

Robert räusperte sich, sein Blick wanderte zu Simon. „Sollen wir vorher auf die Verlobung anstoßen?"

Simon erstarrte bei dieser Frage. Dann schüttelte er den Kopf. „Nein", sagte er leise und verließ den Raum ohne ein weiteres Wort.

Gäste betraten bereits den Ballsaal am Ende des langen Flurs und er hörte die Ankunft anderer Partygäste aus dem Foyer. Er holte tief Luft, zog die Schultern zurück und schritt hinunter, um sich der Party anzuschließen.

Megs Wangen schmerzten von dem falschen Lächeln, das seit einer halben Stunde auf ihr Gesicht aufgesetzt war. Ein tapferes Gesicht, nannte Emma es, und ihre Freundin streckte gelegentlich die Hand aus, um Megs zu drücken und ihr stille Unterstützung anzubieten, als sie zusammen am Rand der Tanzfläche standen, mit James an Emmas Seite.

„Bis jetzt würde ich den heutigen Abend als Erfolg bezeichnen", sagte James, obwohl Meg die Anspannung in seinem Tonfall vernahm.

Sie verspürte die gleiche Anspannung. Ein Erfolg, so schien es, war daran zu messen, dass es keinen Skandal gegeben hatte und die Leute noch mit ihr sprachen. Eine niedrige Messlatte, in der Tat. Vor allem, wenn sie quer durch den Raum blickte und ihren Verlobten allein dort stehen sah.

Er wollte sie nicht ansehen.

Simons Vermeidungstaktik, die er an dem Tag, nachdem sie miteinander geschlafen hatten aufgenommen hatte, schmerzte mehr, als es eine Peitsche hätte tun können. Ein körperlicher Schlag wäre ihr zu diesem Zeitpunkt lieber gewesen. Wenigstens gab es bei dieser Art von Wunde eine Chance auf Heilung, wenn sie behandelt wurde. Aber diese langwierige Distanz, die sich nun zwischen ihr und Simon aufzutun schien ...

Das war etwas ganz anderes. Und je länger es andauerte, desto mehr verletzte es sie.

Emmas Fuß klopfte unter dem Saum ihres Kleides auf den Boden und Meg schenkte ihr einen Seitenblick. Einst ein Mauerblümchen, hatte Emma anfangs nur widerwillig getanzt. Aber nach ein paar Monaten Ehe mit James wusste Meg, dass die neue Duchess es sehr mochte, sich in einer Quadrille zu drehen oder sich für einen Walzer in James' Arme zu schmiegen. Schon bald würde ihr wachsender Bauch sie daran hindern, beides zu tun.

„Ihr zwei solltet tanzen", sagte Meg und winkte die beiden auf die Tanzfläche. „Ihr habt nicht getanzt, seit wir aufs Land gekommen sind. Wenn wir so tun, als sei alles normal und richtig, dann müsst ihr euch so verhalten, wie ihr es auf jedem Ball tun würdet. Bei euch beiden bedeutet das, so eng zu tanzen, dass die feine Gesellschaft in den nächsten Tagen darüber tuschelt."

Emma errötete, aber zum ersten Mal heute Abend grinste James.

„Ich mag es, die oberen Zehntausend zu schockieren, wann immer ich die Chance dazu bekomme."

Emma klopfte ihm sanft auf den Arm. „James!"

Er ergriff ihre Hand und zog sie näher zu sich heran. „Komm, Emma, lass uns all die Augen auf uns ziehen, ja?"

Er lächelte Meg an, dann führte er seine Frau weg. Meg konnte sehen, wie er Emma etwas ins Ohr murmelte und Emmas Augen sich daraufhin weiteten. Getreu seinem Wort hielt er sie viel zu nah bei sich, als die Walzerklänge begannen.

Meg seufzte, neidisch auf die Liebe, die sie so leicht zur Schau stellten. Die beiden hatten so viel überwunden, um ihren Moment, ihre Zukunft zu haben. Sie missgönnte es ihnen nicht, aber sie wurde sich auch ihrer eigenen schlimmen Situation deutlicher bewusst, während sie sie beobachtete.

„Guten Abend, Lady Margaret."

Meg versteifte sich und drehte sich zu der Frau um, die sie gegrüßt hatte. Ihr Stirnrunzeln vertiefte sich, als sie erkannte, dass die Person, die sich zu ihr gesellt hatte, Sarah Carlton war. Sie war die gleiche Frau, die auf der Party mit Simon getanzt hatte, die Frau, auf die Meg eifersüchtig gewesen war, obwohl sie kein Recht dazu hatte. Nach dem säuerlichen Gesichtsausdruck ihrer neuen Gesprächspartnerin zu urteilen, schien die Eifersucht nun in beide Richtungen zu gehen.

„Miss Carlton, nicht wahr?", fragte sie und versuchte, einen freundlichen, lockeren Ton anzuschlagen.

Die junge Frau nickte einmal und trat neben sie. Sie beobachtete einen Moment lang die Tanzenden auf der Tanzfläche.

„Amüsiert Ihr Euch?", fragte Meg, die sich bemühte, sich so zu verhalten, wie sie es normalerweise tun würde.

Miss Carlton zuckte mit den Schultern. „Das tat ich."

„Oh", sagte Meg und betete, dass dies nicht zu einem Gespräch über ihre Situation werden würde. „Gibt es etwas, was ich für Euch tun kann, da unsere Gastgeber gerade tanzen?"

Miss Carlton drehte sich mit zusammengekniffenen Augen zu

ihr um. Megs Brust zog sich bei diesem Blick zusammen, denn es war klar, dass der Zorn dieser Frau auf sie gerichtet war. Und es konnte nur ein Thema geben.

Das, welches sie unbedingt vermeiden wollte.

„Ihr hattet einen Verlobten", zischte Miss Carlton, glücklicherweise nicht zu laut. „Einen sehr guten Verlobten, der ein Duke ist. Ich glaube, er war sogar noch reicher als Crestwood, wenn man meiner Mutter Glauben schenken darf."

Meg ballte die Fäuste an ihren Seiten. „Wir beide kennen uns nicht gut genug, um diese unglaublich unverschämte Unterhaltung zu führen."

„Es ist mir egal, ob es unverschämt ist", sagte Miss Carlton und warf ihr blondes Haar hin und her. „Großer Gott, ist irgendein Mann vor Euch sicher? Werdet Ihr den Duke of Crestwood bald satthaben und zu einem anderen weiterziehen? Werdet Ihr alle infrage kommenden Männer des Landes für Euch beanspruchen und keinen für uns andere übriglassen?"

„Ihr habt ja keine Ahnung, wovon Ihr redet", entgegnete Meg, deren Geduld am Ende war. „Crestwood und ich sind schon sehr lange befreundet und..."

„Freunde, Mylady? Nur Freunde?", fragte die andere Frau. Dunkle und grausame Andeutungen tropften aus jedem Wort.

Miss Carlton blinzelte, und Meg konnte frustrierte und verzweifelte Tränen in ihren Augen sehen. Sie kannte die Frau nicht gut, aber sie erinnerte sich, dass Miss Carlton in einer ziemlich schlechten finanziellen Lage war. Falls sie sich eingeredet hatte, dass Simon sie mochte, als sie getanzt hatten, konnte Meg verstehen, warum sie das Gefühl hatte, dass ihr etwas weggenommen worden war. Etwas, das Meg selbst nicht brauchte.

Meg wollte Mitgefühl für die Frau empfinden. Aber im Moment fühlte sie nur den Wunsch, ihrem Tadel und dem Ärger zu entkommen.

„Ihr seid gereizt", stellte Meg fest. „Und vielleicht habt Ihr zu viel Punsch getrunken."

„Ich bin nicht gereizt", murmelte die andere Frau. „Ich mag es nur nicht, wenn eine Frau nach allem auf der Welt greift, weil sie glaubt, sie könne einfach nehmen, nehmen, nehmen. Mein einziger Trost ist, dass dieser Skandal so weit verbreitet worden ist, dass Ihr Euch vielleicht nie davon erholen werdet. Und wenn sie über Euch tuscheln, werde ich die Erste sein, die ihnen erzählt, was ich mit meinen eigenen Augen beobachtet habe."

„Das ist genug."

Beide Frauen drehten sich um, und Megs Wangen flammten hell auf. Der Earl of Idlewood stand jetzt direkt neben ihr und blickte auf Miss Carlton herab. Er war ein alter Freund von James, Simon und Graham, einer aus ihrem Club der Dukes. Tatsächlich war er der Einzige, der seinen endgültigen Titel noch nicht geerbt hatte.

Meg kannte ihn natürlich, denn er hatte ihren Bruder im Laufe der Jahre viele Male besucht. Er war immer herzlich gewesen. Aber seit dem Vorfall mit Graham hatte sie manchmal seine Augen auf ihr gespürt ... voller Urteil. Idlewood war loyal und sie spürte, dass er sie wegen ihres Mangels an dieser Eigenschaft verurteilte.

„Lord Idlewood", sagte Miss Carlton, ihr Blick huschte weg. „Ich habe Euch nicht gesehen."

„Wohl nicht, sonst hättet Ihr nicht solch elende Dinge gesagt", erwiderte Idlewood leise. „Geht nun und kehrt zu Eurer Mutter zurück. Ich würde auch vorschlagen, dass Ihr Euch überlegt, wie Ihr es ihr sagen wollt."

„Es ihr sagen?", fragte Miss Carlton mit weit aufgerissenen Augen.

Idlewood wölbte eine Braue. „Wenn der Duke of Abernathe erfährt, dass Ihr seine Schwester angegriffen habt, werden Einladungen zu vielen Veranstaltungen ausbleiben. Ich nehme an, Ihr werdet Eurer Mutter sagen müssen, warum. Und nun verschwindet."

Miss Carltons Lippen pressten sich fest zusammen, dann drehte sie sich um und ging durch den Raum. Meg stieß den Atem aus, von dem sie nicht einmal wusste, dass sie ihn angehalten hatte, und blickte zu Idlewood auf.

„Danke", sagte sie. „Dass Ihr mir zur Hilfe gekommen seid."

Er sah zu ihr hinunter und es lag nach wie vor ein abweisender Zug um seine Lippen, als er schniefte. „Ich kann nicht zulassen, dass mit der Schwester eines meiner engsten Freunde auf diese Weise gesprochen wird."

Meg schluckte. „Auch wenn Ihr mit den Worten einverstanden seid, die gesagt wurden, nehme ich an?"

Idlewoods Kiefer spannte sich an und er starrte in die Menge. Sie erkannte, dass er Simon ansah, aber auf seinem Gesicht war Bedauern zu erkennen.

„Im Gegensatz zu Miss Carlton erkenne ich, dass diese Angelegenheit weitaus komplizierter ist als eine bloße kompromittierende Situation." Er schüttelte langsam den Kopf. „Werdet Ihr Abernathe sagen, was sie zu Euch gesagt hat? Wenn Ihr es nicht tut, werde ich es tun."

Megs Mund öffnete sich. „Ich weiß es zu schätzen, dass Ihr Euch für mich einsetzen wollt, trotz Eurer Zweifel an meinem Charakter. Aber Miss Carlton befindet sich bereits in einer prekären Lage. Ihr hattet recht, als Ihr sagtet, dass James wütend sein würde, wenn er hört, dass sie so mit mir gesprochen hat. Ich möchte nicht dafür verantwortlich sein, dass sie ihre Chancen in der Gesellschaft verliert."

Idlewoods Stirn legte sich in Falten. „Ihr würdet ihr Verhalten dulden?"

Sie nickte. „Das würde ich. Sie ... mochte Simon. Das kann ich ihr gewiss nicht verübeln. Verzweiflung lässt Menschen Dinge tun, die sie später vielleicht bereuen."

Sie blickte noch einmal zu Simon und stellte fest, dass er sie endlich ansah. Sie wurde sofort in seinen Blick hineingezogen. Wie oft hatte er sie durch den Raum hindurch genau so angestarrt? Und sie hatte zurückgestarrt und sich eingeredet, dass er sie nur in Freundschaft ansah, dass ihre eigenen Gefühle nur eine flüchtige

Torheit waren, die verblassen würde, wenn sie sie nur stark genug ignorierte.

Nichts davon hatte der Wahrheit entsprochen. Nun verstand sie es besser. Jetzt sah sie die Sehnsucht in Simons Augen. Sie erkannte, dass es schon immer so gewesen war, dass sich ihre Seelen über die Distanz, die zwischen ihnen gelegen hatte, nach einander gesehnt hatten. Ihr Herz schmerzte beim Gedanken an das, was sie fast verloren hatten, an das, was sie hatten opfern müssen. Und es schmerzte, weil sie sich nicht sicher war, ob Simon es sich wegen dieses Opfers jemals erlauben würde, glücklich zu sein.

„Ihr habt keinen Tadel verdient", sagte Idlewood leise.

Sie sah noch einmal zu ihm auf, überrascht von seinen Worten und dem sanfteren Ton. „Nein?", fragte sie.

„Wie ich schon sagte, es ist komplizierter, nicht wahr?"

Sie nickte und deutete dann mit dem Kopf in Richtung Simon. „Und was ist mit ihm? Verdient *er* einen Tadel?"

Idlewood senkte den Blick. „Hat Crestwood Euch von unserer Begegnung im Billardzimmer erzählt?"

Sie versteifte sich. „Simon hat heute Abend noch nicht mit mir gesprochen. Ich hatte keine Ahnung, dass es einen Streit gab. Aber ich habe Augen ... ich kann sehen, wie Ihr mich anseht, wie Ihr *ihn* anseht. Es werden Seiten bezogen, nicht wahr, in Eurem Freundeskreis? Und Ihr trennt Euch von Simon."

„Es gab andere Lösungen für das, was passiert ist", sagte Idlewood. „Wege, die weniger schädlich gewesen wären. Aber ..."

Er unterbrach sich und Meg trat näher. „Aber?"

„Vielleicht hätte ich nicht so harsch zu ihm sein sollen. Crestwood bestraft sich selbst schon genug. Härter, als wir ihn je tadeln könnten."

Meg zuckte zusammen. Ja, das war genau das, was er gerade tat. Er bestrafte sich für das, was er getan hatte, für den, den er verraten hatte. Sie sah Simon wieder an und stellte fest, dass er sie immer noch beobachtete. Und in diesem Moment wusste sie, was sie zu tun hatte. Sie musste ihm die Hand reichen, weil er sich nicht würdig fühlte, es zuerst zu tun.

Er brauchte Trost und sie wollte ihn trösten.

„Nochmals vielen Dank, Lord Idlewood", sagte sie mit einem Lächeln auf den Lippen. „Würdet Ihr mich nun bitte entschuldigen?"

Er nickte einmal und sie verließ ihn. Ihr Herz raste, als sie sich über die Tanzfläche in Richtung ihres zukünftigen Ehemannes, ihres besten Freundes, ihres Schicksals bewegte. Und betete, dass er sie an sich heranlassen würde, wenn auch nur ein bisschen, und ihr Hoffnung geben würde, dass sie eines Tages zusammen glücklich sein könnten.

KAPITEL 12

Simon wusste, dass er Meg nicht quer durch den Raum anstarren sollte, aber er konnte es nicht verhindern. Er hatte sich nie zurückhalten können. Nun aber stand sie mit Christopher zusammen und aus ihren Gesichtsausdrücken war ersichtlich, dass sie ein ernstes Gespräch führten.

Nach Kits Wut im Billardzimmer konnte sich Simon nur zu gut vorstellen, was gesagt wurde. Und er hatte alles verdient, was sie ihm an den Kopf warfen. Sein Herz schlug heftig, als Meg etwas zum Earl sagte und dann durch den Raum auf ihn zukam.

Simon hatte sich jahrelang eingeredet, er müsse dieser Frau widerstehen. Aber wie konnte er das, wenn sie durch die Menge glitt und ihr Blick nur auf ihn gerichtet war? Sie war schöner als er es beschreiben konnte. Und sie gehörte ihm. Aber nur, weil er sie jemandem weggestohlen hatte, den er wie einen Bruder liebte. Denn trotz allem, was passiert war, liebte er Graham.

Aber er liebte Margaret mehr. Das war alles, was am Ende zählte. Es hatte seinen Egoismus geleitet.

Sie erreichte ihn, ohne sich seiner aufgewühlten, beunruhigenden Gedanken bewusst zu sein, und lächelte. Dieses Lächeln erhellte die Welt, erhellte seine Welt. „Möchtest du mit mir tanzen, Simon?"

Er versteifte sich bei der Aufforderung und dem Eindruck, den es hinterlassen würde. Gemeinsam glücklich auszusehen, schien für Graham ein grausamer Schlag ins Gesicht zu sein.

„Ist das eine gute Idee?", fragte er.

Ihr Lächeln schwankte und sie schluckte schwer, bevor sie sagte: „Wir haben schon immer auf Bällen miteinander getanzt, Simon. Immer."

Er schüttelte den Kopf. „Und sieh nur, wohin es uns gebracht hat."

Nun war kein Lächeln mehr auf ihren Lippen zu sehen, nur ein Aufblitzen von Schmerz und Kampfgeist. „Bist du entschlossen, mit unserer Situation unglücklich zu sein?"

„Wie könnte ich es nicht sein?" Er blickte im Raum umher, auf all die Augen, die subtil oder unverhohlen auf sie gerichtet waren. „Sieh dir nur an, wie sie starren und urteilen und tuscheln. Sieh dir die Anspannung in James' Gesicht an, nun da er mit Emma die Tanzfläche verlässt. Sie sollten glücklich sein und stattdessen müssen sie sich nun mit unserer Situation auseinandersetzen. Sieh nur, wie ich all meine Freunde verraten habe. Du hast mit Kit geredet ... er muss dir gegenüber seine Verachtung genauso betont haben wie mir gegenüber."

Sie schüttelte den Kopf. „Das hat er nicht. Idlewood hat mir gesagt, dass er die Worte bedauert, die vorhin zwischen euch gefallen sind. Und er ist ebenso wie ich der Meinung, dass du dich selbst genug bestrafst."

Simon wünschte, es wäre wahr. Es fühlte sich nicht richtig an. Es fühlte sich an, als sollte er leiden.

„Bitte lehne mich nicht ab", flüsterte sie und nahm seine Hand.

Meg lächelte, nicht das helle, strahlende Lächeln, das sie gezeigt hatte, als sie sich genähert hatte, sondern etwas weicher. Sanfter. Ein Lächeln, das sie nur ihm schenkte. Er wurde hineingezogen, so wie es seit Jahren der Fall war. Obwohl es damals falsch gewesen war, hatte es ihn nicht gekümmert. Er hatte es trotzdem gefühlt, auch wenn er dagegen angekämpft hatte.

Aber er hatte den Kampf am Ende verloren. Wenn sie ihn so ansah, würde er den Kampf immer verlieren.

Sie schien es zu spüren und führte ihn wortlos auf die Tanzfläche. Er legte seine Arme um sie und erzitterte, als seine Hand über ihre Hüfte wanderte und seine Finger sich so innig um ihre legten. Er wollte sie, so sehr, so verzweifelt. Sie zu berühren hatte es nicht einfacher gemacht. Nun, da er sie gekostet hatte, sie genommen hatte, war es noch schlimmer.

Sie drehten sich im Takt, schweigend, während sie ihren Blick auf den seinen gerichtet hielt. Simon konnte sich den dunkelbraunen Tiefen nicht entziehen, ertrank darin, wie immer. In diesem Moment gab es nur sie beide auf der Welt. Adam und Eva, füreinander bestimmt, aber von der Versuchung zu Fall gebracht.

Diese Verlockung hatte ihren Preis. Aber als er sie so nahe an sich hielt, erkannte er, dass es auch seine Vorteile hatte. Immerhin hielt er die Frau, die er liebte. In einer Woche würde er mit ihr verheiratet sein. Er würde bekommen, was er immer gewollt hatte.

„Ich habe ein neues Rätsel für dich", sagte Meg.

Seine Finger spannten sich um ihre Hüfte und er lächelte auf sie herab. Fast die ganze Zeit, die sie sich kannten, hatten er und Meg sich gegenseitig mit Rätseln herausgefordert, obwohl sie im letzten Jahr ihr Spiel nicht mehr gespielt hatten. Nicht seit die Antwort auf ein Rätsel, das er ihr gestellt hatte, *Liebe* war. Danach hatte das Spiel nicht mehr so viel Spaß gemacht.

„Wir haben uns schon lange kein Rätsel mehr gestellt", sagte er.

Ihr Gesichtsausdruck hellte sich auf. „Dieses Rätsel habe ich mir aufgespart. Willst du es hören?"

Er nickte. „Fordert mich heraus, Mylady."

„Der erste kommt vom ewigen Himmel herab", begann sie. „Und verursachte dir und mir viel Ärger, aber dieser Teil reimt sich nicht. Aus dem zweiten fliegt eine geflügelte Waffe. Gelb und blau, sowie rot und grün, sind die Farben zu sehen."

Er schürzte die Lippen, als er über ihre Worte nachdachte. Dann legte er den Kopf schief. „Ein Regenbogen?"

Sie lachte. „In der Tat, es ist ein Regenbogen. Gut geraten, Simon."

Er spürte, wie sich seine Schultern entspannten, als sie in ihren gewohnten gemeinsamen Rhythmus fielen. In diesem Moment fühlte sich der Tanz wie in alten Zeiten an, ihr Lächeln war genauso. Sie waren Freunde, wie sie es immer gewesen waren, und das Drama, das ihnen folgte, fühlte sich nicht so schmerzhaft an.

Die Musik endete und Simon vollführte eine kurze Verbeugung, bevor er ihren Arm nahm und begann, sie von der Tanzfläche zu führen. Zum ersten Mal seit langer Zeit hatte er ein bisschen Hoffnung.

Aber dann gingen sie an einer kleinen Gruppe von Gästen vorbei. Hinter einem Fächer hörte er Getuschel und sah Blicke, als die beiden das Parkett verließen. Sein Herz sank und nahm alle seine guten Gedanken mit sich. Als er Meg aus dem Augenwinkel betrachtete, sah er ihre Wangen rot aufflammen. Tränen glitzerten in ihren Augen.

Es war allein seine Schuld. Er konnte nicht so tun, als sei es nicht seine Schuld. Oder dass die Konsequenzen nicht real und mächtig waren. Wenn er ihr nahekam, verletzte er sie. Es war eine Tatsache, auch wenn er nicht wollte, dass es wahr war.

„Simon", sagte sie und wandte sich ihm zu.

Er schüttelte den Kopf. Er liebte sie. Er hatte sie immer geliebt. Aber James hatte recht gehabt, als er jemand anderen für sie ausgesucht hatte. Simon war nie gut genug für sie gewesen, und er war es immer noch nicht.

„Entschuldige mich, Meg. Ich muss gehen", entgegnete er, wandte sich dann von ihr ab und verließ den Ballsaal so schnell er konnte.

~

Meg starrte Simon hinterher, als er nicht nur von ihrer Seite wich, sondern auch zum Ausgang des Ballsaals hinausging. Als sie getanzt hatten, hatte sie eine Verbindung zu ihm gespürt. Es war nicht nur die Erneuerung an ihre Freundschaft gewesen, die entstanden war, als sie ihm ihr Rätsel erzählt hatte, sondern etwas mehr. Er hatte ihr ins Gesicht geschaut und sie hatte sein Herz in seinen Augen aufleuchten sehen. Sie hatte etwas gesehen, das tiefer war als Freundschaft, sogar stärker als das Verlangen.

Er hatte die Verbindung aufflammen lassen, die schon immer zwischen ihnen bestand. Er hatte sich ihr hingegeben. Und dann hatte die Menge geflüstert und er war zurückgezuckt.

Sie ballte die Fäuste und trat vor, wohlwissend, dass alle im Raum zuschauten und sich einen Dreck darum scherten. Sie folgte Simon, zehn Schritte hinter ihm, als er den Ballsaal verließ. Folgte ihm die Treppe hinauf. Folgte ihm in sein Gemach.

Er war so abgelenkt, dass er offensichtlich keine Ahnung hatte, dass sie hinter ihm stand. Er war dabei, die Tür zu seiner Kammer zu schließen, als sie die Hand ausstreckte und sie auffing, sich in seine Kammer schob und die Tür schloss. Meg griff hinter sich und verriegelte sie, als er sich umdrehte und sie mit großen Augen anstarrte. Besorgt, aber auch erfüllt mit Verlangen.

Ihr Körper reagierte auf dieses Verlangen und ihre Hände begannen an ihren Seiten zu zittern.

„Du solltest nicht hier sein", flüsterte er, seine Stimme rau.

Sie hob ihr Kinn. Sein Verlangen nach ihr war die einzige Schwäche, die er sich erlaubte. Die einzige Möglichkeit, wie sie sich nahe sein konnten, ohne dass er Barrieren aufbaute, die durch seine Schuldgefühle entstanden waren. Vielleicht würde er sich eines Tages, wenn er sie nahm, erlauben, etwas Tieferes für sie zu empfinden.

Es könnte ihr einziger Weg sein, eine glückliche gemeinsame Zukunft aufzubauen. Sie wünschte es sich so sehr.

Meg ging auf ihn zu, schlang ihre Arme um seinen Hals und hob sich auf ihre Zehenspitzen, um ihn zu küssen. Er murmelte einen Fluch gegen ihren Mund, aber dann fuhr seine Zunge tief in ihren hinein. Simon drückte sie mit seinem ganzen Gewicht gegen die Tür und hielt sie dort fest, während er sie mit tiefen, verzweifelten Küssen eroberte.

„Du solltest nicht hier sein", keuchte er erneut, aber seine Hände umklammerten ihr Kleid und hoben es Zentimeter für Zentimeter an, während er mit seinem Mund an ihrem Hals hinunterglitt.

Sie stieß seine Jacke von seinen Schultern und warf sie hinter ihm auf den Boden, bevor sie ihre Hände zu dem komplizierten Knoten seiner Krawatte hob. Seine Finger streiften einen nackten Oberschenkel und sie keuchte bei dem Gefühl seiner warmen Hände auf ihrer nackten Haut.

Simon erstarrte bei dem Geräusch und blickte sie mit wachsamen Augen an. Sie konnte die innere Unruhe, die er empfand, in seinen ausdrucksstarken Augen lesen. Dann trat er weg und ihr Herz sank.

„Du solltest nicht hier sein", wiederholte er zum dritten Mal, diesmal war seine Stimme leise und tief. Sie erwartete, dass er sie hinausdrängen würde, sich abwenden würde.

Stattdessen knöpfte er sein Hemd auf und warf es zusammen mit seiner Jacke zu Boden. Dann streckte er die Hand aus und öffnete die Knöpfe ihres Kleides mit einer Handbewegung. Er zerrte ihr Kleid und ihr Unterkleid zusammen herunter, und plötzlich stand sie nur noch in Strümpfen und Pantoffeln bekleidet vor ihm.

Er schüttelte langsam den Kopf, während er sie von oben bis unten musterte. Sie fragte sich, was er dachte, wie er beurteilte, was er sah. Dieser Mann, der alles haben konnte und alles gehabt hatte, was er von Frauen wollte. War sie gut genug? Begehrenswert genug?

Die Antwort kam, als er seine Hose öffnete und die harte Länge seiner Erektion offenbarte. Er kickte seine Hose zur Seite und lehnte sich vor, drückte sie gegen die Tür und ließ seine Lippen auf den ihren hin und her streichen.

Dann holte er tief Luft, als wolle er wieder sprechen, und sie hob ihre Hand, um seine Lippen zu bedecken. „Aber ich bin hier, Simon."

„Ja, das bist du", flüsterte er, dann nahm er ihre Hüften in beide Hände und hob sie hoch.

Sie schlang ihre Beine um seine Taille und klammerte sich an seine Schultern, um das Gleichgewicht wiederzufinden. Er lächelte, als er sie hart gegen die Tür drückte, dann stieß er zu und glitt mit einer sanften Bewegung in sie hinein.

Sie keuchte ob der Invasion, so anders als beim letzten Mal, als es Schmerzen gegeben hatte. Heute Abend gab es nur Vergnügen, intensiv und schlagartig. Sie stemmte ihre Hüften aus Instinkt gegen seine, und das Vergnügen vervielfachte sich.

Er schloss die Augen und stieß einen langen Atemzug aus, bevor er begann, in ihr zu pulsieren. Tiefe Stöße prasselten auf sie ein, die immer mit einem perfekten Kreis seiner Hüften endeten, sodass er bei jeder Bewegung ihre Lustperle traf.

„Oh, Gott", murmelte sie. Ihre Sicht begann zu verschwimmen, als sich alles in ihrer Welt auf die Stelle konzentrierte, an der sie verbunden waren.

Er fuhr fester, schneller in sie hinein, beobachtete ihr Gesicht mit Intensität, änderte seinen Rhythmus, wenn sich ihr Gesichtsausdruck wandelte, hielt sie immer am Rande der Erlösung, ließ sie aber nie ganz gehen. Das war Vergnügen, aber es fühlte sich irgendwie auch wie Bestrafung an. Als würde er ihr zeigen, wie er geben oder nehmen konnte, wie er sie dazu bringen konnte, ihn anzubetteln.

Falls es sie dazu bringen sollte, ihre Entscheidung, zu ihm zu kommen, infrage zu stellen, so hatte es nicht funktioniert. Sie hob sich ihm entgegen, rieb ihre nackten Brüste an seiner Brust, während sie ihre Zunge in seinen Mund trieb. Sie schmeckte Minze, Whiskey, irgendeine andere süße Essenz, die nur Simon innehatte und sonst nichts. Sein Geschmack machte sie Liebestrunken. Es war der Moment, in dem sie losließ und Simon sie um den Verstand brachte.

Drei perfekt abgestimmte Stöße ließen ihren Körper voller Lust ausbrechen, die sie so noch nie erlebt hatte. Ihre Hüften ruckten gegen seine, ihre inneren Muskeln spannten sich um seine Härte.

„Gott, du stellst mich auf die Probe", murmelte er, setzte sie endlich ab und trennte ihre Körper.

Sie starrte auf seinen immer noch harten Schwanz, der von ihrer feuchten Erlösung glitzerte, und sah dann zu ihm auf. „Du wirst dich doch nicht etwa daran hindern ..."

„...zu kommen?", beendete er ihren Satz und gab ihr einen Namen für das, was gerade passiert war. „Oh doch, Meg, ich werde kommen. Nachdem du es noch einmal getan hast."

Sie schnappte nach Luft. Ihre Beine zitterten bereits von dem, was gerade passiert war, und ihr ganzer Körper fühlte sich erschöpft und entspannt an. Sie glaubte nicht, dass sie eine zweite Runde mit solcher Intensität aushalten würde.

„Kann ich ... das tun?", fragte sie, ihre Stimme zitterte so stark wie ihre Hände.

Er ergriff ihre Taille und zog sie an sich, fest gegen seinen harten Körper. „Das klingt nach einer Herausforderung. Und das bedeutet, dass du noch zwei weitere Male kommst, bevor wir fertig sind."

„Simon ..."

Er unterbrach sie mit einem harten, drängenden Kuss, während er sie quer durch den Raum zog. Er ließ sie vor dem Ganzkörperspiegel in der Ecke des Raumes los. Sie errötete, als sie sich selbst anstarrte, die Haare immer noch perfekt frisiert, aber völlig nackt und zitternd von ihrer Erlösung.

Simon schnappte sich einen Sessel vom Kamin und stellte ihn vor sie, mit der gepolsterten Rückenlehne zu ihrer Vorderseite gewandt. Der Sessel versperrte ihr ein wenig die Sicht auf sich selbst, aber sie blieb an Ort und Stelle und beobachtete Simon im Spiegel, als er hinter ihr auftauchte. Sein nackter Körper berührte fast den ihren.

Er ergriff ihre Hände von hinten und führte sie zur Lehne des Sessels, wobei er ihre Finger sanft um die Lehne schloss. „Halt dich fest", befahl er, sein Tonfall erneut rau vor Verlangen. „Und nun schau hin. Du denkst, du kannst nicht mehr ertragen? Ich werde dir zeigen, dass du es kannst."

Sie hielt den Atem an angesichts dieser neuen Seite des Mannes, der ihr Ehemann sein würde. Dies war eine gefährliche Seite ihres Simons, und doch war sie alles andere als ängstlich. Sein drängendes Verlangen war etwas, das sie ersehnte, nicht fürchtete.

Er positionierte sich hinter ihr, hob ihre Hüften leicht an, bevor er ihre Beine spreizte und mühelos in ihren wartenden Körper hineinglitt. Diese neue Position, kombiniert mit dem Anblick, wie er sich über sie beugte, und dem Wissen, dass er sie nahm, ließ ihren Körper mit neuer und stärkerer Lust aufflammen.

Ihre Augen weiteten sich, als er begann, in sie zu stoßen, hart und schnell. Er traf eine versteckte Stelle, die seine Berührungen genauso genoss, wie ihre Lustperle. Sie klammerte sich fester an die Sessellehne, starrte in sein angestrengtes Gesicht und war fasziniert von ihren eigenen geöffneten Lippen und den wollüstigen Bewegungen ihres Körpers, als sie sich zurückwölbte, um seinen Stößen zu begegnen. Es war animalisch und lustvoll und ach, so perfekt.

Er umfasste ihre Brüste von hinten, hob sie an, neckte ihre Nippel, während er sie im Spiegel beobachtete. Meg neigte ihren Kopf nach hinten und lehnte ihn an seine nackte Schulter, während er sie weiter nahm.

Er stieß ein leises Stöhnen aus und ergriff dann eine ihrer Hände, ließ sie vom Stuhl und zwischen ihre Beine gleiten. Er drückte ihre Finger gegen ihre Knospe und massierte dort. Vergnügen schoss durch sie und sie bockte gegen ihn.

„Genau so", flüsterte er in ihr Ohr und stieß nun härter in sie, als er ihre Hand losließ und sie sich selbst ohne seine Hilfe berühren ließ. Sie umkreiste ihre Knospe und stieß gegen seinen Schwanz, nahm alles, bis ihr Körper zum zweiten Mal in purer Befreiung und ultimativem Vergnügen zerbrach. Diesmal fühlte es sich noch intensiver an und sie stieß einen Schrei aus, als sie sich selbst im Spiegel kommen sah. Meg sah ihm zu, wie er sie kommen ließ und ein verruchtes Lächeln seine Lippen umspielte.

Ihr Vergnügen war gerade erst verklungen, als er aus ihr herausglitt und sie in seine Arme drehte. Sein Mund presste sich auf ihren, saugte an ihrer Zunge und wirbelte seine eigene in ihrem Mund. Er zog sich zurück und setzte sich in den Sessel, auf dem er sie genommen hatte. Er drückte sie sanft zurück, bis sie saß und zu ihm aufblickte, voller Vergnügen und Verwirrung und völliger Hingabe, für den Mann, der sich verwöhnte. Sie würde alles erlauben, was er jemals mit ihr machen wollte.

Er fiel vor ihr auf die Knie und öffnete ihre Schenkel, indem er jedes ihrer Beine über die Sesselarme drapierte. Dann zog er sie nach vorne an den Rand des Sitzmöbels und begegnete ihrem Blick, als er seinen Mund senkte und begann, sie zu lecken. Ihr Körper entspannte sich gerade erst von den beiden vorangegangenen Orgasmen und seine Zunge wirbelte über ihre Perle, was sie direkt zurück an die harte Kante zwischen Lust und Schmerz brachte.

Sie fuhr mit den Fingern in sein Haar, drängte ihn dichter, wölbte sich in wilder Sinneslust gegen seine Zunge und kam so schnell zum Orgasmus, dass ihr Körper fast vom Sessel rutschte. Er drückte seine Hände gegen ihre Hüften und hielt sie fest, während er ihre Lust immer weiter trieb.

Simon beobachtete sie, als sie das dritte Mal kam. Als ihr Zittern nachließ, hob er sie von der Sesselkante und stieß in ihren Körper, während er sie zu seinem Bett trug. Er legte sie auf den Rand der Matratze und hielt ihren Blick gefangen, während er ein paar Mal hart und schnell in sie hineinfuhr. Sein Gesicht verzog sich und er knurrte ihren Namen, als er seinen heißen Samen in ihr verschüttete.

Einen Moment lang blieben sie so, die Körper vereint. Er stützte sich über ihr ab und starrte auf sie herab. Dann weiteten sich seine Augen und sein Blick veränderte sich. Fast so, als ob er sich daran erinnerte, wo sie waren und nun erkannte, was er getan hatte.

„Simon?", flüsterte sie.

Er stand auf und wich zurück. Sein Gesicht war blass wie Papier. „Es tut mir leid, Meg."

„Wie bitte?", wiederholte sie, während sie vorsichtig ihre Beine senkte und feststellte, dass sie kaum noch ihr Gewicht tragen konnten.

„Ich habe dich wie eine gewöhnliche ..." Er unterbrach sich selbst. „Das ist es, was passiert, wenn ich mit dir zusammen bin. Ich verliere jede Vernunft, jeden Sinn."

„Wenn das ein Verlustgrund ist, dann bin ich dafür", sagte sie mit einem Kopfschütteln.

„Aber schau, was es bewirkt. Du hast sie flüstern gehört, Meg. Du kennst die Folgen."

„Simon ...", begann sie.

Er hob eine Hand und wandte sein Gesicht von ihrem ab. „Nicht", murmelte er. „Bitte nicht, Meg. Ich ... ich lasse dich allein, um dich anzuziehen. Um ... dich zu sammeln. Es tut mir leid."

Er sagte nichts mehr, sondern drehte sich um und schritt durch die angrenzende Tür zu seiner Garderobe. Sie hörte, wie sich der Schlüssel im Schloss drehte, als er weg war, und starrte auf die Barriere, die nun zwischen ihnen stand.

Sie war natürlich verärgert, dass er sie verlassen hatte. Jedes Mal, wenn er sich abwandte, schmerzte es. Aber es gab auch Hoffnung in ihr. Simon kämpfte einen Krieg mit sich selbst. Einen Krieg, der, wenn sie ihn gewinnen würden, bedeuten könnte, dass sie glücklich sein könnten.

Also sammelte sie ihr Unterkleid in dem Wirrwarr ihrer Kleidung auf dem Boden auf und machte sich an die Planung ihres nächsten Zuges.

„Ich habe vor zu gewinnen, Simon", erklärte sie, während sie sich den dünnen Stoff über den Kopf streifte. „Ich habe vor zu gewinnen."

KAPITEL 13

Meg stand am Fenster und starrte hinunter auf die Auffahrt. Unten verabschiedeten sich James, Emma und ihre Mutter von ihren Gästen und läuteten damit das Ende der Landparty ein, die sich anfühlte, als hätte sie vor einer Ewigkeit begonnen. In gewisser Weise nahm sie an, dass es so war. Es hatte sich so viel verändert, seit die Feierlichkeiten begonnen hatten.

Sie verlagerte ihr Gewicht auf den anderen Fuß und stöhnte ob des Schmerzes in ihren Muskeln. Es war eine Erinnerung an die leidenschaftliche Begegnung mit Simon nach dem Ball in der Nacht zuvor. Irgendwie hatte sie sich gezwungen, in den Ballsaal zurückzukehren, nachdem sie sich gereinigt hatte. Sie hatte so getan, als wäre es nicht passiert, auch wenn sie ständig daran denken musste.

Simon hatte nicht das Gleiche getan. Eine Tatsache, die für viel Getuschel in der Menge gesorgt hatte. Sie war sich sicher, dass die Tatsache, dass er heute Morgen noch von niemandem gesehen worden war, auch auf der Rückfahrt nach London in so manchen Kutschen für Gesprächsstoff sorgen würde.

Sie seufzte. „Es scheint, dass der Albtraum nie endet", murmelte sie.

Hinter ihr hörte sie ein Räuspern und drehte sich um, um Simon in der Tür stehen zu sehen. Sein Gesicht war verkniffen, aber ansonsten unleserlich, und sie hatte keine Ahnung, ob er ihre Worte gehört hatte oder einfach nur durch ihre Anwesenheit im Allgemeinen beunruhigt war.

„Es tut mir leid", sagte er. „Ich wollte nicht stören."

Er drehte sich um, als wolle er den Raum verlassen, aber sie streckte eine Hand aus und bewegte sich vorsichtig auf ihn zu. „Oh, bitte, geh nicht."

Er blieb halb von ihr abgewandt stehen, sein Gesicht nur im Profil sichtbar. Seine Augen schlossen sich und sie erkannte erneut, wie er einen Krieg im Stillen mit sich ausfocht. Einen Krieg, den sie für ihn gewinnen musste.

„Meg", flüsterte er mit flehendem Tonfall.

Sie ignorierte es und ging weiter auf ihn zu. „Simon, können wir nicht einen Moment lang so tun, als wären wir noch Freunde? Bitte, willst du nicht einfach die Verlobung vergessen? Vergessen, was wir … letzte Nacht oder davor zusammen gemacht haben."

Er zuckte zusammen. „Du verlangst das Unmögliche. Das kann ich nicht tun."

„Bitte", wiederholte sie und erreichte endlich seine Seite. Sie nahm sanft seine Hand in ihre und spürte, wie er sich versteifte, als sie es tat. Obwohl er sich zurückziehen wollte, ließ sie es nicht zu und zog ihren Griff fester an. „Für einen Moment, als wir gestern Abend tanzten, fühlten wir beide, wie unsere Verbindung erneut aufflammte."

„Und dann gaben die Anwesenden ihre Kommentare von sich, Meg. Willst du mir erzählen, dass du meinetwegen keine grausamen Bemerkungen zu hören bekommen hast?"

Sie dachte kurz an die unangenehme Begegnung zwischen ihr und Sarah Carlton am Abend zuvor, schüttelte es aber ab. „Nun, niemand wird nun etwas sagen. Es ist nur noch die Familie im Haus, Simon. Bitte, setz dich zu mir. Sei mein Freund. Ich brauche gerade einen und ich glaube, du auch."

Die Unruhe in seinen Augen ließ nach und schließlich sah er auf sie herab. Sie sah, dass zumindest diese Schlacht gewonnen war. „Sehr gut."

Meg lächelte und zerrte ihn fast zum Sofa. Sie schob ihn praktisch auf den Platz neben ihr und nahm auf dem Kissen an seiner Seite Platz. Meg beugte sich vor, um ihm Tee einzuschenken und süßte seinen so, wie er ihn mochte, bevor sie ihre eigene Tasse zubereitete.

„Worüber willst du reden?", fragte er mit angespannter Stimme.

Sie konnte sehen, dass er Angst davor hatte, dass sie das Thema ihrer Verlobung oder ihrer Hochzeit oder, Gott bewahre, ihrer Ehe ansprechen würde. Ein Teil von ihr wollte über alle drei dieser Themen sprechen.

Aber heute ging es um ihre Freundschaft, also lächelte sie, als gäbe es nichts Erstes zu besprechen, und sagte: „Hast du Sir William Hargrave gestern im Garten gesehen?"

Simon schüttelte den Kopf. „Ich glaube nicht. Was hat er gemacht?"

„Nun, du weißt, dass seine Sehkraft nachlässt, und ich habe aus guter Quelle erfahren, dass er eine Brille hat, sich aber weigert, sie zu tragen. Er ist eitel wie ein Pfau."

Simon fing an zu lächeln. „Aus guter Quelle, hm?"

„Aus sehr guter Quelle, aber ich werde sie nicht preisgeben", meinte sie lachend, und ihr Herz fühlte sich leichter an, als sie wieder in die Art von spielerischer, einfacher Freundschaft zurückfielen, die sie so viele Jahre lang geteilt hatten.

„Eine Quelle zu schützen ist von größter Wichtigkeit, da stimme ich zu", sagte Simon und nippte an seinem Tee. „Nun erzähl mir vom halb blinden Sir William in deinem Garten, ohne seine Brille."

Sie nickte. „Nun, es wurde schon spät am Nachmittag, sodass die Schatten anfingen, sich über das Gebüsch und die Statuen, die dazwischen stehen, zu ziehen."

„Ja?", ermutigte er sie und zog das Wort in die Länge.

„Ich hörte ein Gespräch, als ich frische Blumen für das Gesteck im Foyer pflückte, und ich ging in Richtung des Geräusches, nur um

Sir William in einer langen Diskussion vorzufinden …", Meg machte eine dramatische Pause, „… mit Venus."

Simon bellte ein Lachen heraus. „Er hat mit James' halbnackter Venusstatue gesprochen? Die, um die du früher Umhänge drapiertest und der du Hüte aufsetztest?"

„Um fair zu sein, ich war kaum mehr als ein Kind, als ich sie verkleidete", erklärte Meg mit einem Lachen ihrerseits. „Ich bin überrascht, dass du dich überhaupt daran erinnerst."

Nun wurde er ein wenig ernster. „Ich erinnere mich an alles", sagte er leise.

Ihr Herz schlug ein wenig schneller ob seiner Worte und der erhöhten Intensität seines Blickes, aber sie zwang sich, unbekümmert zu erscheinen.

„Nun, Sir William hat wahrscheinlich Gefallen an Miss Venus in ihrer ganzen Pracht gefunden, denn er unterhielt sich ausgiebig mit ihr. Er hat kaum Luft geholt", berichtete sie mit einem weiteren Kichern. „Ich habe überlegt, ob ich ihn aufhalten und es ihm erklären sollte, aber er hat sich prächtig amüsiert. Und ich wollte ihn nicht in Verlegenheit bringen."

Ein Lachen erschütterte Simons Gestalt und er legte den Kopf in den Nacken. Sie starrte ihn an, fasziniert davon, den Simon, den sie immer gekannt und geliebt hatte, wieder hier bei sich zu haben.

„Natürlich bist du zu freundlich, um es ihm zu sagen. Armer Mann, ich frage mich, was er dachte, als seine neue Bekannte nicht sprach oder ihn zurück ins Haus begleitete."

Meg zuckte mit den Schultern. „Dass sie eine gute Zuhörerin war? Oder spielt sie die Unnahbare? So oder so, ich nehme an, dass sie noch in diesem Jahr heiraten werden."

Der letzte Satz stoppte Simons Lachen kurz und Ernsthaftigkeit erfüllte erneut seine Miene. Meg runzelte die Stirn. Offenbar erinnerten ihre Worte über eine Hochzeit Simon an ihre eigene, die kurz bevorstand.

„Ich nehme an, du und ich haben keinen Grund, über das

Verhalten anderer zu lachen", sagte er langsam. „Nicht nach dem, was wir getan haben."

Sie schürzte die Lippen, denn sie wollte nur ungern den Trost, den sie in der Gesellschaft dieses Mannes gefunden hatte, verlieren. In der Tat weigerte sie sich, dies zu tun.

Sie stellte ihre Teetasse ab, sah ihm in die Augen und wölbte herausfordernd die Stirn. „Sprichst du etwa von dem Skandal, den Lady Margaret und der gutaussehende Duke of Crestwood ausgelöst haben?"

Simons Stirn legte sich in Falten und er starrte sie an. „Was machst du da?"

„Ist es denn so unvorhersehbar, dass sie sich in dieser misslichen Lage befinden könnten?" Sie beugte sich verschwörerisch vor. „Immerhin stehen sie sich schon seit Jahren nahe."

Sein Stirnrunzeln vertiefte sich, als das Verständnis dämmerte. „Margaret ..."

„Komm, sei nicht so schüchtern, Simon", sagte sie. „Du hast immer eine einzigartige Sichtweise, wenn es um den Klatsch des Tages geht. Wie sieht es mit dieser Situation aus?"

Er räusperte sich und einen Moment lang dachte sie, er würde einfach aufstehen und davoneilen, als ob er schon seit Tagen weglaufen wollte. Aber dann seufzte er. „Ich denke, einige würden sagen, dass der Duke ein Schuft ist und von Lady Margarets ehemaligem Verlobten oder ihrem Bruder hätte herausgefordert werden müssen. Männer sind in Duellen für weit weniger umgekommen als für das, was er getan hat."

Panik ergriff Meg schon bei dem Gedanken an so etwas. Dass Simon bereit gewesen wäre zu kämpfen, zu sterben, wegen der Kränkungen, die er Graham und ihrem Bruder zugefügt hatte, brachte sie beinahe um vor Sorge. Und dass es nur der Anstand dieser beiden Männer gewesen war, der ein Duell verhindert hatte.

Sie zwang sich, ein paar Mal tief durchzuatmen, bevor sie sagte: „Ich nehme an, manche würden auch sagen, dass Lady Margaret für immer aufs Land hätte verbannt werden sollen, gemieden von der guten Gesellschaft und sogar von ihrer eigenen Familie."

Simons Augenbrauen hoben sich. „Manche würden sagen, dass sie genau diesen Vorschlag selbst gemacht hat."

Sie lächelte, obwohl die Erinnerung an diesen schrecklichen Tag in James' Arbeitszimmer sie nicht im Geringsten glücklich machte. „Das mag stimmen. Aber ich denke, all diese Leute würden sich irren."

„Oh?", fragte er. „Wie genau meinst du das?"

Sie rutschte ein bisschen näher und ihre Knie berührten sich. Selbst dieses harmlose Stoff auf Stoff machte ihr das Verlangen nach ihm so viel bewusster.

„Ich glaube", flüsterte sie und hob eine zitternde Hand, um mit ihr über seine glatte Wange zu streichen. „Dass Margaret und der Duke einfach nur Menschen sind. Und dass Menschen Fehler machen, besonders wenn sie verzweifelt sind."

In seinem Gesicht blitzte ein Moment der Traurigkeit auf. „Du hältst es für einen Fehler?"

„Die Art, wie es passiert ist, vielleicht."

Er beugte sich vor, ließ ihre Brüste an seinem Arm reiben und neigte sein Kinn zu ihr hinunter. Ihre Lippen berührten sich fast, als sie hinzufügte: „Aber es tut mir nicht leid, Simon. Ich wünschte, du würdest ebenso empfinden."

Er starrte auf sie herab und Spannung strömte noch immer durch seinen Körper. Doch dann umfasste er ihr Kinn und presste seine Lippen auf die ihren. Die Leidenschaft zwischen ihnen pulsierte heftig, als er seine Zunge mit ihrer verschränkte, als er sie näher zu sich zog, fast in seinen Schoß. Aber es war noch etwas anderes in diesem Kuss. Etwas Tieferes als bloßes Verlangen. Etwas, das sie spürte und mit beiden Händen festhalten wollte.

Sein Mund bewegte sich über ihren, zuerst sanft, aber mit zunehmender Leidenschaft, als sie ihre Arme um seinen Hals schlang. Er neigte seinen Kopf und trieb seine Zunge zwischen ihre

Lippen, als die Welt um sie herum verblasste und alles, was übrig blieb, ein starkes körperliches Gefühl und treibende Lust war.

Meg wurde davon fast weggefegt. Sie spürte, dass es Simon ähnlich erging, als ein leises Geräusch an der Tür zum Salon ertönte.

Sie zuckten auseinander und drehten sich beide zu Emma um, die in der Eingangshalle stand. Ihre Wangen standen in Flammen und sie starrte zur Decke hinauf, als ob es dort etwas Interessantes zu finden gäbe. „Oh, hallo, ihr zwei. Ich habe mich schon gefragt, wo ihr seid."

Simon sprang auf die Füße und wich von Meg zurück, während er den Kopf schüttelte. Noch einmal wurde die Mauer, die er zwischen ihnen erbaut hatte, verstärkt und er schenkte ihr eine förmliche Verbeugung, bevor er sagte: „Entschuldigt mich, Myladys. Ich denke, ich sollte ... gehen."

Das letzte Wort klang abgewürgt, und ohne weitere Erklärung schlüpfte er an Emma vorbei und verschwand aus Megs Blickfeld.

Meg stand langsam auf und ging zum Fenster hinüber. Lange starrte sie hinaus, bis sie schließlich beobachtete, wie Simon aus dem Haus schritt und über die sanften Hügel des Anwesens hinwegging, weg vom Tor und hinunter in den Wald.

Sie konnte nicht anders, als ein frustriertes Geräusch in ihrer Kehle zu machen. Emma schwieg eine Weile, aber schließlich hörte Meg, wie sie die Salontür schloss. Sie drehte sich um und fand ihre Freundin mit dem Rücken an der Tür lehnend vor, die sie aufmerksam beobachtete.

„Du hast sonst niemanden, mit dem du darüber reden kannst", sagte Emma. „Ich weiß, dass das isolierend ist, wenn die Dinge so ... kompliziert sind. Wirst du mir sagen, was los ist?"

Meg neigte den Kopf. „Ich habe mich zurückgehalten, die Situation mit dir zu besprechen, wegen deiner Ehe mit meinem Bruder. Ich weiß, dass ihr beide keine Geheimnisse habt."

„Hast du Angst, dass ich zu ihm laufe und ihm alles erzähle, was ich höre?", fragte Emma.

„Musst du das nicht?"

„Nun, ich erinnere mich nicht an dieses Versprechen in den Gelübden, die wir abgelegt haben", entgegnete Emma mit einem Lachen auf den Lippen. „Ich gebe zu, dass wir ehrlich zueinander sind. Wir haben einzeln und zusammen zu viel durchgemacht, um weniger als das zu sein. Aber Ehrlichkeit erfordert nicht, dass ich ihm jedes Detail jeder Unterhaltung erzähle, die ich führe. Und ich denke, James würde wollen, dass du in dieser schwierigen Lage, in der du dich befindest, eine Freundin an deiner Seite hast. Nur wenn ich das Gefühl hätte, dass du dich selbst in Gefahr bringst, würde ich es für nötig halten, unseren privaten Austausch mit deinem Bruder zu besprechen."

Emmas Worte waren tröstlich und Meg bewunderte sie sehr. Die Idee, die Wahrheit mit einer Freundin zu teilen, war in der Tat verlockend.

Dennoch war sie vorsichtig, als sie sagte: „Solange es dich nicht in eine schwierige Lage bringt."

Emma trat vor und nahm ihre Hand. „Du und ich sind Freundinnen. Ich möchte dir helfen. Rede mit mir."

„Simon ...", begann sie, und dann war es, als bräche ein Damm und alle ihre Worte strömten heraus, überstürzten sich. „Oh Gott, Emma, er hasst sich dafür, was er Graham angetan hat. Was er James angetan hat. Was er all seinen Brüdern in ihrem Club angetan hat. Ich weiß, die Leute sehen ihn als jemand oberflächlichen, ich glaube, weil er so schnell lacht oder sich aufregt, aber das ist nicht wahr."

„Nein, alle, die den Mann wirklich kennen, erkennen seine Tiefe", bestätigte Emma. „Er hegt tiefe Gefühle."

Tränen stachen Meg in die Augen, als sie nickte. „Das tut er. Und im Moment ist er darauf versessen, sich selbst zu bestrafen. Er hält sich selbst vom Glück fern, weil er glaubt, dass er es nicht verdient hat. Ich habe keine Ahnung, wohin uns das führen wird."

Emma nickte langsam. „James hat etwas Ähnliches gesagt. Dass es Simons Eigenart ist, sich für jedes Unrecht zu bestrafen. Aber wir wissen, wohin das führt, Meg."

„Wohin?", fragte Meg, denn sie hatte Angst, die Antwort ihrer Freundin zu hören.

„Zu einer Hochzeit", antwortete Emma mit einem kleinen Lächeln. „Es führt doch alles zu einer Hochzeit, nicht wahr? Heirate ihn und sieh, ob das die Situation ändert."

Meg schluckte schwer. „Aber was ist, wenn es das nicht tut?"

„Dann kümmerst du dich darum, wenn es so weit ist." Emma drückte sanft ihre Hand. „Du schaffst das, das weiß ich. Für James und mich war es auch nicht leicht. Das weißt du doch. Aber nun sind wir hier. Glücklich. Stark in dem Wissen, dass wir uns lieben und jeden Tag daran arbeiten werden, unsere Liebe zu stärken. Eine Ehe verlangt nach Arbeit und Hingabe und Verständnis, aber das ist sie wert. Und ich weiß, dass du dich auf denselben Weg begeben wirst."

„Aber wird er es auch tun?", fragte Meg.

Emma errötete erneut. „Er scheint auf jeden Fall Leidenschaft für dich zu empfinden, wenn das, was ich mitbekommen habe, ein Indiz ist."

Meg schüttelte den Kopf, als eine Erinnerung nach der anderen auf sie einprasselte, von dem leidenschaftlichen Kuss im Cottage in jener Nacht, mit dem alles begonnen hatte, bis hin zur Hitze seiner Berührung in der Nacht zuvor, als er immer wieder ihre Lust eingefordert hatte.

„Leidenschaft", wiederholte sie mit einem Schauer. „Oh ja, die gibt es. Er erlaubt Leidenschaft, wenn auch sonst nichts, und es ist die einzige Hoffnung, an die ich mich klammere, die einzige Möglichkeit, ihn dazu zu bringen, sich mir ein bisschen hinzugeben."

„Gehe ich recht in der Annahme, dass ihr beide ..." Emma wedelte mit der Hand, um auf das Offensichtliche hinzuweisen.

Meg lächelte trotz des schwierigen Themas. Ungeachtet der Tatsache, dass die Leidenschaft ihrer Freundin für deren Ehemann so offensichtlich war wie alles andere, fühlte sich Emma offenbar nicht wohl dabei, bestimmte Dinge laut auszusprechen. Selbst unter vier Augen, unter Freundinnen.

Meg zögerte. „Wir haben in der Nacht im Cottage, als alles passiert ist, wirklich nichts gemacht, Emma. Er hat mich einmal geküsst, aber weiter ist es nicht gegangen."

„Natürlich ist es das nicht", sagte Emma. „Ich habe nie etwas anderes geglaubt. Ich bin mir auch nicht sicher, ob James oder sogar Graham das taten. Aber offensichtlich haben sich die Dinge nun geändert."

„Simon und ich haben uns jahrelang zueinander hingezogen gefühlt", flüsterte Meg. „Es war alles freundschaftlich und locker, aber unter der Oberfläche wussten wir beide, was wir nicht zugaben. Dass es tiefere Gefühle und Sehnsüchte gab, denen wir nie nachgehen konnten."

„Aber nun könnt ihr es", sagte Emma.

Meg nickte. „Zumindest die Sehnsüchte können wir befriedigen. Simon weigert sich, unsere Gefühle anzusprechen. Aber in dem Moment, als wir verlobt waren, ist er in mein Gemach gekommen und hat die ganze Leidenschaft entfesselt, die wir seit Jahren füreinander empfinden."

„Und wie gefällt es dir?", fragte Emma.

„Es ist wunderbar", gab Meg mit einem Seufzer zu. „So anders, als manche es beschreiben. Es gibt kein Ertragen oder Durchleiden. Ich bin eine gleichberechtigte Partnerin in meinem und seinem Vergnügen. Und er schenkt mir so viel Vergnügen."

Emma lächelte, und das wissende Licht in ihren Augen ließ Meg erkennen, dass sie vollkommen verstand, was sie beschrieb. „Ich bin froh darüber. Du verdienst diese Art von Verbindung. Und es ist ein gutes Zeichen. Wenn er diese Leidenschaft zulässt, bedeutet das, dass er vielleicht eines Tages auch den Rest zulässt."

„Das ist auch meine Hoffnung. Ich weiß, dass ich die Wünsche meines Geistes und die Bedürfnisse meines Körpers nicht auseinanderhalten kann. Ich kann nur hoffen, dass es für ihn genauso ist.

Vielleicht kann ich ihm eines Tages helfen, zu erkennen, dass eine Mauer zwischen uns nichts daran ändern wird, was wir getan haben. Es wird uns nur davon abhalten, jemals glücklich zu sein."

Emma legte einen Arm um Megs Taille, und sie schauten gemeinsam aus dem Fenster, schweigend, während sie beide über die Geheimnisse nachdachten, die zwischen ihnen ausgetauscht worden waren. Meg fühlte sich besser, nachdem sie jemandem von den verborgenen Schwierigkeiten in ihrem Herzen erzählt hatte.

Aber nichts war geklärt. Und sie wusste, dass sie immer noch einen mächtigen Kampf vor sich hatte, wenn sie wollte, dass ihre Zukunft so glücklich wurde wie die von Emma und James.

KAPITEL 14

Simon stockte der Atem, als Meg aus dem Haus trat und auf der großen Treppe, die in die Auffahrt führte, neben ihm ihren Platz einnahm. Sie war exquisit in ein dunkelgrünes Kleid gekleidet, das nicht skandalös ausgeschnitten war, aber tief genug, dass seine Fantasie mit ihm durchbrannte.

Natürlich hatte er sie in den letzten fünf Tagen gesehen. Sie hatten gemeinsam gegessen, waren im Flur aneinander vorbeigegangen und hatten sich zwanglos mit ihrer Familie unterhalten. Aber sie waren seit ihrer Begegnung im Salon an dem Morgen, an dem die anderen Gäste abreisten, nicht mehr allein gewesen. Es war ihm auch nicht vergönnt gewesen, in ihr Gemach zu gehen oder sie nachts zu sich zu holen.

Er nahm an, dass es daran lag, dass sie beide sehr mit den Vorbereitungen für die Hochzeit beschäftigt waren, die am nächsten Tag bevorstand. Er und James hatten sich um die Sonderlizenz gekümmert und andere formale Dokumente und Abmachungen vorbereitet. Er wusste, dass Meg und Emma ebenfalls in ein hektisches Treiben verwickelt waren, wenn man die ständig umherwuselnden Diener und den nicht enden wollenden Strom von Näherinnen, die mit Stoffballen im Haus ein- und ausgingen, bedachte.

Aber er hatte den leisen Verdacht, dass nichts davon der Grund war, warum er keinen Moment mit Meg allein gewesen war. Emma hatte den leidenschaftlichen Austausch zwischen ihnen im Salon gesehen. Er musste glauben, dass all diese Aktivitäten zum Teil arrangiert worden waren, um sie davon abzuhalten, sich wieder dem Verlangen hinzugeben, bevor ihr offizielles Gelübde abgelegt wurde.

Simon sehnte sich nach ihr, als sie ihren Platz neben ihm einnahm. Er sehnte sich danach, sie zu berühren. Sie zu küssen. Ihren Körper an seinem zu spüren. Oh, er wollte sie nehmen, natürlich wollte er das, aber mehr als das, vermisste er ihre Gesellschaft. Diese stille Verbindung, die immer so einfach gewesen war, sich nun aber so unmöglich und unerreichbar anfühlte.

In diesem Moment der Erkenntnis sah sie mit einem schwachen Lächeln zu ihm auf. „Simon."

„Du bist wunderschön", sagte er sanft.

Ihre Lippen verzogen sich vor Überraschung über das Kompliment und Schuldgefühle durchzuckten ihn. Es schien, als gäbe es in seiner derzeitigen Situation kein Gewinnen. Entweder er blieb auf Distanz, um für seine schlechten Taten zu büßen, oder er näherte sich Meg und nahm sich, was er wollte, ohne Rücksicht auf alles, was er zerstört hatte.

Er runzelte die Stirn und blickte wieder nach vorne, beobachtete, wie eine Kutsche durch das Tor donnerte und die lange Auffahrt hinauf, in den Kreis vor ihnen fuhr. Das Siegel an der Kutschentür war sein eigenes, der Name Crestwood dargestellt durch ein verschnörkeltes C, umgeben von geschnitzten, sich aufbäumenden Pferden und goldener Filigranarbeit. Seine Kehle schnürte sich zu, als ein Lakai herbeieilte, um die Tür zu öffnen und dem Ankömmling herunterzuhelfen.

Seine Mutter stieg mit einem Schwall von Parfüm und Verachtung aus der Kutsche. Sie schaute die Treppe hinauf und ihr Blick huschte über die anderen, bis er schließlich an Simon hängen blieb.

Ihre Augen verengten sich zu schlitzen, ihre Lippen wurden schmaler, und er spürte ihre Abscheu so deutlich wie nie zuvor.

Sie ging die Treppe hinauf und begann ihre Begrüßung am anderen Ende der Schlange, zuerst bei der Dowager Duchess of Abernathe. Er konnte hören, wie ihre Worte zu ihm drifteten, Entschuldigungen für den Schlamassel, in den Simon sie gebracht hatte, Bedauern für all den Ärger, vage Glückwünsche an Emma und James, selbst als sie schniefte, als sie Emma von oben bis unten musterte.

Endlich erreichte sie ihn und Meg. Meg hob ihr Kinn, als die Duchess of Crestwood sie anstarrte. „Nun, da seid ihr zwei also", war alles, was sie sagte.

„Willkommen, Euer Gnaden", sagte Meg und streckte eine Hand aus, die Simons Mutter ignorierte.

Simon versteifte sich, frustriert darüber, dass sich ihre Missachtung für ihn offensichtlich auch auf seine zukünftige Braut erstrecken würde.

„Mutter", sagte er.

Sie schniefte noch einmal und wandte sich an die anderen. „Ich bin fürchterlich durstig nach dieser schrecklichen Fahrt. Dürfen wir uns für eine Tasse Tee in einen Salon zurückziehen?"

„Natürlich", sagte Emma und machte eine Bewegung zu Grimble, während sie und James den Weg ins Haus führten. „Bitte, folgt uns."

Die Duchess of Crestwood wandte sich abrupt von ihrem Sohn ab und schloss sich der Dochwager Duchess an, sodass Meg und Simon allein auf der Treppe zurückblieben. Er stieß einen tiefen Seufzer aus, bevor er Meg seinen angewinkelten Arm entgegenstreckte.

Sie blieb ihm zugewandt stehen, anstatt den angebotenen Arm zu nehmen, ihr Gesicht von Verständnis und Einfühlungsvermögen gezeichnet. Natürlich kannte sie seine Mutter seit vielen Jahren. Sie wusste etwas von der Geschichte, die den Streit verursacht hatte, der immer noch zwischen ihnen bestand.

„Hat sie dir nicht verziehen?", fragte sie leise.

Er spannte seinen Kiefer an und drehte sein Gesicht weg. „Nein."

Meg griff nach oben und umfasste seine Wange, um seinen Blick wieder auf sie zu lenken. Langsam erhob sie sich auf ihre Zehenspitzen und strich mit ihren Lippen über seine. Jeder andere Kuss zwischen ihnen war leidenschaftlich gewesen, drängend, besitzergreifend, verzweifelt. Dieser hier war etwas anderes. Als sie sich mit einem schüchternen Lächeln zurückzog, quoll sein Herz vor all den Dingen über, von denen er wusste, dass er sie nicht fühlen sollte.

Sie schob ihre Hand in seine Ellenbeuge und zerrte ihn vorwärts. „Komm, wir stellen uns ihr gemeinsam."

Simon tat, was sie ihm befahl, und ließ sich von ihr ins Haus und den Flur hinunter in den Salon führen, wohin die anderen gegangen waren. Er sagte nichts, aber er wunderte sich über ihre sanfte Stärke, ihre Solidarität in diesem Moment. Er hatte keine Geschwister. Er hatte sich gefühlt, als hätte er überhaupt keine Familie, bis er James und Graham kennengelernt hatte und sie ihren Club mit allen anderen zusammen gegründet hatten. Das war ein Teil davon, warum sein Verrat so verdammt schrecklich war.

Aber als er mit Meg den Salon betrat, ihre Anwesenheit und ihre Unterstützung spürte, als seine Mutter einen weiteren abschätzenden Blick in seine Richtung warf, fühlte sich ihre Verbindung tiefer als jede Familienbande an.

Das war die Möglichkeit einer wahren Partnerschaft, niemals allein zu sein, auch wenn sie getrennt waren, denn ihre Seelen waren ebenso vereint wie ihre Körper. Und das war aufregend und erschreckend zugleich, denn er wusste, dass er eine solche Bindung nicht verdiente.

Er löste sich sanft von Meg und ging zum Serviertisch, wo Emma ihm bereits eine Tasse Tee hinhielt. Er zwang sich seiner Mutter ein Lächeln zu schenken und sagte: „Ich bin froh, dass du rechtzeitig zur Hochzeit gekommen bist, Mutter. Ich dachte, du würdest schon früher zu uns stoßen. Hat sich mein Brief verspätet?"

Die Duchess wölbte eine Augenbraue und ihre grausam verzogenen Lippen formten sich zu einem teuflischen Halblächeln. „Nein. Ich sah nur keinen Grund, herbeizueilen, um diese Demütigung zu feiern, die du über uns gebracht hast. Und was alles andere angeht ... Ich habe viel über dich nachgedacht, mein Junge. Möchtest du, dass ich dir alle Gedanken aufzähle, die ich hatte?"

Er zuckte nicht nur bei der harten Grausamkeit ihrer Worte zusammen, sondern auch bei der Art und Weise, wie alle Anwesenden im Raum sich unbehaglich bewegten, als sie Zeugen ihrer Schikane wurden. Jeder, außer Meg. Sie stürmte nach vorne und lächelte, als ob nichts passiert wäre, auch wenn ihre Augen vor Wut zuckten.

„Euer Gnaden, warum setzt Ihr Euch nicht? Ihr habt einen anstrengenden Tag hinter Euch. Ich bringe Euch einen Tee", sagte sie. „Zwei Stück Zucker und Milch, ja?"

Die Duchess schien überrascht, dass Meg das wusste und nickte. „Ja, genau so. Ich danke Euch."

Seine Mutter entfernte sich von Simon und ließ sich für ein Gespräch mit der Dowager Duchess vor dem Feuer nieder, während Meg und Emma den restlichen Tee zubereiteten. Simon durchquerte den großen Raum, um am Fenster zu stehen und die Geschehnisse zu beobachten.

James brauchte weniger als dreißig Sekunden, um sich von den Ladies zu lösen und sich zu ihm zu gesellen. Simon weigerte sich, seinen Freund anzusehen und beobachtete weiterhin, wie Meg seine arglistige Mutter mit Anmut und Freundlichkeit behandelte. Von Zeit zu Zeit blickte sie zu ihm auf und begegnete seinem Blick mit der stillen Botschaft, dass sie seine Verbündete war.

Aber in Wahrheit war sie mehr als das. Sie war seine beste Freundin. Das war sie schon seit einer gefühlten Ewigkeit, weit mehr als James oder Graham es je gewesen waren.

„Geht es dir gut?", fragte James schließlich.

Simon sah ihn immer noch nicht an. „Oh, ja. Meine Mutter verachtet mich schon seit Jahren, wie du weißt. Nun hat sie nur eine größere Gruppe von Menschen, die ihrer Einschätzung meines schlechten Charakters zustimmen. Es wird sie glücklich machen, so viele zu haben, die in mir einen Versager als Mann und Freund sehen.

James trat vor ihn und zwang Simon, ihn endlich anzuschauen. James' Kiefer war angespannt, seine Augen leuchteten voller Emotionen. *„Ich* verachte dich nicht", versicherte er ihm leise.

Simon hielt den Atem an. Seit dem Skandal, mit dem alles angefangen hatte, hatten er und James nicht mehr darüber gesprochen, was er getan hatte. Er hatte das Thema vermieden, um ehrlich zu sein, denn er wollte nicht hören, dass James ihn hasste. Er wollte nicht einen der Menschen verlieren, die er am meisten liebte, zumal er bereits Graham verloren hatte und wer wusste, wie viele andere in ihrem Kreis.

Aber nun blieb James standhaft und machte seine Position so klar wie das Fenster, das den Garten hinter ihnen überblickte.

„Nicht?", fragte Simon.

James schüttelte zur Antwort langsam den Kopf.

Simon wollte diese Güte mit beiden Händen umklammern. Er wollte sie annehmen und das Gefühl haben, dass er sie verdient hatte. Aber dann dachte er an Grahams zerrütteten Gesichtsausdruck, bevor er gegangen war ... daran, wie er sich nicht nur von Simon und Meg, sondern auch von James und den anderen hintergangen gefühlt hatte.

„Nachdem ich deine Freundschaft mit Graham zerstört, deine Schwester ruiniert und deinen Familiennamen beschädigt habe, verachtest du mich immer noch nicht?"

„Nein", sagte James fest.

„Nun, das solltest du aber", flüsterte Simon.

„Du verachtest dich selbst genug für uns beide", entgegnete James.

Simon wollte etwas erwidern, doch bevor er das tun konnte, erhob sich seine Mutter. „Ich würde mich nun gerne zurückziehen."

Er seufzte und trat einen Schritt vor. „Darf ich dich zu deiner Kammer führen, Mutter?"

Sie sah ihn von oben bis unten an, dann schüttelte sie den Kopf. „Nein, danke. Ich ziehe es vor, von Grimble zu meinem Gemach geführt zu werden. Guten Tag."

Simon biss die Zähne zusammen, als sie ging, und hasste es, wie der Rest seiner Freunde und seine zukünftige Braut, ihn anstarrten, ihn bemitleideten, obwohl er den Tadel verdiente. Er stieß seinen Atem aus und sagte: „Entschuldigt mich."

Ohne eine Antwort abzuwarten, verließ er den Raum, auf der Flucht vor dem, was er fühlte, was er wollte und wovon er wusste, dass er es nicht haben sollte.

~

Meg stand auf einer Holzkiste in der Mitte ihrer Kammer und hielt vollkommen still, während die Schneiderin ein paar letzte Anpassungen an ihrem Kleid vornahm. In weniger als vierundzwanzig Stunden würde sie es anziehen, um Simons Frau zu werden.

Das war ein Ereignis, das sie sich oft ausgemalt hatte, besonders nach ihrer Verlobung mit Graham. Tatsächlich war manchmal ihr Hochzeitskleid das Einzige an dieser Ehe, auf das sie sich wirklich gefreut hatte. Aber heute waren ihre Gedanken überhaupt nicht bei der Sache, obwohl das Kleid aus blassrosa Seide mit einem cremefarbenen Spitzenüberzug und handgestickten Perlen, die am Rock entlangtanzten, wunderschön war.

„Darf ich dir eine Frage stellen?", fragte Emma, als die Näherin sich entschuldigte, um zusätzlichen Stoff aus ihrer Kutsche zu holen.

Meg nickte. „Natürlich."

„Als die Duchess of Crestwood heute ankam, habe ich erwartet, dass sie ..."

„Anders wäre?", fragte Meg und biss die Zähne zusammen, als sie an das teuflische Verhalten ihrer zukünftigen Schwiegermutter dachte. Sie hatte sich gezwungen, freundlich zu sein, um Simons

Unbehagen zu lindern, aber am liebsten hätte sie der Duchess eine Ohrfeige verpasst.

„Ja", sagte Emma. „Warum ist sie so grausam zu Simon?"

Meg seufzte schwer, als sie von der Kiste herunterstieg und zum Feuer hinüberging. Erinnerungen stürmten auf sie ein, darunter eine an Simon, als er vor sechs Jahren im Stall stand und Tränen über sein Gesicht liefen, als er versuchte, den Tod seines Vaters zu verarbeiten. Sie hatte seine Hand gehalten, denn das war alles, was sie hatte tun können.

„Simons Vater war nicht wie unserer", begann sie schließlich. „Er war nicht abgrundtief grausam. Aber er hat Simon oft ignoriert. Ihn völlig ignoriert. Nichts, was er tat, brachte ihm jemals Aufmerksamkeit. Gute Noten in der Schule, gutes Benehmen, schlechtes Benehmen, alles war umsonst."

„Er muss sich nach Freunden und Verbündeten gesehnt haben", erkannte Emma leise und ihre Hand wanderte zu ihrem Bauch, als wollte sie das Baby in ihr vor solcher Grausamkeit schützen.

Meg nickte. „Und er hat sie gefunden, bei meinem Bruder und ihrem Club." Sie seufzte. „Ich glaube, das ist einer der Gründe, warum er so am Boden zerstört ist über seine Rolle in diesem Schlamassel. Seine Freundschaft mit Graham war ihm sehr wichtig."

„Und seine Mutter war wie sein Vater?", fragte Emma und kehrte zum ursprünglichen Thema zurück.

„Nein, ihr ging es immer nur um den Schein. Sie wollte die perfekte Familie vorzeigen, der perfekte Duke, das perfekte Kind." Meg verschränkte die Arme. „Aber als Simon bei seinen Freunden Akzeptanz fand, hat er aufgehört, sie bei seinem Vater zu suchen. Er verbrachte die Ferien mit uns, nicht mit ihnen. Kurz bevor sein Vater starb, schickte der Duke Simon einen Brief. Er war furchtbar, voller Forderungen", erklärte sie und zuckte ob der Erinnerung zusammen. „Simon hat nicht geantwortet. Sein Vater starb kurz darauf, und Simon ist zur Beerdigung nicht nach Hause gefahren."

„Die Duchess war bestimmt wütend", sagte Emma mit einem traurigen Kopfschütteln.

„Der Gottesdienst sollte einer ihrer größten Momente werden, mit allen Augen auf sie gerichtet in ihrem Verlust. Ich bin mir sicher, dass sie es perfekt geplant hatte, von jedem Schniefen bis hin zu jeder Drehung ihres Taschentuchs", meinte Meg, unfähig, den Abscheu aus ihrem Ton zu halten. „Stattdessen musste sie den Tag damit verbringen, zu erklären, warum ihr Sohn nicht anwesend war. Natürlich war es, weil Simon hier war und versuchte, den Tod eines Vaters zu verarbeiten, den er nie wirklich verstand. Aber sie hat es ihm nie verziehen."

Emma seufzte schwer. „Nun, das erklärt sicherlich eine ganze Menge über Simon."

Meg runzelte die Stirn. „Was meinst du?"

Emma zuckte mit den Schultern. „Nun, abgesehen von den letzten Wochen, nimmt er nichts wirklich auf die harte Schulter. Wenn er mit anderen zusammen ist, tut er oft so, als ob er keinen Tiefgang hätte, obwohl es offensichtlich ist, dass das nicht stimmt. Und er ... kämpft nicht. Nicht einmal für das, was er will oder woran er glaubt."

Meg zuckte zusammen. Diese letzte Bemerkung ging ihr sehr nahe. Simon hatte nie um sie gekämpft.

„Und du glaubst, das liegt daran, was er als Kind erlebt hat?", flüsterte sie.

Emma nickte. „Wir alle tragen unsere Vergangenheit mit uns herum, nicht wahr? Ich weiß, dass ich es tue. James tat es viele Jahre lang, und selbst jetzt, wo die Last leichter ist, trägt er sie immer noch auf seinen Schultern. Simon ist da nicht anders. Wenn er sein Leben damit verbracht hat, nie die Aufmerksamkeit seines Vaters zu bekommen oder den unmöglich hohen Ansprüchen seiner Mutter nie zu genügen, kann ich mir vorstellen, dass es ihn zögern lässt, es überhaupt zu versuchen, etwas zu gewinnen."

Meg grübelte darüber nach. So hatte sie noch nie darüber nachgedacht. „Ich nehme an, du hast recht. So zu tun, als ob man immer unbekümmert und zufrieden ist, wäre einfacher, als nach etwas Unerreichbarem zu streben."

Die Näherin kehrte zurück und Meg trat zurück auf die Holzkiste, als Emma das Thema auf etwas weniger Persönliches lenkte. Aber Emmas Worte gingen Meg nicht aus dem Kopf.

Es war tatsächlich möglich, dass Simon nicht in der Lage war, für das zu kämpfen, was er wollte. Sie war sich nicht sicher, dass sie hart genug für sie beide Kämpfen könnte, wenn er es nicht tat.

Simon war nun seit acht Stunden verheiratet. Obwohl der Gottesdienst kurz ausgefallen war, weil nur der Geistliche und ihre Familien anwesend waren, hatte sich der Tag trotzdem hingezogen. Er und Meg waren nie allein gewesen und wurden von einer Pflichtveranstaltung zur nächsten geschleppt.

Aber nun, als sie im Salon standen, die Drinks nach dem Essen in der Hand, begann Simon ein Licht am Ende dieses sehr langen Tunnels zu sehen. Und das Licht war, ins Bett zu gehen ... mit seiner Ehefrau.

Er erzitterte bei dem Gedanken, sie nach so vielen Tagen der Trennung in seinen Armen zu halten. Sie zu nehmen, nun da sie wirklich ihm gehörte und er wirklich ihr gehörte. Daran erfreute er sich, auch wenn er es so verzweifelt leugnen wollte.

James sprach, und zum ersten Mal seit mehreren Augenblicken nahm Simon die Worte, die aus dem Mund seines Freundes kamen, tatsächlich wahr. „... zurück nach London in zwei Tagen", sagte James.

Simon blinzelte. „Tut mir leid, ich war wohl in Gedanken versunken. Warum kehrt ihr so schnell nach London zurück?"

Emma legte den Kopf schief und ihr Blick glitt zwischen ihm und Meg hin und her. „James glaubt, dass die Rückkehr nach London als Gruppe, anstatt sich auf dem Lande zu verstecken, der Welt zeigen wird, dass wir eure Ehe aus vollem Herzen unterstützen. Es wird die Akzeptanz fördern, egal wie groß der Skandal noch sein mag."

Simon presste die Lippen aufeinander. Er konnte sich gut vorstellen, dass der Grad des Skandals in der Tat hoch war. Wenn nicht noch jemand etwas wirklich Schreckliches tat, würden er und Meg für den Rest dieser Saison und wahrscheinlich auch für die gesamte nächste das Gesprächsthema schlechthin sein.

„Wir müssen weitermachen", sagte Meg, ihr Tonfall klang gefälscht fröhlich. „Ich stimme zu, dass eine Rückkehr nach London uns die Gelegenheit dazu geben wird."

Sie warf ihm einen Blick zu und er hielt den Atem an. Sie waren verheiratet. Wenn sie nach London zurückkehrten, würde sie in sein Stadthaus einziehen. Sie würden als Mann und Frau zusammenleben.

Er räusperte sich und versuchte, sich zu konzentrieren. „Ja, nun, ich nehme an, das ist alles, was wir tun können. Nun bin ich sehr müde. Es war ein langer Tag."

Meg stellte ihr Getränk ab und ging auf ihn zu. „Ich ... ich werde dir Gesellschaft leisten", erklärte sie, und ihre Wangen flammten ein wenig auf.

Simon schluckte schwer und bot ihr seinen Arm an. Gemeinsam verabschiedeten sie sich, und dann führte er sie zur Salontür. Sie hatten erst ein paar unbeholfene Schritte in Richtung Treppe gemacht, als seine Mutter hinter ihnen aus dem Raum trat.

„Simon", sagte sie.

Er drehte sich um, zog Meg mit sich und konnte einen Seufzer kaum unterdrücken. Die Dowager Duchess of Crestwood sah genauso sauer und urteilend aus, wie sie es immer getan hatte. Dies sollte eindeutig kein unterstützender Moment zwischen ihnen werden. Nicht, dass er sich erinnern könnte, dass sie ihn je unterstützt hatte.

„Ja, Mutter?", stieß er hervor und konzentrierte sich, so gut er konnte, auf das sanfte Gefühl von Megs Fingern an seinem Arm. Sie spannten sich nun ein wenig an, eine Abschirmung gegen das, was kommen würde.

„Weil ich kaum eine andere Wahl habe, werde ich dich in der Öffentlichkeit so gut wie möglich unterstützen", verkündete die Dowager Duchess. „Wenn ich mich gegen dich wende, wird es für mich nur noch schwieriger."

Er schüttelte leicht den Kopf. „Nun, ich bin sicher, Meg und ich wissen die Unterstützung zu schätzen, egal aus welchem Grund sie gegeben wird."

Er machte Anstalten zu gehen, aber seine Mutter hielt ihn auf. „Ich bin noch nicht fertig." Meg verspannte sich an seiner Seite und richtete ihre Aufmerksamkeit wieder auf seine Mutter, während sie weiter sprach. „Du warst schon immer eine Enttäuschung, Simon, also hätte ich in dieser Sache nicht mehr von dir erwarten dürfen. Aber ich möchte ganz klar sagen, dass meine öffentliche Unterstützung in keiner Weise meine private Gesinnung widerspiegelt. Deine lächerliche Entscheidung, nach deinem Herzen statt nach deinem Kopf zu handeln, zeigt mir, was für ein Narr du bist. Reiß dich zusammen, oder du wirst all deine Verbündeten verlieren. Einschließlich mir."

Simon biss die Zähne zusammen. Er hatte im Laufe der Jahre einige Variationen dieser Rede gehört. Heute traf es ihn wie ein Schlag, denn er war noch immer wütend über all das, was er getan hatte, um den heutigen Tag herbeizuführen. Er öffnete den Mund, um etwas zu erwidern, als Meg ihre Hand von seinem Arm nahm und einen Schritt nach vorne trat.

„Euer Gnaden, Simon und ich sind uns des Schadens, den wir uns selbst und den Menschen um uns herum zugefügt haben, unendlich bewusst, sowohl in sozialer Hinsicht als auch in Bezug auf emotionale Schäden. Das muss uns niemand sagen, denn abgesehen vom Duke of Northfield leidet, glaube ich, niemand so sehr wie wir. Nicht, dass Ihr jeglichen Trost spenden würdet, aber so ist es nun einmal."

„Margaret ...", begann seine Mutter, ihre Augen blitzten.

Meg hielt eine Hand hoch. „Ich bin noch nicht fertig. Tatsache ist, dass Simon Unterstützung brauchen wird, nicht nur öffentlich, sondern auch privat, während wir diese schwierige Zeit durchstehen. Wenn Ihr dazu nicht in der Lage oder geneigt seid, dann biete ich Euch eine deutliche Lösung an ... Haltet Euch von uns fern."

Die Lippen seiner Mutter teilten sich und sie stieß einen Atemzug aus, der im Flur widerzuhallen schien. „Wie könnt Ihr es wagen? Welches recht habt Ihr, so mit mir zu sprechen?"

„Ich habe heute Euren Sohn geheiratet", knurrte Meg förmlich. „Das macht mich jetzt zur Duchess of Crestwood und verantwortlich für den Schein, den wir aufrechterhalten wollen. Ich werde mich klar ausdrücken ... wenn Ihr jemals wieder so mit meinem Mann sprecht, werde ich Euch so schnell aus unserem Kreis ausschließen, dass Ihr nicht einmal wisst, was passiert ist." Meg lächelte, aber es war nicht das übliche warme und einladende Lächeln, das ihre Lippen zierte. „Ihr und ich können Verbündete sein, oder wir können sehr öffentliche Feinde werden. Es ist Eure Entscheidung. Aber wählt weise, denn ich weiß, wie viel Euch der Schein bedeutet."

Sie standen alle einen Moment lang stumm da, denn sowohl Simon als auch seine Mutter waren schockiert von Megs Aussage. Endlich schritt die Dowager Duchess auf ihn zu. Simon verkrampfte sich, bereit für einen weiteren Angriff oder eine Forderung.

Stattdessen begegnete sie seinen Augen. Ihre Nasenflügel weiteten sich vor Verärgerung und ihre Augen blitzten vor Zorn, aber zu seinem völligen Schock sagte sie: „Ich entschuldige mich, Simon. Ich habe mich unpassend ausgedrückt. Natürlich hast du meine volle Unterstützung."

Simon konnte nur starren. In all den Jahren, die er auf dieser

Erde verbracht hatte, hatte sich seine Mutter nie bei ihm entschuldigt. Er hatte es sicherlich dutzende Male bei ihr getan, aber nie war dieser Akt erwidert worden. Nun wusste er kaum, was er tun sollte.

Nicht, dass es Meg gestört hätte. Sie schenkte ihm ein weiteres festes Lächeln und beugte sich vor, um seiner Mutter einen Kuss auf die Wange zu geben. „Ich danke Euch, Euer Gnaden. Nun werden mein Mann und ich uns zurückziehen. Komm mit, Simon", sagte sie, ergriff erneut seinen Arm und wies ihm den Weg zur Treppe.

Er folgte ihr, fast blind, denn seine Ohren klingelten noch von dem, was gerade passiert war. Was sie gesagt und getan hatte.

Die Tatsache, dass sie sich für ihn eingesetzt hatte, was noch nie jemand in seinem Leben wirklich getan hatte. Als sie die Tür zu seinem Gemach erreichten, wandte er sich ihr zu.

„Meg", flüsterte er.

Sie hob ihr Gesicht zu seinem, die dunklen Augen klar und konzentriert auf ihn gerichtet. Er hielt den Atem an. Er wusste, dass sie ihm gehörte, und doch zögerte er, dies zu akzeptieren.

„Danke", murmelte er.

„Wofür?", fragte sie und hob eine Hand, um seine Wange zu berühren.

Er schüttelte den Kopf. „Du weißt, wofür. Für das, was du zu meiner Mutter gesagt hast."

Ein Schatten überzog ihre Miene. „Ich weiß, es war eine unpassende Bemerkung und normalerweise würde ich nicht so unverblümt sein, aber ich bin es leid, wie sie dich behandelt, Simon. Und das werde ich in meinem Haus nicht dulden, nicht solange ich Duchess bin."

Er konnte sich ein Lächeln nicht verkneifen. „Du bist erst seit acht Stunden Duchess und schon legst du deine Regeln fest."

Sie nickte und griff um ihn herum, um die Tür zu seinem Gemach zu öffnen. „Ich weiß. Nun komm herein und wir können ..."

Sie unterbrach sich, und er drehte sich um, um zu sehen, was auch immer ihre Aufmerksamkeit im Raum erregt hatte. Als er das tat, hielt er den Atem an. Das Gemach war mit Dutzenden von

Kerzen beleuchtet, Blumen schmückten jeden Tisch, und ein Feuer brannte im Kamin. Auf dem Tisch neben dem Bett standen eine Flasche Wein und zwei Gläser.

Meg schüttelte den Kopf. „Emma."

Simon zog die Brauen hoch. „Meinst du?"

„Ja." Sie trat in den Raum und ging herum, um an den Rosen zu riechen, die ihr am nächsten standen. „Dies ist das erste Mal, dass wir unsere Liebe nicht verheimlichen müssen."

Er schloss die Tür hinter sich und drehte langsam den Schlüssel im Schloss. „Ja. Und da alle anderen Gäste abgereist sind und meine Mutter in einer Kammer auf der Familienseite des Hauses untergebracht wurde, wird uns auch niemand hören können."

Sie drehte sich um und sah ihn an. Ihre Augen leuchteten vor Verlangen. „Das klingt sehr vielversprechend", flüsterte sie.

Er runzelte die Stirn, als ihn die Realität einholte. „Meg", sagte er.

Sie bewegte sich mit ein paar langen Schritten auf ihn zu. „Stopp", befahl sie. „Du wirst ein Leben lang Zeit haben, mir zu sagen, wie falsch das ist. Wie schrecklich du dich fühlst. Wie sehr wir es verdienen, zu leiden. Heute Nacht berühre mich einfach. Bitte."

Sie ergriff seine Hand während sie sprach, hob sie sanft an und drückte sie an ihre Brust, als sie konzentriert Augenkontakt hielt. Er betrachtete seine Finger auf ihrem rosa Kleid und schloss sie um die Wölbung ihrer Brust. Ihr Atem stockte und er lächelte.

„Wollt Ihr mich verführen, Euer Gnaden?", fragte er.

Sie nickte. „In der Tat, das will ich, Euer Gnaden." Sie drehte ihm den Rücken zu. „Jetzt entkleide mich."

Seine Hände zitterten, als er sie zu der verlockenden Reihe winziger Knöpfe hob, die vom oberen Ende ihres Kleides bis zu der Stelle reichten, an der sich ihr Po unter dem Stoff abzeichnete. Einer nach dem anderen löste er sie. Seine Finger fummelten hektisch herum in seiner Eile, sie nackt zu sehen. Er streifte kurz ihr Unterkleid und sie zuckte zusammen, als würde eine elektrische Ladung zwischen ihnen ausgetauscht.

Simon lächelte, lehnte sich vor und küsste sanft ihren Hals. „Ich fühle es auch", flüsterte er.

Sie lehnte ihren Kopf zurück an seine Brust, drückte ihren Körper an seinen und rieb ihren Hintern ganz leicht an seinem Glied. Er hielt den Atem an, denn sie hatte schnell herausgefunden, was ihm gefiel und wie sie ihn vor Verlangen wild machen konnte. Natürlich hatte sie das schon immer getan, ohne es überhaupt zu versuchen. Ihre Anstrengung machte sein Verlangen nach ihr nur noch intensiver und kraftvoller.

Er öffnete die letzten Knöpfe, aber bevor er das Kleid wegschieben konnte, trat sie von ihm weg. Sie drehte sich zu ihm um und sah ihm in die Augen, während sie langsam erst den einen und dann den anderen Arm befreite. Die Seide glitt Zentimeter für Zentimeter nach unten, bis sie vom Kleid befreit war und nur noch in ihrem Unterkleid vor ihm stand.

Er konnte kaum atmen. Das Unterkleid war in demselben zarten Rosa wie ihr Kleid gehalten, aber es war so dünn, dass es fast durchsichtig war. Er sah den Schatten ihrer harten Brustwarzen und das Dreieck ihres Geschlechts. Mit einem schaudernden Seufzer schob sie das Kleid von ihrem Körper und stand nackt vor ihm. Er erstarrte, blickte sie nur an, nahm sie einfach in sich auf und schwelgte darin, wie schön sie war.

„Zieh dich aus", befahl sie mit zitternder Stimme.

Er wölbte eine Augenbraue. Irgendwie hatte er sich nie vorgestellt, dass Meg so die Kontrolle übernehmen würde. Aber er fand, dass es ihm gefiel. Er beobachtete sie, als er sein Jackett von seinen Schultern streifte, dann hob er die Hände zu seiner Krawatte und löste die lange Schärpe aus weißer Seide, bis sie ihm von den Fingern baumelte.

„Ich habe eine Idee, was wir damit machen können", flüsterte er.

Ihre Pupillen weiteten sich. „Ich auch."

Er ertappte sich dabei, wie er trotz der Hitze zwischen ihnen grinste. „Was würdest du vorschlagen?", fragte er.

Sie schluckte. „Du bist zu … groß."

Er runzelte die Stirn. „Du hast fast sofort aufgehört, dich darüber zu beschweren, wenn ich mich recht erinnere."

Sie rollte mit den Augen, aber sie lachte und plötzlich war es zwischen ihnen wieder wie früher. „Nicht dein Schwanz, Simon. Sondern du. Es ist zu einfach für dich, die Kontrolle zu übernehmen, wenn wir das tun. Und ich will dich … erkunden. Würdest du mir das Halstuch geben, würde ich es benutzen, um deine Hände zu fesseln, damit du nicht die Kontrolle übernehmen kannst."

Seine Augen weiteten sich bei der Vorstellung, dass Meg so dreist sein würde, ihn ans Bett zu fesseln, um ihn auf verruchte Art zu verwöhnen. Es war fast zu erotisch, um es zu ertragen. Langsam bewegte er sich vorwärts und schlang das Halstuch um sie, um es um ihre Taille zu drapieren. Er zerrte daran und zog sie mit den Zügeln, die er so geschaffen hatte, an sich.

Als sie sich an ihn schmiegte und ihr Körper in seinen Armen zitterte, flüsterte er: „Dann tu es."

Er beugte sich vor, um sie zu küssen, trank von ihren Lippen, was sich wie eine Ewigkeit anfühlte. Dann löste er sich von ihr, nahm die Krawatte ab und legte sie ihr um ihren Hals. Die Zipfel hingen über ihre Brüste und bis zu ihren Schenkeln hinunter.

Als er sie nur mit diesem dünnen Stück Seide bekleidet sah, pochte sein Schwanz unerbittlich. Er entledigte sich schnell seines Hemdes, dann setzte er sich auf das Bett, um seine Stiefel und Hose auszuziehen.

Als er aufstand, hielt sie den Atem an, während sie ihn anstarrte. „Ich werde mich nie daran gewöhnen, dich so zu sehen", murmelte sie. „Nicht in den nächsten hundert Jahren."

„Ich hoffe nicht", neckte er, während er sich zum Bett zurückzog. „Ich will immer den Ausdruck purer Bewunderung auf deinem Gesicht sehen, wenn du meinen harten Degen siehst."

Ihre Augen wurden groß, dann lachte sie. Der musikalische

Klang erfüllte den Raum und wieder war alles ungezwungen zwischen ihnen, wie in all den Jahren, in denen sie so getan hatten, als wären sie nur Freunde. In diesem Moment erkannte Simon, wie schön ihre Ehe sein konnte. Oder hätte sein können, wenn sie nicht so schlecht begonnen hätte.

Aber er wusste nicht, wie er es nun reparieren sollte. Wie man reparierte, was bereits zerbrochen war. Wie man das, was sie getan hatten, in irgendeiner Form akzeptabel machen konnte.

„Hör auf zu denken", flüsterte Meg mit einem langsamen Kopfschütteln. „Und leg dich auf das Bett."

Er starrte sie an. „Woher weißt du, dass ich denke?"

„Ich kenne dich. Und du bekommst eine Falte auf der Stirn. Lass es heute Abend einfach um das hier und um uns gehen. Der Rest wird sich ergeben, wenn wir dazu bereit sind."

Er sagte nichts, sondern tat, was sie verlangte, und kletterte auf das Bett. Dann ließ er sich auf den Kissen nieder und lächelte sie an. Sie hatte recht, heute Nacht brauchte er nicht zu denken. Morgen würde alles wieder auf ihn einprasseln, so wie es immer war. Heute Abend wollte er diesen Moment stehlen, um sie in jeder Hinsicht zu seiner Frau zu machen.

Morgen würde er die Konsequenzen tragen. Und das sollte er auch.

„Nun habt Ihr mich, Euer Gnaden", säuselte er. „Und was genau wollt Ihr mit mir anstellen?"

~

Megs Mund fühlte sich sehr trocken an, als sie Simon anstarrte, der nackt auf seinem Bett auf sie wartete und sie mit einem halben Lächeln auf seinem Gesicht beobachtete. In diesem Moment war er ihre ganze Welt, ihr ganzes Herz, ihr Ein und Alles.

Und sie war nicht bereit, das zu sagen, also musste sie es ihm heute Abend zeigen. Das war der einzige Weg, wie er sich ihr hingeben würde, also musste sie das gegen ihn verwenden. Sie musste die Leidenschaft nutzen, um sein Herz zu öffnen.

Aber wenn es um Verführung ging, hatte sie sehr wenig Wissen, von dem sie ausgehen konnte. Ihre Aussage, dass sie ihn festbinden würde, um sich selbst die Freiheit zu geben, ihn zu erkunden, war in Eile gesagt worden, und nun bereute sie es.

„Du hast die Krawatte", sagte er sanft. „Also binde mich fest."

Meg nickte, als sie durch den Raum auf ihn zuging. Sie packte ein Ende der Krawatte und keuchte vor Vergnügen, als sie den seidigen Stoff über ihre Haut zog, um Simon festzubinden.

Seine Augen weiteten sich. „Mach es lieber schnell, Meg, oder ich mache genau das, was du befürchtest. Ich werde dich auf den Rücken werfen, dich damit fesseln und dich lieben, bis du schwach wirst."

Sie schluckte, denn diese Art der Bestrafung klang nicht gerade nach etwas, das sie vermeiden wollte. Aber sie beugte sich trotzdem vor und schlang die lange weiße Krawatte immer wieder um seine Handgelenke, bis seine Hände zusammengepresst waren. Sie hatte noch eine ziemliche Länge des Stoffs übrig, also schaute sie sich um, was sie damit machen sollte.

Das Bett hatte ein kunstvoll geschnitztes Kopfteil, eines mit kleinen Rillen und Löchern in der dunklen Oberfläche. Ohne zu zögern, schob sie ein Enden der Krawatte durch ein Loch und band das andere fest, sodass er an das Kopfteil gebunden war.

Als sie zurücktrat, sah sie, wie er zu ihr hochstarrte. Sein Schwanz war härter geworden, während sie ihre Arbeit gemacht hatte, und sein Atem kam abgehackt, wodurch sich sein straffer Bauch schnell hob. „Du bist ein Naturtalent", knurrte er. „Nun hast du mich, wo du mich willst, also was wirst du nun tun?"

Ihre Hände zitterten, als sie ihre Finger anhob. „Ich lasse mein Haar herunter", flüsterte sie.

Er gluckste. „Du entscheidest dich also für Folter. Ich kann mit Folter umgehen."

„Das hoffe ich", neckte sie, während sie mit den Fingern durch ihre kunstvolle Frisur glitt und die Stecknadeln auf den Boden fallen ließ. Lange Locken fielen um ihre nackten Schultern und er starrte sie an, während er sich über die Lippen leckte, als wäre sie ein Leckerbissen, den er gleich genießen würde.

Ihr ging es natürlich genauso. Als sie diesen Mann anstarrte, diesen mächtigen Mann, der jetzt an ein Bett gefesselt und zu ihrem Vergnügen aufgebahrt war, war sie fast überwältigt von dem, was sie tun konnte. Die Freiheit, die sie gewonnen hatte, jedes Spiel zu spielen, das sie wünschte.

Die Kraft dessen war berauschend und erschreckend zugleich.

„Du kannst nichts falsch machen", beruhigte er sie, als ob er ihre Gedanken lesen könnte, so wie sie seine lesen konnte. „Mach einfach, was du willst."

Sie kroch neben ihm auf das Bett, ermutigt durch seinen Vorschlag. Zuvor war es so gewesen, dass er nahm und sie empfing. Aber nun wollte sie nehmen. Sie wollte, dass er empfing. Sie beugte sich über ihn und ihr Haar fiel über seine Brust, als sie ihn küsste.

Er gab einen leisen Laut in seiner Kehle von sich und öffnete sich ihr. Sie hielt sich zurück, als sie ihn schmeckte, seine Zunge abtastete, in ihn eindrang, wie sie schon so oft zuvor eingedrungen war. Sie spürte die Spannung seines Körpers, als er ihr erlaubte, den Kuss zu beherrschen, aber sah, was es ihn kostete, als sich seine Hände gegen den leicht gespannten Knoten seiner Fessel stemmten. Meg machte sich keine Illusionen darüber, dass er den Stoff ganz einfach in zwei Teile zerreißen und seinen Willen durchsetzen konnte.

Dass er es nicht tat, war ein Geschenk, und sie wusste es.

Sie ließ sich an seinem Körper hinuntergleiten, schmeckte die Haut an seinem Hals, ließ ihre Hand über sein Schlüsselbein gleiten und tiefer zu seiner Brust. Ihr Mund folgte der Spur ihrer Finger und sie genoss den Geschmack seiner heißen Haut, die Art, wie sich seine Muskeln unter ihrer Zunge zusammenzogen und sein Atem stockte.

Ihm Freude zu bereiten war besser als alles andere, und plötzlich wusste sie genau, was sie mit ihm machen wollte. Sie hob ihren Blick seinen Körper hinauf, während sie mit ihrer Zunge über seine Brustwarze strich und die Liebkosung wiederholte, die er ihr schon oft angedeihen ließ. Sein Körper wölbte sich und sie lächelte.

Der Test bestätigte ihre Theorie. Was ihr gefiel, gefiel auch ihm. Und das ermutigte sie, als sie ihren Mund an seinem Bauch hinuntergleiten ließ, über die Wölbungen seiner Muskeln, bis ... Als sie sich noch tiefer bewegte, hob er den Kopf und starrte sie an.

„Was tust du, Meg?", flüsterte er, seine Stimme rau und leise vor Verlangen.

Sie lächelte, als sie mit ihren Lippen seine Hüfte liebkoste. „Wenn du mein Geschlecht küsst, ist meine Erlösung unendlich stark. Ich möchte testen, ob es bei dir auch so ist."

Er stieß einen Fluch aus, den sie noch nie gehört hatte, und kämpfte damit, sich aufzusetzen. „Meg, du musst nicht ..."

Sie ignorierte ihn, während sie ihre Finger um seinen Schwanz legte und ihn sanft streichelte. Nun, da sie ihn mehr als einmal in sich aufgenommen hatte und das Vergnügen gespürt hatte, das dieser Akt bringen konnte, hatte sie keine Angst mehr vor seiner Größe. Sie war einfach fasziniert von seinem Glied. Von dem seidigen Gefühl seiner Haut. Von dem harten Stahl, den sie bedeckte.

Sie beugte sich vor und streckte ihre Zunge aus, um nur die Kuppe zu lecken. Er reagierte darauf, indem er sich auf dem Bett nach hinten fallen ließ. Seine Hüften hoben sich wie von selbst, während er einen unzusammenhängenden Lustschrei ausstieß.

„Es scheint, die Antwort auf meine Theorie ist eindeutig", flüsterte sie und leckte ihn erneut, diesmal wirbelte ihre Zunge langsam um ihn herum.

Er stieß nach oben. Sein Schwanz passierte kurz ihre Lippen und ihre Augen weiteten sich. Obwohl er sie mit seiner Zunge geleckt hatte, als er sie auf diese Weise befriedigte, würde er sein Vergnügen wahrscheinlich anders finden. Denn würde sie ihn in die warme, feuchte Höhle ihres Mundes hineinziehen, wäre es so, als würde er in ihr Geschlecht stoßen. Das wäre es, was ihm Erlösung verschaffen würde. Sie wusste es.

Sie packte die dicke Wurzel seines Schwanzes und schlang ihre Lippen um ihn, zog ihn so tief in ihrem Mund hinein, wie es ihr Körper zuließ, bevor sie sich zurückzog. Er drehte sich unter ihr und seine Augen fielen zu, als er einen rauen Seufzer ausstieß, der ihr alles sagte, was sie wissen musste.

Sie wiederholte die Handlung und rieb ihre Zunge an seiner dicken Länge, während sie dies immer und immer wieder tat. Sie prägte es sich ein, was ihn zum Stöhnen brachte. Wenn sie ihre Geschwindigkeit änderte, testete sie seine Reaktion. Langsam lernte sie seine Lust kennen, und die Tatsache, dass sie seine Beine zum Zittern bringen konnte und seine Fersen sich in die Matratze gruben, verlieh ihr das Gefühl purer Macht.

„Meg", keuchte er schließlich. „Herr im Himmel, ich werde gleich kommen."

Sie hob den Blick und lächelte. „Das ist das Ziel, nicht wahr?"

„Nicht heute Nacht", stöhnte er. „Heute Nacht will ich in dir sein. Bitte."

Ihre Augen weiteten sich ob der Bitte und sie gab sanft seinen Schwanz frei, um ihn anzustarren. Sein Gesicht war angespannt vor Vergnügen und seine Augen geweitet mit sowohl flehendem als auch heißem Verlangen.

Und in ihrer Hochzeitsnacht konnte sie ihn genauso wenig verleugnen, wie sie sich selbst verleugnen konnte. Sie bewegte sich wieder seinen Körper hinauf und küsste die gleiche Spur, der sie auf ihrem Weg nach unten gefolgt war. Als sie seine Lippen erreichte, küsste sie ihn tief, während sie sich über ihm positionierte, rittlings auf seinem Schoß, denn das schien die beste Art zu sein, ihn zu nehmen.

Er bewegte sich, und sie konnte sehen, dass er sich von seinen Fesseln befreien wollte. Seine Arme spannten sich an, die Muskeln waren gewölbt, und seine Knöchel waren weiß, als er am den Stoff riss. Sie wollte seine Hände auf ihrer Haut spüren. Sie wollte ihn ganz und gar.

„Wenn ich dich losbinde", begann sie, während sie ihre Lippen gegen die harte Linie seines Kiefers presste. „Wirst du mich auf den Rücken werfen und mich nehmen?"

„Ist es das, was du willst?", murmelte er, seine Stimme nun dunkel, gefährlich.

Sie schüttelte den Kopf. „Nein. Nun, ja, natürlich wäre das schön. Aber ich möchte ... nun ..."

„Mich reiten", schlug er vor.

Sie hob ihren Kopf und starrte auf ihn herab. „Ja. Wirst du mich lassen, wenn ich dich losbinde?"

Er nickte, die Bewegung ruckartig und schnell. „Das werde ich."

Sie beugte sich vor, um die Krawatte zu lösen. Ihre Finger fummelten an den Knoten herum, die sie geknüpft hatte und er grinste zu ihr hoch. Auf einmal zerrte er kräftig daran, riss die feine Seide auseinander und ließ Stücke um sie herum auf das Bett flattern, als er seine Hände befreite.

„Mein Diener wird mich dafür hassen", sagte Simon, während er sich aufsetzte und seine Arme um sie schlang. In dieser Position saßen sie sich nun Auge in Auge gegenüber, und sie erschauerte angesichts der Intimität, nach der sie sich so sehr gesehnt hatte. Einer Intimität des Geistes wie auch des Körpers.

„Interessiert dich das?", flüsterte sie.

„Nicht ein bisschen." Er neigte den Kopf und küsste sie. Sie schlang ihre Arme um ihn und hielt ihn fest. Meg erinnerte sich an die Stärke seines Körpers und fühlte seinen Schwanz hart und bereit zwischen ihnen pulsieren.

Schließlich lehnte er sich zurück und ließ seine Hände auf ihre Hüften gleiten. „Ich habe versprochen, dass ich unsere Zusammenkunft nicht diktieren werde. Heute Nacht gehöre ich allein dir, Meg. Nimm dir, was du willst."

Sie hielt den Atem an. Ihr Ehemann, allein ihrer. Wie sehr sie sich wünschte, dass es wahr wäre, aber sie fürchtete, dass es nicht so war. Die Leidenschaft zwischen ihnen fühlte sich oft völlig getrennt vom Rest ihrer Existenz an. Aber sie würde es trotzdem versuchen. Sie würde niemals aufgeben, diesen Mann in jeder Hinsicht zu ihrem Ehemann zu machen, von dem sie insgeheim geträumt hatte, seit sie kaum mehr als ein Mädchen gewesen war.

Sie griff zwischen sie, um ihre Körper auszurichten. Als sie ihn platziert hatte und ihn die ersten paar Zentimeter in sich aufnahm, erschauderten sie beide vor Vergnügen. Als sie ihre Hüften beugte, glitt er leicht bis zum Anschlag und sie schloss kurz die Augen. Seine Finger spannten sich auf ihrer Haut und er wiegte sie sanft.

Nun flogen ihre Augen auf ob des Aufruhrs von Empfindungen, der ihren Körper durchschüttelte. Er grinste und sagte „Ja", als Antwort auf eine Frage, die sie nicht die Kraft hatte, laut zu stellen.

Sie bewegte sich mit ihm, während er sie führte, rollte ihre Hüften, drückte ihr Becken gegen seines und zog ihn tiefer und tiefer, bis sie keinen Platz mehr finden konnte, an dem sie existierte und er nicht. Das Vergnügen baute sich in ihr auf, während sie ihn nahm. Vergnügen in ihrem Körper, Vergnügen in ihrer Seele. Und nach der sich aufbauenden Spannung auf seinem hübschen Gesicht zu urteilen, würde auch er seinen Höhepunkt in dieser Zusammenkunft finden.

Dann schwebte sie, flog über den Rand einer furchterregenden Klippe, während ihr Körper vor Erlösung bebte und sie seinen Namen schrie. Er setzte sich weiter auf und eroberte ihren Mund mit seinem, während er sich in sie hineinstemmte. Simon keuchte ihren Namen in ihren Mund und sie fühlte seinen heißen Samen in ihr, als er ihren verschwitzten Körper an seinen presste.

Sie verharrten so für eine gefühlte Ewigkeit, Beine und Arme verschränkt, Körper ineinander verschlungen, sein Mund streifte den ihren. Sie klammerte sich an ihn und die Freude schwoll in ihr, als sie diese Art von Verbindung genoss, welche einen Ausblick auf eine Zukunft, die sie sich so verzweifelt wünschte, zeigte.

Aber schließlich zog er sich zurück und starrte in ihr Gesicht, das nur Zentimeter von seinem entfernt war. Und sie sah die

Verwandlung von einem Mann, der von Leidenschaft umhüllt war, zu dem Mann, der Mauern zwischen sie aufbauen würde.

Aber er stand nicht auf, um zu gehen. Er ließ sie nicht im Stich. Er schlang einfach seine Arme um sie und drückte sie fest an seine Brust. Sie klammerte sich an ihn, Tränen stachen ihr in die Augen und Hoffnung schwoll in ihrer Brust. Sie hatte zu viel Angst zu sprechen. Sie wollte den Bann nicht brechen. Also lag sie einfach nur da, während ihre Augen schwerer wurden und ihr Atem tiefer, bis der Schlaf ihre Ängste stahl.

~

Simon starrte hinunter in Megs Gesicht, das genauso schön war, als sie entspannt schlief, wie wenn sie lachte oder sprach. Jetzt wusste er das. Weil sie in jeder Hinsicht ihm gehörte. Und doch empfand er keine ungetrübte Freude über diese Tatsache. Als er sie ansah, sah er Grahams enttäuschten Ausdruck, hörte die raue Stimme seines Freundes. Er sah den Schaden, den er angerichtet hatte.

Die Gefühle überspülten und überwältigten ihn. Sanft schob er sie von sich und stand auf. Er schürte das Feuer und griff dann nach einem Morgenmantel, der über das Sofa neben dem Bett drapiert war. Als er sich zudeckte, hörte er, wie sie nach Luft schnappte.

„Was machst du da?"

Er drückte die Augen zu. Ausgerechnet heute Nacht wollte er keine Konfrontation mit ihr erleben. Er wollte nicht, dass sie sah, wie gebrochen er durch das war, was er getan hatte. Aber nun fühlte es sich unausweichlich an.

„Ich glaube, es wäre am besten, wenn ich woanders schlafe", brachte er heraus.

Sie zögerte längere Zeit, aber als sie das nächste Mal sprach, war ihre Stimme kräftig. „Wir sind verheiratet, Simon."

Er holte tief Luft und wandte sich ihr zu. Sie saß jetzt aufrecht, aber ihr Körper wurde von den verworrenen Laken verdeckt. Ihr

Ausdruck war jedoch unverblümt. Ihre Miene war schmerzverzerrt und voller Angst. Er hasste es, dass er ihr das angetan hatte.

„Ich weiß, ich war dabei", flüsterte er und dachte an den glücklichen Moment, als sie zu Mann und Frau erklärt wurden. Simon wusste, dass sie nie wieder getrennt werden konnten. Außer durch seine eigenen verworrenen Gefühle.

Sie schüttelte den Kopf. „Du scherzt ohne jede Freude in deinem Ton, aber du weißt, was ich meine. Du und ich sind jetzt gebunden, vor dem Gesetz und in den Augen aller in der Gesellschaft. Es kann nicht rückgängig gemacht werden."

„Was willst du von mir, Meg?", fragte er, mehr frustriert über sich selbst und die Situation als über sie. „Du scheinst zu denken, dass nun, da wir das Gelübde abgelegt haben, die Vergangenheit ausgelöscht ist. Aber das ist sie nicht. Genau in diesem Moment ist Graham in London und verachtet uns beide. Jeder, der auf der Party war, erzählt jedem, der zuhören will, von dem Skandal. Und das bedeutet, dass du und ich in einen Feuersturm geraten, der vielleicht deinen Ruf in Scherben legt. Soll ich etwa darüber lachen? So tun, als ob beides nicht wahr wäre, nur weil ich ..."

Er schnitt sich selbst das Wort ab und sie stemmte sich auf die Beine, ging zu ihm, ohne einen Gedanken an ihre Nacktheit zu verlieren. „Weil du was?", drängte sie.

Er starrte sie an und schluckte schwer. „Weil ich dich will."

Wie viel mehr er noch sagen wollte. Wie sehr er ihr den Rest erzählen wollte. Dass er sie liebte und immer geliebt hatte. Dass er eine Chance auf eine glückliche Zukunft wollte, aber dass er sich bei dem Gedanken daran selbst verachtete. Und dass er fürchtete, sie noch mehr zu enttäuschen, als er es schon getan hatte.

Sie griff nach ihm, aber er wich ihrer Hand aus und schritt auf die Tür zur Nebenkammer zu.

„Bitte nicht", sagte er leise.

Tränen erfüllten ihre Augen. „Warum? Warum bist du entschlossen, dich selbst zu zerstören?"

Er schwieg für eine gefühlte Ewigkeit und sagte dann: „Ich habe alle anderen verletzt, Margaret. Warum sollte ich nicht auch in demselben Feuer brennen, das ich geschürt habe?"

Simon sagte nichts weiter, noch wartete er auf ihre Antwort. Er wandte sich einfach ab, weil er sich nicht länger vor ihr verstecken konnte. Und was er zu geben hatte, war geradezu monströs.

KAPITEL 16

Simon starrte geradeaus, während sein Reittier die Straße entlang trabte. Weniger als achtundvierzig Stunden nach seiner Hochzeit waren er, seine Mutter und die Familie Abernathe auf dem Weg zurück nach London und mitten hinein in die Ungewissheit darüber, was sie dort erwarten würde. Hinter ihm rumpelte die Kutsche mit seiner Frau und er tat sein Bestes, um nicht zurückzublicken.

Er hätte mit seiner Frau fahren können, aber er hatte sich stattdessen entschieden, auf sein Pferd zu steigen. Er hatte erwartet, dass Meg widersprechen würde, aber ihr geknickter Ausdruck und ihre sanfte Zustimmung waren schwerer zu ertragen, als wenn sie ihn gebeten hätte, sie zu begleiten.

„Werden wir darüber reden?"

Simon versteifte sich, als James sein Pferd neben ihn lenkte und in den Gleichschritt fiel. Es gab keinen Ausweg, so schien es. Vielleicht war es besser, sich jetzt einfach damit auseinanderzusetzen und es hinter sich zu bringen.

„Ich bin überrascht, dass du so lange gebraucht hast", sagte Simon und hielt seinen Blick auf die Straße gerichtet, anstatt es zu wagen, seinen langjährigen Freund anzusehen.

James zuckte mit den Schultern. „Ich hatte gehofft, dass du eine Gelegenheit findest, mit mir zu reden. Oder besser noch, mit ihr."

Meg. Es gab keinen Zweifel wer die Person war, die James meinte. Simon zwang sich, James anzuschauen. „Ich rede mit ihr."

James rollte mit den Augen. „Bitte mach dich nicht lustig über mein geringes Maß an Intelligenz, Simon. Ich habe Augen und kann sehen, was du tust."

Simon presste den Kiefer zusammen und versuchte, seinen Tonfall ruhig und unbeeindruckt zu halten. „Und was ist es, das du siehst?"

„Du gehst ihr aus dem Weg. Selbst wenn ich nicht wüsste, dass ihr beide letzte Nacht in getrennten Kammern geschlafen habt, würde ich es an eurem Verhalten in der Öffentlichkeit erkennen."

Simon zuckte zusammen. Die getrennten Gemächer waren eigentlich nicht seine Idee gewesen. Er hatte darauf gewartet, dass seine Frau in der letzten Nacht zu ihm in sein Gemach kam, das sie nach ihrer Hochzeit geteilt hatten. Sie war nicht gekommen. Schließlich war er losgegangen, um sie zu suchen, und hatte sie in ihrem eigenen Schlafgemach gefunden, mit Tränenspuren auf den Wangen, die im Schein des Feuers funkelten.

Ob dieser Erinnerung flammte Selbsthass in ihm auf.

„Darüber möchte ich nicht mit dir reden", sagte Simon.

James verzog das Gesicht. „Und ich möchte auch nicht über die Gewohnheiten meiner Schwester mit ihrem Mann diskutieren, aber mir bleibt keine andere Wahl. Megs Zukunft und ihr Glück sind mir wichtig. Genauso wie du."

Simon hielt den Atem an, als er sich in seinem Sattel umdrehte und James ansah. Der Ausdruck seines Freundes war nicht aufgesetzt. Er sah frustriert aus, vielleicht sogar wütend, aber er hasste Simon nicht, obwohl es genau das war, was er verdiente.

„Mein Glück sollte dich nicht kümmern", sagte er leise.

James' Kiefer straffte sich. „Du bestehst also darauf, dich selbst zu bestrafen?", fragte er.

„Ich verdiene es, bestraft zu werden."

„Und du wirst Meg dabei verletzten", erwiderte James. „Verdammt nochmal, Simon, hast du nicht schon genug zerstört?"

Simon richtete seine Aufmerksamkeit wieder auf einen Punkt am Horizont.

James seufzte. „Nun, du willst dich selbst hassen, schön. Du willst deine Beziehung zu mir zerstören, anscheinend kann ich dich nicht davon abhalten. In Ordnung. Aber ich schwöre bei Gott, wenn du Meg wehtust ..." Er streckte seine Hand aus und packte Simons Schulter, sodass dieser ihn ansah. „Dann wird die Hölle losbrechen, Crestwood."

Ohne ihren intensiven Blick zu unterbrechen, hob James seine Hand, um anzuzeigen, dass der Zug von Fahrzeugen und Tieren anhalten sollte. Als alle dies taten, schwang er sich vom Pferd herunter.

„Ich werde eine Weile mit meiner Frau und meiner Schwester reisen", erklärte er, „um dir Gelegenheit zu geben, über das Gesagte nachzudenken. Ich schlage vor, du tust das, Simon. Gründlich. Ich verstehe, warum es für dich eine solche Herausforderung ist, dich würdig zu fühlen. Ich kannte deinen Vater und ich habe Zeit mit deiner Mutter verbracht. Ich verstehe sogar, warum du dich für das hasst, was du Graham angetan hast. Aber du stehst kurz davor, einen schrecklichen Fehler zu machen. Einen, von dem du dich nicht mehr erholen kannst. Denke gut darüber nach, was du tun willst, oder du wirst alles verlieren."

Als Simon weiterhin schwieg, schritt James davon und warf die Zügel seines Pferdes einem Diener zu, der vom Dach der Kutsche gehuscht war und das Pferd nun eine Weile reiten würde. Simon wusste, dass sein Freund recht hatte.

Er war sich nur nicht sicher, wie er die Zukunft, die ihm gegeben worden war, akzeptieren und gleichzeitig für die Vergangenheit büßen konnte. Bis er das herausgefunden hatte, konnte er weder Meg ein Ehemann noch James ein Freund sein. Er konnte nicht einmal sich selbst beistehen.

So war er seinem eigenen Verstand überlassen, der im Moment ein sehr gefährlicher Ort war.

~

Meg betrat das Foyer ihres neuen Hauses in London und atmete tief durch, als sie sich zur Begrüßung einer Reihe lächelnder Bediensteter gegenübersah. Natürlich kannte sie einige von ihnen bereits. Sie war im Laufe der Jahre so oft in Simons Stadthaus gekommen und hatte James begleitet, als er seinen Freund besuchte. Sie hatte sich die Räumlichkeiten fast auswendig eingeprägt. Meg wusste, welcher Sessel Simons Lieblingssessel war und sie wusste, wie er seinen Schreibtisch einrichtete.

„Willkommen, Euer Gnaden", sagte der Butler, Finley, als er vortrat, um ihr Tuch und Simons Hut und Handschuhe entgegenzunehmen. „Wir sind sehr froh, Euch sicher zu Hause zu wissen."

Sie lächelte, als sie dem Rest des Personals vorgestellt wurde, die sich aufgereiht hatten. Alle schienen aufrichtig erfreut zu sein, als sie Meg begrüßten und keiner gab irgendein Anzeichen dafür, dass sie den Klatsch über ihre neue Herrin gehört haben könnten. Natürlich wusste sie, dass sie es getan hatten. Etwas so Großes wie die kompromittierende Position, in der sie und Simon sich befunden hatten, würde nicht nur in ihrer Welt, sondern auch in den Welten der Diener und Händler Wellen schlagen.

Was ihr mit Simon nicht im Geringsten geholfen hatte. Es war zum Teil der Grund, warum er sich von ihr zurückgezogen hatte. Er und seine verdammte Buße.

„Euer Gnaden, ich weiß, dass Ihr und die Duchess nach Eurer Ankunft in London beim Duke of Abernathe zu Abend gegessen habt", sagte Finley, während die anderen Diener sich wieder ihren Aufgaben zuwandten. „Aber dürfen wir ein Dessert oder Getränke anbieten?"

Simon schaute sie an, aber sie schüttelte leicht den Kopf. Er lächelte den Butler an. „Danke, Finley. So sehr wir das Angebot zu schätzen wissen ... und ich weiß, dass Mrs. Giles wahrscheinlich etwas sehr Verlockendes zaubern würde, wenn wir sie darum bäten ... ich denke, Ihre Gnaden und ich sind einfach zu müde von der Reise, um heute Abend daran vergnügen zu finden."

Finley nickte. „Ich verstehe, Sir. Ruft einfach, falls Ihr Eure Meinung ändert. Ansonsten sind Eure Gemächer vorbereitet."

Simon hob die Augenbrauen, und Meg spürte, dass eine Art stille Kommunikation zwischen den beiden Männern stattfand. „Vollständig vorbereitet?", fragte er.

Finley lächelte erneut. „Ja, Euer Gnaden."

„Guter Mann, danke", sagte Simon und nickte noch einmal, als der Butler sich zum Abschied verbeugte und sie allein ließ.

Simon bot ihr einen Arm an. „Ich zeige dir unsere Gemächer."

Meg zitterte, als sie ihn berührte. Ihre Gemächer. Sein Gemach war eines der wenigen in diesem Haus, das sie noch nie gesehen hatte. Sie fragte sich, wie es wohl aussehen würde, ebenso wie das Gemach der Duchess, das gleich daneben liegen würde.

Meg brauchte nicht zu lange zu warten, um es herauszufinden. Er führte sie die Treppe hinauf und an das Ende eines langen Flurs. Es war der letzte Raum, in den er sie durch kunstvoll geschnitzte Doppeltüren führte. Sie trat in ein Vorzimmer, das ganz und gar männlich und sehr Simons Charakter widerspiegelte. Es hatte graue Wände mit strahlend weißen Akzenten und einen großen Kamin, vor dem zwei Sessel mit Blick auf die leuchtenden Flammen standen. Sie legte den Kopf schief, als sie auf einen der beiden starrte ... einen sonnengelben Sessel, der ihr sehr vertraut vorkam und in seinem Raum völlig fehl am Platz war.

„Ist das ... ist das mein Sessel aus meinem Gemach im Haus meiner Mutter?", fragte sie und drehte sich kurz zu ihm um, bevor sie hinüberging, um das gute Stück zu betrachten.

Simon lächelte. „Ja."

Sie wandte sich ruckartig zu ihm um. „Was um alles in der Welt macht er hier?"

„Nun, ich habe mit deinem Dienstmädchen gesprochen und sie

gefragt, was aus dem Haus geholt werden muss, um es dir hier bequemer zu machen. Sie erwähnte, wie gern du in deinem Lieblingssessel liest, und als ich meinen Bediensteten schrieb, um die Vorbereitungen für unsere Rückkehr zu treffen, bat ich darum, dass er geholt wird. James und deine Mutter waren einverstanden, und nun steht er hier."

Ihre Lippen öffneten sich einen Spalt breit und sie blickte zwischen dem Sessel und Simon hin und her. „Du hast das für mich getan?"

Unbehagen durchzog seinen Ausdruck. „Ja", bestätigte er leise.

Sie bewegte sich auf ihn zu, aber er wich einen Schritt zurück und machte eine Handbewegung in Richtung einer der geschlossenen Türen auf beiden Seiten des Vorraums. „Komm, ich zeige dir dein Gemach."

Sie schluckte schwer, gerührt von seiner Freundlichkeit, frustriert von seinem Rückzug. „Nun gut."

Er öffnete die Tür und ließ sie zuerst durchgehen. Sie hielt den Atem an, als sie dies tat. Der Raum, von dem sie erwartet hatte, dass er nach Jahren der Nichtbenutzung kahl und schlicht sein würde, war stattdessen hell, sonnig und in ihrem Lieblingsfarbton, einem einladenden Gelb, gestrichen. Blumen standen auf dem Tisch vor einem Spiegel, aber es waren nicht irgendwelche Blumen. Es waren Frauenhandschuhe, eine Art violette Glockenblume, die sie schon immer verehrt hatte. Zwischen ihren Knospen waren Reihen von süßem Geißblatt, sodass der Raum einen warmen und einladenden Duft innehatte.

„Auf keinen Fall sah dieses Gemach so aus, bevor ich dich geheiratet habe", sagte sie. „Denn das sind alles meine Lieblingssachen."

Er nickte. „Wie gesagt, unter den gegebenen Umständen wollte ich alles tun, damit du dich wohlfühlst und glücklich bist."

Sie trat wieder auf ihn zu und diesmal blieb er an Ort und Stelle, obwohl sie sah, wie sein Blick zur Tür glitt. Diesmal fing Meg seine Hände auf, bevor er die Flucht ergreifen konnte.

„Danke", flüsterte sie, als sie sich auf die Zehenspitzen erhob und ihre Lippen auf seine presste.

Er stöhnte und seine Arme schlangen sich um sie, drückten sie an seine Brust, während er seine Zunge in ihren Mund trieb. Sie spürte sein Verlangen, aber auch seine Verzweiflung, als er sie zurück ins Gemach und gegen die Bettkante drückte. Seine Hüften drückten gegen ihre und seine harte Männlichkeit presste sich in ihren Bauch und entfachte ein Feuer in ihr, das nur er löschen konnte.

Doch so sehr sie sich das auch wünschte, die Tatsache, dass es das Einzige war, was er ihr freiwillig geben würde, war immer noch beunruhigend. Als ob er ihre Gedanken spürte, riss er seinen Mund weg und trat mit zitternden Händen zurück.

„Es tut mir leid", keuchte er.

„Warum?", fragte sie, richtete sich auf und glättete ihr zerknittertes Gewand.

Er schüttelte den Kopf. „Es war ein langer Reisetag. Ich weiß, du bist müde und ich sollte nicht ..."

„Ich bin nicht aus Glas, Simon", sagte sie leise. „Und das einzige, was wir in dieser Ehe bisher wirklich festgestellt haben, ist, wie kompatibel wir sind, wenn es um Sex geht."

Seine Augen wurden groß, als er hörte, wie unverblümt sie über diese Angelegenheit sprach.

Sie zuckte mit den Schultern. „Schau nicht so überrascht. Ich sage, was ich denke, wie jeder andere auch. Du willst mich. Ich will dich."

„Du bist eine Lady und ..."

„Ich bin deine Frau. Und ich habe Bedürfnisse, die du erfüllst. So wie ich hoffe, dass ich deine erfülle", erklärte sie und dachte an das, was James vor Wochen über Simons Neigungen gesagt hatte. Sie war sich immer noch nicht sicher, was sie von dieser unzüchtigen Vergangenheit halten sollte, von der sie nichts wissen sollte.

Er wandte sich ab. „Es gab keine Einladungen, die auf dich warteten, Meg."

Sie legte die Stirn in Falten, als er das Thema wechselte. Es diente nur dazu, ihre Unsicherheit noch zu verstärken. Aber sie war noch nicht bereit, das anzusprechen.

„Wovon redest du?", fragte sie. „Wir haben Finley nicht gefragt, ob jemand etwas für mich hinterlassen hat."

Er sah sie langsam an. „Finley ist so berechenbar wie der Sonnenaufgang jeden Morgen. Immer, wenn ich nach Hause komme, legt er mir sofort meine Einladungen und meine Korrespondenz vor. Wenn er das nicht tut, bedeutet das, dass es keine gibt."

Sie zuckte mit den Schultern. „Wir sind gerade erst zurückgekommen und ..."

„Du bist *meinetwegen* nicht zu Veranstaltungen eingeladen worden", unterbrach er, seine Stimme plötzlich angespannt. „Wegen dem, was ich getan habe."

Sie schürzte die Lippen, ihre Frustration kochte an die Oberfläche. „Unseretwegen", korrigierte sie scharf. „Wegen dem, was *wir* getan haben. Du kannst versuchen, etwas anderes zu behaupten, aber in jener Nacht waren wir zu zweit in diesem Cottage, Simon. Und ich war diejenige, die in den Wald gerannt ist, anstatt sich mit der Tatsache auseinanderzusetzen, dass ich Graham nicht heiraten wollte. Ich trage genauso viel Schuld an allem, denn es sind die Folgen meines rücksichtslosen Verhaltens."

„Du hättest dich nicht ausgezogen und die Nacht mit mir im Cottage verbracht, wenn ich es nicht vorgeschlagen hätte", beharrte er und verschränkte die Arme.

„Und ich wäre wahrscheinlich erfroren, wenn ich versucht hätte, nach Hause zu laufen", konterte sie. „Wäre das eine bessere Lösung gewesen?"

Simon zuckte zurück, und sie sah das Aufblitzen von Schmerz und Entsetzen auf seinem Gesicht bei dieser Vorstellung. „Nein. Nein, natürlich nicht."

„Das liegt nicht nur in deiner Verantwortung."

Er schwieg einen Moment lang, und sie betete, dass er verstand, was sie ihm vermitteln wollte. Dass er vielleicht sogar offen dafür war, ihr zu glauben.

Aber dann schüttelte er den Kopf. „Das sagst du jetzt, Meg. Aber eines Tages wirst du dich daran erinnern, wie sehr es dir gefallen hat, beliebt zu sein. Und du wirst mich genauso hassen wie er, weil ich deine Zukunft zerstört habe."

Dann wandte er sich ab und verließ sie. Er schloss die Tür hinter sich mit einem leisen Klicken, das sich anfühlte wie ein Schuss, der durch ihr brechendes Herz gefeuert wurde. Sie drehte sich weg, kämpfte darum, Luft zu holen, und stampfte mit dem Fuß auf.

„Du bist meine Zukunft, du großer Possenreißer", sagte sie.

Sie bedeckte ihr Gesicht mit beiden Händen. Sie hatte alles, was sie jemals gewollt hatte. Eine Ehe mit dem Mann, den sie liebte, ein Zuhause, ein schönes Gemach, aber es war alles leer. Leer, weil sie keine Ahnung hatte, wie sie Simon wachrütteln und ihn aus seinem Nebel aus Schuldgefühlen und Selbstbestrafung wecken konnte.

Und sie fürchtete, dass ihr die Zeit dazu davonlief.

KAPITEL 17

Meg versuchte, ihr Kinn hochzuhalten und ein Lächeln aufzusetzen, als sie am nächsten Tag im Haus ihres Bruders stand. Doch als Emma den Salon betrat, brach all der Mut, den sie versucht hatte, zu zeigen, unter ihrem eigenen Gewicht zusammen. Als ihre Lippen zu zittern begannen und sich ihre Augen mit Tränen füllten, rannte Emma quer durch den Raum zu ihr.

„Oh, Liebes", gurrte Emma, führte sie zum Sofa und winkte den Diener weg, der gekommen war, um sich nach ihren Teewünschen zu erkundigen. „Na, na. Alles wird gut."

Meg vergrub ihren Kopf in Emmas Schulter, als große, zitternde Atemzüge sie quälten. „Es tut mir leid", murmelte sie schließlich und löste sich aus der Umarmung ihrer Freundin. „Ich hätte nicht vorbeikommen sollen, während ich in so einem Zustand bin."

„Wenn du in einem solchen Zustand bist, musst du immer vorbeikommen!", argumentierte Emma. „Ich will dich sehen, um dir zu helfen. Du warst sehr tapfer in den letzten Wochen. Du hast es verdient, dich auszuweinen, ohne dich zu verstellen. Nun erzähl mir, wie es dir ergangen ist."

Meg begegnete ihrem Blick. „Oh, Emma, wir haben schon

einmal darüber gesprochen, ich weiß, aber ich bin ratlos. Ich habe fast mein ganzes Leben davon geträumt, Simon zu heiraten. Selbst als ich mit Graham verlobt war und so tat, als würde ich mein Leben mit ihm planen, habe ich von Simon geträumt. Es war falsch, ich weiß, aber es ist die Wahrheit. Ich liebe ihn, seit ich fünfzehn war!"

Emmas Gesichtsausdruck wurde weicher. „Das habe ich mir schon gedacht, auch wenn du die Worte nicht ausgesprochen hast."

„Aber er ist resistent gegen alles, was über das hinausgeht, was wir im Bett teilen", fuhr Meg fort. „Es tut mir leid, dass ich so unverblümt bin, aber das ist der Kern der Sache."

Emmas Wangen waren hochrot, aber sie sah nicht entrüstet aus, als sie sagte: „Ich verstehe. Er schläft also mit dir, will aber außerhalb dieses Bereichs keine Verbindung mit dir eingehen."

„Und es ist völlig verwirrend", sagte Meg, stand auf und ging unruhig im Salon auf und ab. „Wenn wir zusammen sind ... körperlich ... ist es wunderbar. Ich fühle seine Leidenschaft für mich, sein Verlangen nach mir, fühle, dass er mich liebt. Und ich wünsche mir immer, hoffe, dass er, wenn es vorbei ist, diese Verbindung weiter bestehen lässt."

„Aber er zieht sich zurück", erkannte Emma, und ihre Lippen verzogen sich.

Meg nickte. „Er zieht sich körperlich zurück, aber er baut auch Mauern zwischen uns auf." Sie hörte auf, zu gehen und wandte sich Emma zu. „Ich weiß, dass es seine Schuldgefühle wegen des Verrats an Graham sind, die einen Teil davon verursachen. Aber ich beginne mich zu fragen, ob da ... mehr dahintersteckt."

„Mehr?", fragte Emma. „Was könnte es denn noch sein?"

Nun war es Meg, die spürte, wie ihr die Hitze in die Wangen stieg. Sie ging zur Tür und schloss sie. Dann lehnte sie sich dagegen und sagte: „Am Tag, an dem James uns im Cottage fand ... Gott, es kommt mir vor, als wäre es eine Ewigkeit her ... er und Simon stritten sich, und er sagte etwas. Er ... er sagte, der Grund, warum er Graham für mich ausgesucht hatte, war, dass Simon zu der Zeit in London herumgehurt hatte. Und dass er und der Duke of Roseford sich die Frauen teilen würden."

Emmas Augen weiteten sich und ihr Mund öffnete und schloss sich ein paar Mal. „Oh. Meine Güte. Ich ... ich ... oh ..."

Meg nickte. „Ja, das war auch meine Reaktion. Ich bin mir nicht einmal sicher, wie das funktionieren würde."

Emma neigte ihren Kopf zur Seite. „Ich nehme an, einer der Männer könnte dich oral befriedigen, während der andere dich küsst ... du weißt schon, es spielt keine Rolle. Es scheint, als würden sie über etwas reden, das vor langer Zeit passiert ist. So prickelnd der Gedanke auch ist, was hat das mit dir zu tun?"

„Was, wenn ich nicht genug bin?", flüsterte Meg. „Was, wenn all seine Ablehnung, von der er sagt, sie sei wegen Graham, in Wirklichkeit daher rührt, dass er mehr braucht als das, was ich ihm geben kann?"

Emma stand auf, kam zu ihr und ergriff ihre Hände. „Meg, du bist genug. James beschwert sich gelegentlich über den Ärger, den Roseford in der Stadt immer wieder verursacht, aber um ehrlich zu sein, hat er nie etwas über Simon gesagt. Wenn er einmal unvorsichtig war mit den Geliebten, die er sich ausgesucht hat, wenn er etwas Wildes getan hat, dann ist die Zeit dafür vorbei. Ich glaube nicht einen Moment, dass sein Problem darin besteht, dass du ihn nicht befriedigst. Wenn du das nicht tätest, warum hätte er dich in dem Moment, in dem die Verlobung bekannt gegeben wurde, für Sex verfolgen sollen? Wenn er dich nicht gewollt hätte, hätte er gewartet."

Meg nickte langsam. „Ich nehme an, du hast recht. Wenn ich daran denke, wie er mich berührt, wie er mich küsst, dann weiß ich, dass er mich wirklich will, auch wenn er einmal etwas viel Ungeheuerlicheres wollte, als ich ihm bieten kann. Aber dadurch fühle ich mich nicht besser, denn er zieht sich immer weiter zurück. Er weigert sich immer noch, eine echte Ehe oder ein Leben mit mir zu führen. Was soll ich also tun, Emma?"

Emma starrte sie einen Moment lang an und ein Licht ging ihr auf. Normalerweise war Emma süß und sanft, aber nun lag ein kriegerisches Feuer in ihren Augen, als sie Megs Oberarme packte und festhielt.

„Du musst kämpfen!", sagte Emma und schüttelte Megs Schultern.

„Das habe ich doch, oder nicht?", fragte Meg leise, denn seit jener Nacht im Cottage hatte sie so manchen Streit mit Simon gehabt.

„Das hast du. Aber ich weiß, dass du die Dinge indirekt angegangen bist, nicht wahr? Du bist vorsichtig mit Simon umgegangen? Verständnisvoll?"

Meg nickte. „Ja. Ich habe ihm seinen Freiraum gegeben."

Emma schüttelte den Kopf. „Dann musst du damit aufhören. Dies ist ein Krieg der kleinen Schlachten und es ist vielleicht an der Zeit für eine weitaus mächtigere Herangehensweise. Etwas, das direkter ist. Simon liebt dich. Jeder, der euch zusammen sieht, kann es sehen, auch wenn er es aus einem unangebrachten Schuldgefühl heraus leugnet. Du musst ihn dazu zwingen, zu sehen, dass er in die Zukunft blicken muss und nicht in der Vergangenheit leben darf."

Meg wich zurück, denn Emma hatte gerade das gesagt, wonach sie sich am meisten sehnte. Das, an was sie im Moment nicht glauben konnte. „Liebt er mich?", fragte sie leise. „Er will mich, sorgt sich um mich, aber er hat nie gesagt, dass er mich liebt."

„Ich weiß. Hast du es ihm denn gesagt?"

Sie spannte sich an. „Nein", gab sie leise zu. „Ich hatte zu viel Angst vor seiner Ablehnung. Wenn er sich abwenden würde, müsste ich wohl ... gehen. Ich könnte es nicht ertragen, dass er weiß, dass ich ihn liebe, und es ihn nicht im Geringsten interessiert."

„Aber das ist es, was Kämpfer tun", erklärte Emma. „Obwohl wir wissen, dass wir vielleicht verlieren, was wir uns am meisten wünschen, tun wir trotzdem alles, um das zu bekommen, was wir brauchen."

„Hast du um James gekämpft?", fragte Meg und dachte an die Zeit im Frühsommer zurück, als ihr Bruder und Emma sich gegenseitig umworben hatten. Sie hatte nie geglaubt, dass ihre Liebe einfach war, aber sie hatte nicht bedacht, dass Emma in den Kampf ziehen musste, um James zu bekommen.

Emma lächelte sanft. „Ja. Ich habe etwas missverstanden, das ich ihn tun sah und in diesem Moment wurde mein Leben sehr klar. Trotz aller Drohungen meines Vaters, trotz der Gefahr, die mir von außen drohte, sagte ich James, dass ich ihn nicht heiraten wollte."

Megs Mund klappte auf. „Das hast du getan?"

„Am Morgen unserer Hochzeit. Ich sagte ihm, dass ich ihn liebe und nichts weniger von ihm akzeptieren würde." Emma zitterte, als ob selbst die Erinnerung daran sie noch berührte. „Es war schrecklich, dort zu stehen, ihn anzusehen, nachdem ich diese Worte gesagt hatte und darauf zu warten, dass er antwortet. Ich glaube, dieser Moment muss sich ewig hingezogen haben. Aber das Risiko war die Belohnung wert. James wusste nicht, was ich fühlte. Und sobald er es wusste, eröffnete sich eine Welt der Ehrlichkeit und Leidenschaft und Liebe, die alles andere, was ich jemals durchgemacht habe, in seiner Intensität verblassen ließ und durch Zufriedenheit und Freude ersetzt wurde."

„Aber was wäre, wenn James nicht gesagt hätte, dass er dich liebt?", fragte Meg und zitterte, als sie sich vorstellte, wie Simon sich von ihr abwandte.

Emma schluckte schwer. „Dann hätte ich wenigstens nicht so eine Lüge gelebt wie meine Mutter oder deine Mutter. Dann hätte ich gewusst, wie ich weitermachen soll."

„Ich habe Angst", gab Meg zu, und ihre Hände ballten und lösten sich an ihren Seiten, während ihr all die schlimmsten Folgen der von Emma beschriebenen Tapferkeit durch den Kopf gingen.

Emma nickte. „Ich weiß. Aber mutig zu sein bedeutet Angst zu haben und trotzdem etwas zu tun. Sei mutig für dich und für ihn. Was auch immer passiert, zumindest wirst du es nicht bereuen, nichts gesagt zu haben. Es bringt nichts, zu schweigen oder passiv zu bleiben, wenn es um deine eigene Zukunft geht."

Meg spürte, wie etwas von Emmas Kraft in sie einströmte und ihr das gab, was ihr fehlte. „Ja, du hast natürlich recht", flüsterte sie.

„Ich habe mich mit Simon zurückgehalten, so sehr ich ihm auch vorgeworfen habe, dass er das Gleiche tut. Ich werde mich ihm direkt stellen. Ich glaube, das muss ich jetzt tun."

Sie atmete tief durch und bewegte sich auf die Salontür zu. Emma lachte. „Du tust es jetzt sofort?"

„Ja. Simon ist in seinen Club gegangen, aber er sollte vor dem Abendessen zurück sein. Ich denke, ich gehe am besten nach Hause und treffe ein paar Vorbereitungen, bevor er zurückkommmt." Sie warf Emma einen letzten Blick zu, von dem sie wusste, dass er ihre Angst widerspiegelte. „Und bevor ich die Nerven verliere."

Simon saß in der Ecke des *Whites*, einen Drink in der Hand und eine Zeitung in seinem Schoß gefaltet. Eigentlich sollte er an dem Drink nippen und die Zeitung lesen, aber beides stand im Moment nicht auf seiner Liste. Er war zu sehr abgelenkt durch Gedanken an Meg und auch durch den kühlen Empfang, den er seit seiner Ankunft eine Stunde zuvor erhalten hatte.

Oh, die Männer um ihn herum grüßten ihn, aber niemand hatte es gewagt, ihn anzusprechen und öffentlich zu erklären, dass er ihm ein Freund bleiben würde. Natürlich erkannte er, dass er diese Reaktion völlig verdient hatte.

Meg verdiente es jedoch nicht. Er schon. Aber er würde sie beide gesellschaftlich zerstören, dank seines Mangels an Anstand, wenn es um seine Gefühle für sie ging.

„Warum bin ich ihr nur gefolgt?", murmelte er, als er die Zeitung auffaltete und anhob.

„Ich frage mich das gleiche", ertönte eine undeutliche Stimme.

Simon erstarrte, denn er kannte die Stimme so gut wie seine eigene. Er ließ die Zeitung sinken und sah, wie Graham sich in den Stuhl ihm gegenüber fallen ließ. Die normalerweise strahlend blauen Augen seines Freundes waren trübe vom Trinken und er hatte sich eindeutig seit einer Woche nicht rasiert.

Simon setzte sich auf und bemerkte die Augenpaare, die von überall im Raum aus auf sie gerichtet waren. In diesem Moment war alles, was ihn interessierte, sein Freund.

„Graham", sagte er leise. „Ich habe nicht erwartet, dich zu sehen."

„Soll ich mich verstecken und dir *Whites* überlassen?", schnappte Graham.

„Nein, natürlich nicht", meinte Simon und senkte den Kopf. „Es gibt keinen Grund für dich, dich vor irgendetwas zu verstecken. Du hast nichts falsch gemacht."

Ein Aufblitzen roher Emotionen huschte bei dieser Aussage über Grahams Gesicht, aber dann war es verschwunden. Nur die verständliche Wut blieb zurück, die Abscheu.

„Verdammt richtig", murmelte Graham, kippte den Rest seines Drinks hinunter und stellte das leere Glas auf den Tisch zwischen ihnen.

„Möchtest du ... möchtest du, dass ich meine Mitgliedschaft hier aufgebe?", fragte Simon.

Graham starrte ihn an. „Du würdest nicht zurück ins *Whites* kommen?"

Simon nickte. „Wenn es dir das Leben einfacher machen würde."

„Nun, wenn wir schon von einfacher reden", begann Graham und beugte sich vor. „Warum verlässt du London nicht einfach?"

Simon zuckte zusammen, sagte aber langsam: „Das könnte ich tun."

„Und das Haus, das wir in Schottland gekauft haben", fuhr Graham fort.

„Das Jagdhaus?", fragte Simon und blinzelte. Es war Gemeinschaftseigentum aller Männer in ihrem Club. „Jedem von uns gehört ein Teil davon."

„Verkauf deinen Teil an mich oder an James", stellte Graham klar.

Der Gedanke, dass er aus seinem Freundeskreis verbannt werden würde, bereitete Simon große Schmerzen. Denn genau das würde der Verkauf seines Anteils am Jagdhaus bedeuten: dass er aus dem Club geworfen würde. Er würde alles verlieren.

„Nun gut, das kann ich arrangieren." Simon legte den Kopf schief, denn Graham schien noch nicht fertig zu sein. „Was noch?"

„Wie kommst du darauf, dass da noch mehr ist?", lallte Graham, obwohl sein Blick jetzt sehr konzentriert war, fast klar.

Simon zuckte mit den Schultern. „Ich kenne dich. Ich weiß, dass du Loyalität schätzt und dass ich dich mit meiner Tat betrogen habe. Meine Buße kann nicht so einfach sein wie das hier. Was brauchst du noch? Was musst du noch nehmen, um die Waage zwischen uns auszugleichen?"

Graham starrte ihn eine ganze Weile an. „Meg."

Simon versteifte sich. „Was ist mit Meg?"

„Vielleicht, dass ihr nicht zusammen herumtanzt und das glückliche Paar spielt", sagte Graham langsam, seine Stimme plötzlich tief und dunkel.

Simon hielt inne. Was Graham verlangte, war genau das, was Simon bereits getan hatte. Er versuchte, sich von Meg zu distanzieren, um für seine Sünden zu büßen. Aber nun, da Graham ihn tatsächlich darum bat, hallte die Realität der Bitte in seinen Ohren.

Meg war bereits an ihre Grenzen gestoßen. Sie streckte die Hand aus und er wich zurück, nicht weil er es wollte, sondern weil er das Gefühl hatte, dass er es sollte. Es würde nicht lange dauern, bis Meg aufhören würde, es zu versuchen. Sie wäre eine Närrin, wenn sie es nicht täte. Und dann würde er sie verlieren.

Was Graham also wollte, war, dass Simon seine Ehe zerstörte. Vollständig und unwiderruflich.

Bevor er antworten konnte, stemmte Graham sich auf die Beine. Er schwankte leicht, als er Simon anschaute. „Du bist ein verdammter Feigling, nicht wahr?"

Simon erhob sich langsam, nicht um zu kämpfen, sondern um sich notfalls zu verteidigen. Graham hatte immer einen böse rechten Haken ausgeteilt und man wollte nicht sitzen, wenn er einen Treffer landete.

„Ich weiß, ich tat dir weh", begann er und wollte sich entschuldigen. Um irgendwie zu helfen.

„Verdammt nochmal, Simon, entschuldige dich nicht bei mir", unterbrach ihn Graham, als er ihn kräftig schubste.

Simon taumelte, bewegte sich aber nicht weiter, selbst als die anderen Männer im Raum begannen, sich ihnen zu nähern, misstrauisch, aber interessiert an diesem sehr öffentlichen Kräftemessen.

„Was soll ich dann tun?", schnappte Simon, als sein Geduldsfaden riss.

„Kämpfen", knurrte Graham.

„Ich werde mich nicht mit dir prügeln", sagte Simon leise.

Graham rollte mit den Augen. „Natürlich würdest du das nicht. Das hast du nie getan. Nicht einmal für eine Frau, die du offensichtlich liebst. Du hast mir gesagt, dass du sie liebst, nicht wahr? Aber ich erwähnte, dass du dich von ihr und von Freundschaften, die du seit über einem Jahrzehnt pflegst, trennen solltest, und du ... sitzt einfach nur da." Er schubste Simon erneut, und diesmal trieb die Wucht Simon gegen den Tisch. Er kippte zur Seite und ihre beiden Gläser zerschellten auf dem Boden.

„Stopp", stieß Simon hervor. „Ich werde nicht mit dir kämpfen, Graham."

Graham neigte den Kopf zurück und lachte. „Ich würde es mehr respektieren, wenn du mir eins aufs Maul geben und mir sagen würdest, dass Meg deine Frau ist, und das war es dann. Ich würde es mehr respektieren, wenn du um etwas kämpfen würdest."

Er stieß Simon noch einmal und dieses Mal reichte es ihm. Simon spannte seinen Kiefer an und stieß zurück, so fest er konnte. Graham bewegte sich so, als würde er wieder nach vorne kommen, ein Grinsen im Gesicht, aber bevor es tatsächlich zu Schlägen kommen konnte, stürzten die anderen nach vorne. Arme griffen nach Simon, andere hielten Graham fest, und schließlich wurden sie getrennt. Seltsamerweise bedauerte Simon es. Vielleicht waren ein paar Schläge zwischen ihnen genau das, was sie brauchten, um die Spannung abzubauen.

„Verschwinde", sagte einer der Gentlemen und wies Simon zur Tür. „Er ist betrunken und deine Anwesenheit macht es nur noch schlimmer. Hau ab."

Simon schob sich zur Tür, warf aber noch einen letzten Blick über die Schulter auf Graham. Sein Freund – oder war er ein ehemaliger Freund? – hatte jetzt eine Flasche in der Hand und stieß lautstark auf eine ungewisse Zukunft an, während die anderen ihn umringten und offensichtlich versuchten, ihn zu beruhigen.

Simon runzelte die Stirn, als er den Club verließ und darauf wartete, dass sein Pferd vorgeführt wurde. Er hatte immer gewusst, dass er Graham begegnen würde. Sie waren beide zu prominent, um diese Konfrontation nicht zu haben. Aber es war nicht so gewesen, wie er es erwartet hatte. Graham war wütend, ja. Graham war von seinem Verrat verletzt, das stand ihm ins Gesicht geschrieben. Graham war sogar kampfeslustig.

Aber seine Aufforderung an Simon, sich tatsächlich zu nehmen, was er wollte, und aufzuhören, sich dafür zu entschuldigen, kam unerwartet. Wie konnte das tatsächlich sein, was Graham wollte, nach allem, was passiert war? Spuckte er damit nicht dem Mann ins Gesicht, den er als seinen Freund betrachtete. Konnte er wirklich glücklich und sorglos mit Meg zusammen sein?

Er hatte sich seit Wochen eingeredet, dass es falsch sei. Und nun war er unsicher, was er tun und wie er vorgehen sollte.

Meg atmete zittrig ein, als sie sich ein letztes Mal im Hauptschlafgemach umsah. Es war perfekt. Natürlich würde es das sein, wenn man bedenkt, wie viel Zeit und Mühe sie in die Vorbereitung gesteckt hatte. Blumen waren im Raum verteilt, ein loderndes Feuer erhellte und wärmte den Raum, die Bettbezüge waren zurückgezogen in der Hoffnung, dass das, was sie tun würde, gut gehen würde.

Sie wandte sich dem Spiegel zu. Sie trug ihr schönstes Kleid und Fran hatte ihr Haar perfekt frisiert. Was hatte Emma vorhin zu ihr gesagt? Dass ihre Kleidung und ihr Haar ihre Rüstung seien. Nun, wenn das so war, war sie jetzt für den Krieg gerüstet. Sie musste nur auf Simon warten und es dann irgendwie schaffen, die Worte zu sagen, die sie den ganzen Nachmittag geprobt hatte.

Während sie in ihrem Gemach auf und ab ging, versuchte sie, ihr rasendes Herz zu beruhigen. Jahrelang hatte sie gewartet, Simon aus der Ferne geliebt, getan, was sie für richtig und das Beste für alle um sie herum hielt, nur nicht für sich selbst. Heute machte sie den ersten Schritt in Richtung der Zukunft, die sie wollte. Mit dem Mann, den sie liebte.

Und doch hatte sie nicht die geringste Ahnung, wie er reagieren würde. Er könnte ihr in die Arme fallen und sich endlich den Gefühlen hingeben, die er so lange und hart aus Schuld- und Pflichtgefühlen heraus verleugnet hatte. Sie spürte, dass er das tun wollte. Oder zumindest hoffte sie, dass er es wollte.

Aber er hatte ein so starkes Gefühl dafür, was er falsch gemacht hatte. Was bedeutete, dass er eine stärkere Mauer als je zuvor zwischen ihnen errichten könnte. Eine, von der sie befürchtete, dass sie sie nie überwinden könnte, egal was sie tat.

Das Risiko war sehr hoch. Die Belohnung war aber noch höher. Und es war endlich an der Zeit, mutig zu sein. Diesen letzten Kampf zu kämpfen und zu hoffen, dass er das Gleiche tun würde. An ihre eigenen Wünsche zu denken und sich um nichts anderes zu sorgen als um ihr Herz.

Es klopfte leicht an der Tür und sie sprang auf, als sie sich dem Eingang zuwandte. „Ja?"

Die Tür öffnete sich und ihr Herz sank. Es war nur Simons Butler.

„Ja, Finley?", fragte sie und versuchte, ihre Miene ruhig zu halten. „Hast du eine Nachricht von Seiner Gnaden?"

„Nein, Euer Gnaden, noch nicht", antwortete Finley, wobei eine Entschuldigung seinen Tonfall durchzog. „Er ist in seinen Club gegangen, das ist alles, was ich weiß. Ich fürchte, es gibt noch keine Nachricht von ihm. Aber Ihr habt einen Gast, den Duke of Roseford."

Meg runzelte die Stirn. Roseford hatte keine Nachricht geschickt, dass er vorsprechen würde. „Er ist gekommen, um mich zu sehen?"

„Nein, um Seine Gnaden zu sehen, aber da er nicht hier ist ..."

Meg nickte. „Natürlich, ich bin gleich unten."

„Danke, Euer Gnaden. Ich werde es ihm sagen."

Finley ging und Meg betrachtete sich noch einmal im Spiegel. Sie war nicht in der Stimmung, Gesellschaft zu empfangen, schon gar nicht Roberts Gesellschaft. Dank James' Versprecher vor all den Wochen wusste sie, dass Roseford einst Simons Partner bei einigen

Ausschweifungen gewesen war. Wer wusste schon, wozu er ihren Mann nun ermutigen wollte?

Sie glättete ihre Röcke und ging den kurzen Weg nach unten in den Salon. Roseford wandte sich vom Feuer ab, als sie eintrat, und ihm stockte tatsächlich der Atem, als er sie ansah.

„Roseford", sagte sie und errötete. „Ich habe Euch nicht erwartet."

Er ergriff die Hand, die sie anbot und hob sie kurz an seine Lippen. „Es tut mir leid, Euer Gnaden, ich hätte eine Karte vorausschicken sollen. Zumal es so aussieht, als ob Ihr auf dem Weg seid, auszugehen. Ihr seht reizend aus."

Sie lächelte über sein Kompliment. „Danke. Ich habe eigentlich nicht vor auszugehen, ich warte nur auf Simon. Er sollte in Kürze aus seinem Club zurückkehren." Ein Schatten zog über Rosefords Gesicht, und Megs Herz setzte einen Schlag aus. „Was ist los? Habt Ihr Neuigkeiten?"

„Nein, ganz und gar nicht. Ich bin eigentlich selbst hergekommen, um Simon zu suchen. Ihr müsst wissen, dass er nicht im Club ist."

Meg schluckte. „Nicht?"

„Nein. Als ich vor einer Weile dort ankam, war er bereits weg." Roseford bewegte sich mit Unbehagen. „Es scheint, dass er dort Northfield begegnet ist."

Jetzt taumelte Meg und Robert griff tatsächlich nach vorne, um sie vor dem Fallen zu bewahren. Er half ihr auf einen Stuhl und sie holte ein paar Mal tief Luft, während sie versuchte, ruhig zu bleiben.

„Er und Graham haben sich also gesehen. Wie schlimm war es?"

„Sie haben sich ein wenig geschubst, aber das ist alles", erklärte Roseford, und sein Mund verzog sich zu einer grimmigen Linie. „Zumindest dieses Mal."

Sie legte den Kopf schief. „Herr im Himmel, wie ich es hasse, dass ihre Freundschaft meinetwegen auf so wackligen Beinen steht."

Sie seufzte und starrte auf ihre geballten Hände in ihrem Schoß. „Ihr habt Graham gesehen?"

Roseford nickte. „Er war noch dort."

„Und wie ... wie ging es ihm?"

Er zögerte. „Wollt Ihr die Wahrheit, Madam, oder eine Lüge, die Euch tröstet?"

Sie verzog das Gesicht bei der leichten Verachtung in seinem Ton. Sie hatte es schließlich verdient, denn die Freundschaften zwischen allen Männern in ihrem Club waren durch sie belastet worden. „Die Wahrheit, bitte. Ich bin keine zierliche Blume, die nur positive Worte verträgt."

Er wölbte eine Augenbraue bei ihrer ruhigen Antwort, und sie glaubte, ein Aufflackern von Wertschätzung in seinem Blick zu sehen. „Nun gut. Graham ist ... in beunruhigendem Zustand. Er fühlt sich verraten. Und er geht nicht gut damit um."

Sie kniff ihre Augen zu, als sie an die Schmerzen dachte, die Graham erlitt. „Es ist meine Schuld."

Er leugnete diesen Vorwurf nicht, sondern stieß einen langen Seufzer aus. „Wir haben alle unseren Teil zu diesem Debakel beigetragen. Ihr hättet nicht aus Trotz weglaufen sollen. Simon hätte Euch an jenem Tag nicht folgen sollen. Ich hätte Crestwood dazu bringen sollen, in dem Moment zu gehen, als er sagte, er wolle ..."

Sie stand langsam auf und starrte ihn an. „... gehen?", wiederholte sie, während ihr ganzer Körper kalt und taub wurde. „Wovon redet Ihr?"

Rosefords Kiefer spannte sich an. „Ihr wisst es nicht?"

Sie schüttelte den Kopf. „Was wissen?"

„Ich sollte nichts sagen, wenn Simon nichts gesagt hat."

Sie bewegte sich auf ihn zu, die Hände an ihren Seiten geballt. „Ihr deutet an, dass mein Mann die Absicht hatte zu gehen, aber wollt mir keine weiteren Details nennen. Ihr müsst verstehen, dass Ihr eine solch brisante Anschuldigung nicht in meinem Salon fallen lassen und dann weggehen könnt, als hättet Ihr nichts getan. Sagt mir, Roseford. Was meint Ihr damit, dass Ihr Simon hättet gehen lassen sollen? Wann wollte er denn gehen?"

Roseford errötete, und er weigerte sich, ihr in die Augen zu sehen. Seine Stimme war angespannt, als er sagte: „Als Ihr und Graham euren Hochzeitstermin bekannt gegeben habt, kam Simon zu mir und wir beschlossen, dass wir nach Irland fahren würden. Oder nach Italien. Es war nicht wirklich wichtig, wohin. Er wollte einfach nur gehen und erst nach Eurer Hochzeit zurückkommen. Ich dachte, er hätte es Euch selbst gesagt, aber es scheint, als hätte ich ein Geheimnis gelüftet. Eines, das Euch beide eindeutig verletzen wird."

Megs Ohren klingelten, als sie den gutaussehenden Mann vor sich anstarrte. Roseford war vieles und er war sicher nie ihr Liebling unter den Freunden ihres Bruders gewesen, aber ein Lügner war er nicht.

„Er wollte weggehen", flüsterte sie.

Roseford nickte. „Ihr müsst verstehen, dass das das Ehrenhafteste war, was er hätte tun können."

Sie spannte ihren Kiefer an, ihre Hände zitterten, als sie ihn anstarrte. „Ehrenhaft. Welch Schwachsinn", würgte sie schließlich hervor. „Ich habe dieses Wort so verdammt satt!"

Rosefords Augen weiteten sich, als sie fluchte, aber bevor er etwas erwidern konnte, betrat Simon den Salon.

„Roseford", sagte er. „Finley sagte, du seist hier und ..."

Er unterbrach sich selbst, als sein Blick zu Meg glitt. Sie wusste, was er sah, denn sie konnte es nicht verbergen. Ihre Hände zitterten, sie konnte nur winzige Atemzüge nehmen und Tränen füllten ihre Augen, egal wie sehr sie versuchte, sie wütend wegzublinzeln und ihre Schwäche nicht auf so demütigende Weise zu zeigen.

„Meg", sagte Simon und ging auf sie zu. „Was ist los?"

„Roseford, verschwindet", flüsterte sie.

Roseford räusperte sich sanft und verbeugte sich vor ihr. „Natürlich, Mylady. Es tut mir leid, dass ich Euch verärgert habe."

Er bewegte sich zur Tür und fügte hinzu: „Und Crestwood, es tut mir leid."

Simon nahm es nicht zur Kenntnis, als sein Freund ging und die Tür hinter sich schloss. „Was ist hier los?", fragte er.

„Du wolltest gehen", sagte Meg. Es war keine Frage, sondern eine Feststellung, denn sie wollte ihm keine Gelegenheit geben, mit hundert Erklärungen für das Unerklärliche anzufangen.

Die Farbe verließ Simons Wangen und er starrte sie eine gefühlte Ewigkeit schweigend an. „Roseford hat es dir erzählt?", fragte er schließlich.

Sie nickte, aber die Bewegung fühlte sich ruckartig und unausgeglichen an. „Ja. Und Gott sei Dank hat er es getan, denn es scheint, dass du es nie getan hättest. Aber das ist es, was du am besten kannst, nicht wahr, Simon? Dich zurückhalten."

Er zuckte bei der Anschuldigung zusammen und sie konnte sehen, dass er auf sie zugehen wollte. Das tat er natürlich nicht. Es schien, als sei er dazu offensichtlich nicht in der Lage.

„Ich habe nicht versucht, dir etwas vorzuenthalten, Meg", erklärte er leise. „Ich bin nicht gegangen, also war ich mir nicht sicher, ob es Sinn ergibt, dir zu sagen, dass das mein ursprünglicher Plan war."

Sie bewegte sich auf ihn zu, die Hände an ihren Seiten geballt. „Hättest du das gerne?"

„Es dir erzählt zu haben oder gegangen zu sein?"

„Gegangen zu sein!", rief sie. „Wünschst du dir, du wärst gegangen?"

Er neigte den Kopf. „Dann hätte ich niemanden verletzt."

Sie atmete scharf und schwerfällig ein und taumelte, wobei sie genauso zurückwich, wie sie es getan hätte, wenn er sie geschlagen hätte. In gewisser Weise fühlte es sich so an, als hätte er das getan, denn die Wahrheit über ihn ... über sie ... hing jetzt auf eine Weise zwischen ihnen, vor der sie versucht hatte, sich zu verstecken. Es zu vermeiden. So zu tun, als ob sie es reparieren könnte.

Es war nun klar, dass sie eine Närrin gewesen war.

„Du hättest mir wehgetan", sagte sie, ihre Stimme kaum hörbar.

Er hob langsam den Blick. „Was?"

„Verdammt, tu nicht so, als wüsstest du nicht, was ich für dich empfinde", sagte sie mit einem heftigen Kopfschütteln. „Tu nicht so, als hättest du es nicht die ganze Zeit gewusst. Du und ich hatten eine Verbindung, die tiefer ging als Freundschaft, tiefer als Lust, und das seit Jahren. Wir haben es beide gespürt. Und du weißt, wenn du mit Robert durchgebrannt wärst und ich Graham geheiratet hätte, hätte mich das verletzt. Die Tatsache, dass es nur eine Nacht war, die du bereut hast, die dich davon abgehalten hat ... nun, das schmerzt mich fast genauso sehr."

„Die Situation war ... kompliziert", entgegnete er leise.

„Natürlich war sie das", sagte sie und warf die Hände hoch. „Ich war in einen der besten Freunde meines Bruders verliebt und sollte den anderen heiraten. Denkst du, das hat mich nicht jahrelang zerrissen? Dass es mir nicht das Herz und den Geist gebrochen hat, dich zu sehen und dir nahe sein zu wollen und dich berühren zu wollen?"

Seine Augen wurden groß. „Du liebst mich."

„Wenn du das nicht weißt, dann bist du sowohl blind als auch ein Feigling", flüsterte sie. „Denn ich war noch nie sehr gut darin, es zu verbergen. Vor allem nicht, wenn wir allein waren."

„Meg ...", begann er.

Sie schüttelte den Kopf. „Nein. Nein! Ich kenne dich, Simon. Du wirst anfangen, all diese Gründe zu rezitieren, warum es falsch ist, dass wir zusammen sind, und dass es falsch war, was wir getan haben und dass wir es nicht verdienen, glücklich zu sein. Dass du es nicht verdienst. Aber das ist ein Haufen ... nun, es ist ein Haufen von Dingen, die ich als Lady nicht sagen darf. Und das weißt du."

„Ich habe nie versucht ..."

„Du hast dich überhaupt nicht bemüht!", rief Meg und bemerkte, dass sie nun fast schrie. Und es war ihr egal. Sie wollte schreien. Sie wollte schreien, weil sie so lange geschwiegen hatte.

„Glaubst du, ich wollte weglaufen?", blaffte er.

Sie verschränkte die Arme. „Du hattest es vor, also spielt es in dieser Situation wohl keine Rolle, was deine Absicht war."

Er starrte sie an, sein Mund öffnete und schloss sich.

Sie schüttelte den Kopf. „Simon, ich weiß, du hast schon genauso lange Gefühle für mich wie ich für dich. Aber du warst nie bereit, für mich zu kämpfen. Nur ich habe gekämpft. Ich habe gekämpft, seit wir an jenem Morgen im Cottage zusammen erwischt wurden und klar war, dass wir gezwungen werden würden, zu heiraten. Ich wusste, dass wir glücklich sein könnten, dass wir ... etwas Wundervolles zusammen haben könnten. Aber jetzt sehe ich, dass ich eine Närrin war."

Sie starrte ihn an, betrachtete sein schönes Gesicht. Sie sah seinen Schmerz. Aber sie sah auch sein Zögern. Und das war es, was sie zerbrach, denn es bewies ihr, was sie bereits wusste.

Er war nicht bereit, die Hindernisse zwischen ihnen zu überwinden. Sie war es für ihn nicht wert. Und wie Emma, so erkannte auch sie, dass sie so ein Leben nicht führen wollte. Sie konnte diesen Mann nicht lieben, wenn er nicht in der Lage war, ihre Liebe zu erwidern.

Sie wäre lieber allein.

Sie wich zurück und errichtete eine Mauer zwischen ihnen, so wie er es schon so oft getan hatte. „Ich gehe jetzt."

Seine Augen wurden groß. „Du gehst?"

Sie nickte langsam. „Ich brauche Zeit. Ich muss nachdenken. Ich werde zu James und Emma gehen. Ich muss einfach ... nicht hier sein."

„Bitte, Meg", sagte er und bewegte sich auf sie zu. Er ergriff ihre Arme, aber sie kämpfte sich von ihm los, obwohl seine Berührung sie vor Verlangen und Liebe verbrannte.

„Nein", beharrte sie. „Ich muss einfach ... gehen."

Er trat einen Schritt zurück, sein Mund nach unten gezogen und seine Augen dunkel vor Rührung. Dann nickte er. „Ich werde dich nicht aufhalten."

Diese Worte waren dazu gedacht, ihr zu geben, was sie wollte, aber ihr Herz sank, als er sie aussprach. Denn am Ende war genau das das Problem. Er würde sie nicht aufhalten. Und das bedeutete, dass das, was sie wollte, etwas war, das sie niemals haben würde.

Meg zitterte, als sie ihm den Rücken zuwandte. Sie zitterte, als sie schweigend aus dem Salon ging. Sie zitterte, als sie darauf wartete, dass Finley nach einer Kutsche rief. Aber sie drehte sich nicht um und er rief nicht nach ihr.

In diesem Moment wusste sie, dass es vorbei war.

Simon schritt durch den Salon, das Getränk in der Hand, so wie er es schon seit ... Gott, er wusste nicht, wie lange, tat. Seit Stunden, ganz sicher. Es war dunkel geworden, dann war das Licht zurückgekehrt, als Finley die Kerzen entzündete.

Sein Verstand hatte ihn die ganze Nacht wachgehalten, sich gedreht mit Grahams Vorwürfen, dass er nicht kämpfte, dann Megs. Ihre Worte schlängelten sich zusammen, gruben sich in seine Seele und ließen ihn alles infrage stellen, was er jemals über sich selbst geglaubt hatte.

Er war ein Friedenswächter. Er hatte sich zwischen seine Mutter und seinen Vater gestellt, er hatte sich zwischen die Streithähne in seinem Club gestellt. Er hatte ein Leben lang versucht, alles zu sein, was nötig war, um die Dinge ... angenehm zu machen.

Und nun wurde ihm gesagt, dass es nicht genug war. Schlimmer noch, er wusste, dass es wahr war. Aber mehr zu sein, zu kämpfen, das verlangte von ihm, ein Risiko einzugehen. Und sein Herz zu verschenken, nach mehr zu greifen, das hatte über die Jahre nie gut für ihn geendet.

„Euer Gnaden".

Er drehte sich um und fand Finley in der Tür, das Gesicht des Butlers vor Sorge gezeichnet, als er ihn ansah. Und warum auch nicht? Der arme Mann bot ihm immer wieder Essen an und schlug ihm vor, sich auszuruhen, aber Simon konnte es nicht tun.

Er musste einen Weg finden, damit umzugehen, aber er wusste nicht, wie.

„Was ist?", fragte er, seine Stimme rau vor Erschöpfung.

„Ich bin es nur."

Der Butler trat zur Seite und James schritt in den Salon. Simon erstarrte. Das Gesicht seines besten Freundes war angespannt und seine Augen leuchteten vor Wut.

„Lass uns allein, Finley", sagte Simon leise.

Der Butler tat dies und schloss die Tür hinter sich, ohne dass er darum gebeten werden musste. In dem Moment, in dem sie zuschlug, drängte sich James an ihn heran, die Brust nach vorne, die Körpersprache nichts als aggressiv. „Ich habe dich um eine einfache Sache gebeten. Was war es? Kannst du dich erinnern?"

„Meg nicht zu verletzen", antwortete Simon, und seine Stimme krächzte. „Und ich habe dich enttäuscht. Wenn du mich schlagen, mich anschreien, mich zerstören willst, dann tu es."

„Ich will nichts von alledem tun", schnauzte James. „Ich will, dass du kapierst, was *du* tun musst. Was du tun willst. Und ich will, dass du glücklich bist."

Simon legte den Kopf schief. „Ich glaube nicht, dass ich jemals glücklich war, James. Ich bin mir nicht sicher, ob ich weiß, wie es geht."

Er sank auf die Couch und stützte den Kopf in die Hände, während ihn Gefühle überfluteten, die er normalerweise kontrollierte. Er spürte, wie James sich neben ihn setzte.

„Ich weiß, wie dein Leben als Junge war", sagte James. „Dein Vater war nicht so offenkundig grausam wie meiner, er war nicht so gewalttätig wie Grahams, aber ich weiß, dass du dein Leben auf der Hut verbracht hast. Du hast versucht, so zu sein, wie jeder dich haben wollte, um eine Art Frieden zu bewahren. Du hast sogar versucht, Graham und mich zu schützen, als wir vom Weg abgekommen waren."

„Du und er, ihr seid Kämpfer", flüsterte Simon. „Ich weiß nur nicht, wie ich es sein soll."

„Was willst du?", fragte James.

„Sie", schnappte Simon und sah seinen Freund endlich an. Er sah Mitleid in James' Gesicht, aber auch Verständnis und beides brach ihn. „Verdammt, sie, immer sie, nur sie."

James nickte. „Dann solltest du dir überlegen, wie du der Mann sein kannst, den sie braucht, denn deine Zeit dafür ist bald abgelaufen."

„Was soll das bedeuten?"

„Sie war am Boden zerstört, als sie gestern bei uns zu Hause auftauchte", erklärte James, wobei sich sein Stirnrunzeln vertiefte. „Ich habe sie noch nie so gebrochen gesehen. Und sie ist ..."

„Sie ist was?", fragte Simon und beugte sich vor.

„Sie ist gegangen, Simon. Sie war fest entschlossen, dich nicht mehr zu sehen, wollte nicht bleiben in dem Wissen, dass du sie nicht genug liebst, um sie zu deiner Priorität zu machen. Sie hat London heute Morgen verlassen."

Simon sprang auf. „Sie ist gegangen? Wo ist sie hin?"

„Sie ist zurück nach Falcons Landing gereist", sagte James seufzend. „Ich habe versucht, es ihr auszureden, habe gesagt, dass ich zwischen euch vermitteln würde. Emma hat auch versucht, sie zu überzeugen, sie hat sogar unser ungeborenes Kind beschworen, um sie zum Bleiben zu bewegen. Aber Meg hat nur immer wieder gesagt, dass du dich selbst mehr hasst als du sie liebst, und dass sie kein Teil davon mehr sein will."

Simon starrte seinen Freund an. Die Worte, die James sagte, setzten sich in seine Haut, seine Seele, seinen Verstand und sein Herz. Sie vermischten sich mit Megs Vorwurf, er sei ein Feigling, mit Grahams harschen Worten darüber, dass Simon nie für das kämpfte, was er wollte. Alles vermischte sich und ohne darüber nachzudenken, warf Simon seinen Kopf zurück und stieß einen Schrei aus, der den Raum fast erschütterte.

James erhob sich langsam, während Simon durch die intensiven Emotionen keuchte, die ihn zerrissen.

„Ich muss ihr nachreisen", keuchte Simon, als er endlich sprechen konnte. „Ich muss ihr folgen.“

Wochenlang hatte James ihn nur mit einer Mischung aus Besorgnis und Verachtung angeschaut, aber jetzt verzogen sich die Lippen seines Freundes leicht. „Es hat lange genug gedauert, bis du das herausgefunden hast. Was wirst du also tun?“

„Was ich von Anfang an hätte tun sollen“, sagte er. „Wovor ich all die Jahre Angst hatte, es zu tun. Ich werde ehrlich sein. Ich werde offen sein. Und ich werde ... für das kämpfen, was ich will, und das ist Meg. Und ich werde kein Nein als Antwort akzeptieren, selbst wenn sie es mir zehn Jahre lang vorenthält. Ich werde nicht aufgeben, bis sie weiß, dass ich genauso für sie fühle, wie sie für mich.“

„Sie liebt dich“, sagte James leise.

Er neigte den Kopf. „Ich habe es früher nicht verdient. Ich war so überzeugt, dass ich die Bedürfnisse anderer nicht opfern kann, um zu bekommen, was ich will. Aber von nun an werde ich darum kämpfen, es zu verdienen.“

„Gut. Das ist ein Anfang“, meinte James und klopfte ihm auf den Arm. „Also, wann gehst du?“

„Ich muss ein paar Dinge vorbereiten“, erklärte Simon und wünschte, er könnte in diesem Moment kopfüber hinter Meg her stürmen und sich ihrer Gnade ausliefern. Aber er hatte sie zu lange und zu tief verletzt, um zu glauben, dass das genug Sühne war. Er musste sich ihr gegenüber beweisen. Das würde Planung erfordern.

Und vielleicht würden ein paar Tage für sich selbst sie offener für das machen, was er geben wollte.

„Ich werde das in Ordnung bringen, James“, sagte Simon und schloss die Augen, bevor er seinen Freund erneut ansah. „Zuerst mit Meg, und dann mit Graham.“

„Kümmere dich erst um Meg“, schlug James vor. „Was kann ich tun, um zu helfen?“

Simon dachte einen Moment darüber nach und nickte dann, als sich in seinem Kopf ein Plan abzuzeichnen begann. „Nun, zuerst muss ich den sehr mächtigen Duke of Abernathe bitten, seine Diener zu benachrichtigen ...“

KAPITEL 19

Meg schlenderte durch den Garten hinter dem Landsitz ihres Bruders und stieß einen langen Seufzer aus. Falcons Landing war für sie immer ein Zufluchtsort gewesen, ein Ort des Vergnügens. Aber nun war sie seit fünf Tagen hier und fühlte nichts von alledem. Stattdessen sah sie, wenn sie sich umschaute, nur noch Erinnerungen an Simon.

Dort in der Ecke des Gartens, gleich neben dem Springbrunnen, war der Ort, an dem sie ihn zum ersten Mal getroffen hatte. Oben auf der Terrasse war der Ort, an dem er sie zum ersten Mal beim Tanzen gedreht hatte, in der Nacht, als sie in die Gesellschaft eingeführt wurde und so nervös gewesen war, dass sie sich fast nicht mehr bewegen konnte. Wie oft hatten sie sich beim Abendessen am Tisch im Esszimmer private kleine Witze und Geschichten zugeflüstert?

Und dann war da noch ihr Gemach. Einst ein Zufluchtsort, konnte sie jetzt, wenn sie ihren Kopf in die Kissen legte, nur noch daran denken, dass dies der Ort war, an den Simon gekommen war und ihre Unschuld genommen hatte, nachdem sie gezwungen worden waren, ihre Verlobung bekannt zu geben.

Überall, wo sie hinschaute, war er. Waren sie.

Und es war so unglaublich ungerecht, da sie wusste, dass „sie" eine Lüge waren, die sie sich selbst eingeredet hatte. Simon würde niemals zulassen, dass ein „sie" existierte. Nicht wirklich.

Am Ende würde sie sich wohl einfach aus der Gesellschaft zurückziehen müssen. Vielleicht würden James und Emma ihr erlauben, ein Häuschen am Rande des Grundstücks zu bauen, einen Ort, der keine Erinnerungen an Simon enthalten würde. Einen Ort, an dem er sie nie berührt hatte.

Gott wusste, dass er wahrscheinlich genauso glücklich wäre, sich von ihr fernzuhalten. Dann wäre sie keine ständige Erinnerung an alles, was er verraten und verloren hatte.

„Euer Gnaden?"

Meg drehte sich um und sah Grimble den Weg entlang auf sie zukommen. Sie runzelte die Stirn, denn der sehr korrekte Butler wurde kaum jemals außerhalb der Grenzen des Hauses gesehen.

„Gibt es etwas, das ich für dich tun kann, Grimble?", fragte sie und befreite sich so gut es ging von all ihren rührseligen Gedanken.

„Es gibt ein kleines Problem, das, wie ich fürchte, angesprochen werden muss", verkündete der Butler, blieb vor ihr stehen und bewegte sich mit Unbehagen. „Ein Haushaltsproblem."

Meg nickte langsam. „Ich verstehe. Nun, was ist es?"

„Kennt Ihr das Cottage des Verwalters, ein paar Kilometer entfernt vom Haupthaus des Anwesens?"

Meg erstarrte bei der Erwähnung des Cottages. Wahrscheinlich war das der Grund, warum Grimble so trübe dreinschaute. Jeder wusste, was dort zwischen ihr und Simon vorgefallen war. Nun, sie dachten zumindest, sie wüssten es.

„Ja, ich glaube, du weißt, dass ich das Cottage kenne", schaffte Meg es, herauszukrächzen, und Grimble errötete leicht. „Um was genau geht es?"

„Nun, Toby war heute früh auf dem Weg zum Markt und nahm zufällig den langen Weg durch das Anwesen. Er bemerkte, dass das Cottage beschädigt worden war und er befürchtete, dass einige Gegenstände darin fehlen könnten."

Meg verschränkte die Arme. „Grimble, ich verstehe die Wichtigkeit des Themas, aber warum wendest du dich an mich? Es scheint etwas zu sein, das das Personal des Anwesens ganz gut selbst erledigen kann. Lass den Schaden beheben und eine Bestandsaufnahme machen. Dann schreibst du an Abernathe, um ihn von der Situation zu unterrichten."

Grimble räusperte sich. „Ja. Natürlich. Das werde ich tun, aber seht Ihr, Ihr wart die letzte Person, die im Cottage war, Euer Gnaden. Und da möglicherweise Gegenstände fehlen, dachten wir, es wäre das Beste, wenn Ihr hingeht und eine Art Liste von allem machen könntet, was Euch als vermisst auffällt."

Meg schüttelte den Kopf. „Ich war zwar kürzlich dort, aber ich kann nicht ..."

Sie stoppte sich selbst. Es war erstaunlich, wie körperlich ihre Reaktion auf diese Situation war. Allein der Gedanke, noch einmal in das Cottage des Verwalters zu gehen, ließ ein ängstliches Kribbeln durch ihren Körper schießen.

Dorthin zurückzugehen, sich diesem Ort zu stellen ...

Grimble starrte sie an. „Ich möchte Euch keine Unannehmlichkeiten bereiten, Euer Gnaden, natürlich nicht. Ich dachte nur, Ihr könntet vielleicht helfen."

Meg seufzte. „Nein ... es ist nicht deine Schuld, Grimble. Und du hast recht, als die letzte Person auf dem Anwesen, die im Cottage war, kann ich vielleicht am besten beurteilen, was fehlt." Sie starrte einen Moment lang durch den Garten und versuchte, sich zu beruhigen, während sie ihre Optionen abwog. „Ich wollte sowieso ausreiten. Ich werde am Cottage vorbeigehen und mich umsehen."

Grimble sackte vor Erleichterung fast zusammen. „Danke, Euer Gnaden. Das weiß ich sehr zu schätzen."

Sie schüttelte den Kopf. „Ich ziehe mich um. Kannst du veranlassen, dass Star für mich gesattelt wird?"

„Ja, Euer Gnaden", sagte Grimble und hielt mit ihr Schritt. „Und ich werde auch ein Picknick-Mittagessen für Euch vorbereiten lassen."

Meg tat ihr Bestes, um nicht einen tiefen Seufzer auszustoßen. Ihr gebrochenes Herz musste in der Tat sehr offensichtlich sein, wenn Grimble sie so nachdrücklich drängte, einen Tagesausflug zu machen. Aber vielleicht hatte er ja recht damit, dass es ihr guttun würde, einmal wegzukommen. Sie würde in der Hütte vorbeischauen, dann nachsehen, was fehlte, und dann einen langen Ausritt antreten.

„Sehr gut", sagte sie, als sie das Haus betraten und sie auf die Treppe zuging. „Ich komme gleich wieder."

Sie begab sich in ihre Kammer und läutete nach Fran, damit diese ihr in ihr Gewand half. Es war lange her, dass sie geritten war, und Star war ihr Lieblingsreittier, aber trotz alledem freute sie sich nicht darauf. Zurück zum Cottage zu gehen, fühlte sich an wie die Rückkehr an einen Tatort. Und im Moment war sie nicht bereit, sich dem zu stellen, oder all den Gefühlen, die noch immer in ihr kochten und die wahrscheinlich nie aufgelöst werden würden.

Simon sah die Reiterin kommen, lange bevor sie ankam. Er holte Luft und hob sein Fernrohr an sein Auge, während er sich gegen das Fenster lehnte. Meg trug eine dunkelblaue Reiterkluft und einen kecken Hut, aber als er einen Blick auf ihr Gesicht erhaschte, sank sein Herz. Sie sah ganz und gar unglücklich aus.

Und es würde einen Löwenanteil an Arbeit erfordern, das zu beheben.

Er stellte das Glas weg und sah sich um. Er war seit zwei Tagen in Abernathe gewesen. Zwei Tage harter Arbeit hatten das Cottage in einen guten Zustand versetzt, bereit für Meg und all seine Pläne für sie.

Falls sie bleiben würde. Wenn er nicht so viel Schaden angerichtet hatte, dass sie sich von jedem Angebot, das er machte, abwenden würde, weil sie ihm nicht mehr vertraute.

In der Vergangenheit hätte ihn eine solche Möglichkeit vielleicht abgeschreckt. Aber nicht heute. Nicht mit Meg. Er musste um sie kämpfen. Das war es, was sie brauchte, was sie verdiente. Und vielleicht war es zum ersten Mal in seinem Leben das, was er tun wollte.

Er wollte sie verdienen.

Er hörte, wie sie vor dem Cottage anhielt und ihrer Stute leise zuflüsterte. Es war Zeit.

Simon holte tief Luft und ging zur Tür, um sie zu begrüßen.

Sie starrte zum Cottage hinauf, aber als er das Haus verließ, änderte sich ihr Gesichtsausdruck. Für einen kurzen Moment sah er pure Freude, als sie ihn anblickte, Liebe, Verlangen, Sehnsucht. Aber dann wurde dies alles weggewischt. Schmerz huschte über ihr Gesicht und baute eine Mauer zwischen ihnen auf, von der er wusste, dass er für sie allein verantwortlich war.

Aber er hatte die Freude gesehen. Er wusste, dass es eine Chance für sie beide gab.

„Simon", hauchte sie und machte einen großen Schritt zurück. „Ich ... warum bist du hier? Wie ...?"

Er bewegte sich einen Schritt auf sie zu, vorsichtig, um sie nicht zu bedrängen, aber er wollte, nein, er musste ihr näher sein. „Ich entschuldige mich für diese Heimlichtuerei."

Ihr Mund öffnete sich und sie starrte wieder auf das Cottage. „Es gab nie irgendwelche Schäden am Haus, oder? Es fehlt nichts?"

Er schüttelte den Kopf. „Nein. Ich bin schon seit einiger Zeit hier, um die Dinge zu ordnen und vorzubereiten. James hat Grimble geschrieben, um ihn zu ermutigen, so zu handeln, wie ich ihn gebeten habe. Nimm es ihm also nicht übel, dass er ..."

„... mich angelogen hat", unterbrach sie und verschränkte die Arme.

Simon nickte. „Das ist korrekt, nehme ich an."

„Und warum machst du dir solche Mühe?", fragte sie, ihre Stimme wurde leiser. „Warum bist du nicht einfach zum Haus geritten und hast verlangt, dass ich dich sehe? Als mein Mann hast du das Recht dazu."

Er runzelte die Stirn. „Glaubst du, dass ich dir das antun würde, Meg? Forderungen an dich zu stellen? Dich zu zwingen, etwas zu fühlen oder zu tun, was du nicht willst?"

„Nun, du hast dir eine ausgeklügelte Lüge ausgedacht, um mich dazu zu bringen, etwas zu tun, was ich nicht tun möchte", erwiderte sie.

„Du möchtest mich nicht sehen?"

Ihre Unterlippe zitterte leicht, dann schüttelte sie den Kopf. „Ich werde ehrlich sein, obwohl du es nicht bist. Ich ... ich freue mich, dich zu sehen. Ich bin immer froh, dich zu sehen. Aber ich bin auch ... auch ... wütend. Und verletzt. Und ich will mich nicht mehr mit dir im Kreis drehen. Wir haben dieses Spiel schon viel zu lange gespielt."

„Es ist kein Spiel", flüsterte er.

Sie schüttelte langsam den Kopf. „Warum bist du hier, Simon? Warum folgst du mir, obwohl du deine Absichten im letzten Monat so deutlich gemacht hast?"

Er wollte so gerne den Kopf einziehen, sich von ihrer Wut abwenden. Aber das würde er nicht tun. Nie wieder. Mühsam bewegte er sich noch einen Schritt auf sie zu und griff nach ihrer Hand. Als er sie ergriff, zitterte sie, aber sie wich nicht zurück.

„Ich bin hergekommen, weil ich weiß, dass ich alles vermasselt habe, Meg. Du hast gesagt, ich hätte nicht gekämpft. Graham hat das Gleiche gesagt ... und James auch. Und ihr habt alle recht. Meine Natur ist es, etwas ganz anderes zu tun. Aber als du London verlassen hast, als es klar war, dass du den Kampf um unsere Zukunft aufgibst, wurde mir klar, dass dich zu verlieren das Schlimmste wäre, was mir je passieren könnte. Ich weiß, ich bin spät dran, ich weiß, ich bin vielleicht *zu* spät. Aber ich bin hierhergekommen, um zu kämpfen, Meg. Um, um dich zu Kämpfen."

Ihre Lippen öffneten sich, und er konnte sehen, wie viel ihr diese Worte bedeuteten. Aber sie fiel ihm nicht in die Arme. Sie begann nicht, ihm ihre Liebe zu beteuern. Stattdessen zog sie sanft ihre Hand aus seiner.

„Ich bin mir nicht sicher, Simon. Ich weiß es einfach nicht", flüsterte sie.

Er nickte. „Und das ist in Ordnung. Ich weiß. Ich verlange nicht, dass du mir sofort vergibst. Ich bitte dich nicht, mir Versprechungen zu machen. Aber ich bitte dich, dass du es mich versuchen lässt. Wirst du das tun?"

Sie verlagerte ihr Gewicht, aber ihr Blick verließ seinen nicht. Sie kämpfte mit dem, was er verlangte, hatte Angst, wieder verletzt zu werden. In diesem Moment war sie so schön, so vollkommen, dass er nicht widerstehen konnte. Er trat vor und schloss den Raum zwischen ihnen.

Dann schob er einen Finger unter ihr Kinn und neigte ihren Mund zu seinem. Simon drückte seine Lippen auf ihre und schwelgte in dem Kuss, nach dem er sich gesehnt hatte, seit sie aus dem Salon getreten war. Sie öffnete sich ihm mit einem kleinen Seufzer und er nahm sanft, was sie ihm anbot, wobei er sich bemühte, sich nicht von der Leidenschaft mitreißen zu lassen, denn er musste für seine Pläne einen kühlen Kopf bewahren.

Schließlich zog er sich zurück und sah ihre Verwirrung und ihr Verlangen und ihren Schmerz, die immer noch in ihrem gequälten Ausdruck zu sehen waren.

„Bitte, Meg, lass mich versuchen, der Mann zu sein, der ich von Anfang an hätte sein sollen."

Sie stieß einen langen Seufzer aus, dann nickte sie. „Nun gut."

„Ausgezeichnet!", sagte er, wich mühsam von ihr zurück und klatschte in die Hände. „Dann nimm den Picknickkorb von Stars Sattel und ich werde sie an einen Pfosten binden, damit die Diener sie abholen können."

Meg starrte ihn an. „Woher wusstest du, dass es einen Picknickkorb gibt und dass ..." Sie unterbrach sich selbst mit einem Kopfschütteln. „Oh, ich verstehe. Du hast alles arrangiert."

„Ich habe es versucht." Er winkte sie zum Pferd. „Komm mit."

Sie lächelte tatsächlich, als sie tat, was ihr gesagt wurde. Als sie die Satteltasche herausnahm, stöhnte sie. „Großer Gott, da ist ja genug für Tage drin."

„Das hoffe ich doch", sagte er, führte das Pferd zu einem Pfosten in der Nähe des Cottages und sicherte es dort. „Das war es, worum ich gebeten hatte."

Sie begegnete kurz seinem Blick. „Wie lange soll ich hier draußen bei dir bleiben?"

„Solange du damit einverstanden bist", erklärte er achselzuckend. „Solange dir nicht die Kleidung ausgeht, die geliefert wird, wenn die Diener kommen, um dein Pferd zu holen."

„Wie viele Diener sind in deinen Plan eingeweiht?", fragte sie kopfschüttelnd.

Er grinste. „Nicht viele. Grimble, offensichtlich, und Fran. Dazu wen auch immer sie involviert haben. Aber hier geht es um niemand anderen als um uns."

Meg wandte ihr Gesicht ab und er runzelte die Stirn. Sie war noch nicht bereit, ihm zu glauben. Und das war in Ordnung. Er war bereit, um sie zu kämpfen. Er freute sich sogar darauf. Es war das Erste, was sich seit Jahren in seinem Leben richtig anfühlte.

Simon warf sich die Satteltasche über die Schulter und griff nach ihrer Hand. Sie konzentrierte sich einen Moment lang auf seine ausgestreckten Finger und er konnte sehen, wie sich ihre Gedanken drehten. Aber schließlich nahm sie seine Hand. Er drückte sanft die ihre und führte sie dann weg vom Pfad und weg vom Cottage, in denselben Wald, den sie an jenem Nachmittag durchstreift hatten, an dem sich ihrer beiden Leben verändert hatte.

Aber dieser Tag war nicht das Einzige, an das er Meg erinnern wollte. Sie hatten viele Tage in diesen Wäldern geteilt. Viele Erinnerungen, von denen er hoffte, sie würden sie zu ihm zurückführen.

Sie schwieg eine Weile, während sie gingen, dann stieß sie energisch den Atem aus, als hätte sie ihn schon länger angehalten. „Was soll ich tun?"

Er blieb auf dem Weg stehen und wandte sich ihr zu. „Nichts. Du hast schon lange genug alles gemacht. Lass mich jetzt etwas tun. Sei einfach ... offen. Das ist alles, worum ich dich bitte."

Ihre Unterlippe zitterte. „Warum jetzt?"

„Ich könnte dir sagen, dass es so ist, weil ich dich liebe. Dass es so ist, weil ich dich seit einem Jahrzehnt liebe. Dass es so ist, weil der Gedanke, dich zu verlieren, mir mein Herz bricht."

Tränen quollen in ihren Augen und er wollte sie so verzweifelt wegwischen oder irgendeinen Scherz machen, um ihre Macht zu mindern, aber er tat es nicht. Es war Zeit, ihr seine Gefühle zu offenbaren. Zeit, ihr alles zu zeigen, was in seinem Herzen war, ob es ihm unangenehm war oder nicht. Sich ihr vorzuenthalten, hatte fast dazu geführt, sie zu verlieren. Nun musste er ihr alles geben.

„Aber das werde ich nicht sagen", fuhr er fort. „Denn im Moment sind meine Worte bedeutungslos. Also werde ich dir zeigen, was ich fühle, Meg. Und ich hoffe inständig, dass es genug sein wird."

KAPITEL 20

Simon saß auf dem Boden und breitete Essen und Getränke auf seiner Decke aus, die in die Satteltasche gesteckt worden war. Er war sehr konzentriert bei der Sache, was ihr Zeit gab, ihn zu beobachten.

Als sie zur Hütte geritten war und er herausgetreten war, um sie zu begrüßen, hatte jeder Teil ihres Herzens und ihrer Seele danach geschrien, sich in seine Arme zu stürzen.

Aber das hatte sie nicht getan. Und er hatte sie auch nicht darum gebeten. Er hatte nur um ihre Aufgeschlossenheit gebeten, und sie versuchte, offen zu sein.

Und es fiel Meg leicht, denn seine Worte waren genau das, was sie seit so vielen Jahren hören wollte.

„Bist du sicher, dass du keine Hilfe brauchst?", fragte sie und scharrte mit den Füßen, als er einen umgefallenen Weinkelch zum dritten Mal aufrichtete.

„Nein, das schaffe ich schon", beharrte er und lächelte triumphierend, als das Glas endlich an seinem Platz blieb. „Komm, setz dich zu mir."

Sie lachte und ließ sich auf der Decke nieder. Der Aufstrich war herrlich. Es gab kaltes Hühnchen, frisches Brot und genug Käse, um sogar sie zufriedenzustellen. Er bereitete einen Teller für sie vor und reichte ihn ihr zusammen mit einem Glas Wein, dann machte er einen Teller für sich selbst.

Sie lächelte ihn an. „Weißt du, woran mich das erinnert?"

Seine Augen leuchteten. „An das Picknick, zu dem wir alle gegangen sind, als du… wie alt warst… sechzehn?"

Sie nickte. „James war so verloren, als er den Titel erbte. Ich glaube, es war das erste Mal, dass er lachte, seit er Duke war."

„Er und Graham sind zum Fischen gegangen, nicht wahr?", fragte Simon.

Sie fröstelte, als sie an diesen längst vergangenen Tag dachte. „Und du und ich waren allein."

Sein Lächeln wurde schwächer. „Es war das erste Mal, dass wir seit deiner Verlobung allein waren. Ich habe versucht, Abstand zu halten, aber alles, was ich wollte, war, dich zu küssen", flüsterte er.

Sie zuckte mit den Schultern. „Ich wollte, dass du mich küsst, aber ich wusste, du würdest es nicht tun."

„Ich hätte es tun sollen", sagte er und rückte ein wenig näher. Nah genug, dass sie die Wärme seiner Haut spürte, den Hauch seines Atems auf ihrer Wange. „Ich hätte alle Vorsicht in den Wind schlagen und dich auf der Stelle küssen sollen. Ich hätte Graham und James sagen sollen, dass ich dich heiraten will. Ich hätte es dir sagen sollen."

„Warum hast du es nicht getan?", flüsterte sie und sah zu ihm auf, angezogen von all der Leidenschaft, von der sie wusste, dass sie zwischen ihnen lag, aber auch wissend, dass das niemals ausreichen würde, um ihr Glück zu erhalten. Das war bereits bewiesen worden.

Er streckte die Hand aus und fuhr mit den Fingerspitzen über ihre Kieferpartie, ließ seinen Daumen sanft über ihre Unterlippe fahren. „Ehre", flüsterte er.

Sie runzelte die Stirn. Da war wieder dieses Wort. Ehre war das Fundament all der Mauern gewesen, die er zwischen ihnen aufgebaut hatte.

Er fuhr fort. „Ich habe dir gesagt, dass es die Ehre war, die mich aufgehalten hat. Aber das war es nicht. Nicht wirklich."

Ihre Augen wurden bei diesem Eingeständnis groß. „Was war es dann?"

„Angst", gab er zu, und es war klar, wie schwer es ihm fiel, die Worte auszusprechen. Meg sah es an der Rötung seiner Wangen, an der Art, wie er seinen Blick abwandte. „Es ist keine Entschuldigung, aber ich habe mein Leben lang versucht, in eine Form zu passen, es meinen unzufriedenen Eltern recht zu machen. Wenn ich auch nur in die falsche Richtung blickte, wurde mir alles vorenthalten, was ich wirklich wollte."

Meg und Emma hatten darüber gesprochen, dass Simon nicht zum Kämpfen, sondern zum Gefallen erzogen worden war. Und sie verstand seinen Wunsch, die Dinge richtigzumachen, anstatt um das zu bitten, was er wollte. „Ich verstehe das. Ich habe gesehen, wie deine Mutter dich auch jetzt noch behandelt. Es war nicht richtig, dich für deine Belohnung tanzen zu lassen. Nicht, wenn die Belohnung Liebe war, die sie dir vorenthielten."

Er legte den Kopf schief. „Ich kannte keine Liebe, bis ich meine Freunde traf. Das war Brüderlichkeit und Akzeptanz. Und ich hatte Angst, das zu verlieren. Und ehrlich gesagt ..." Er brach ab und schüttelte dann den Kopf. „Verdammt nochmal, das ist schwer zu sagen."

Sie nahm seine Hände und drückte sie sanft. „Sag es einfach."

Er nickte. „Was, wenn ich es riskiert hätte, Meg? Was, wenn ich mich zu dir gelehnt und dich geküsst und dir alles gesagt hätte, was in meinem Herzen ist? Und dann hättest du ... mich dafür gehasst. Und sie hätten mich dafür gehasst. Ich hatte Angst, alles zu verlieren, was mir lieb und teuer war, und wieder allein zu sein."

Sie zuckte zusammen. „Und so hast du es nicht versucht."

„Nein", sagte er mit einem Seufzer. „Ich habe es nicht versucht. Das war feige von mir."

Sie beobachtete ihn aufmerksam, sein gezeichnetes Gesicht, seinen zerrissenen Ausdruck. Sie hatte Simon immer für seine Fähigkeit geliebt, schwierige Situationen auf die leichte Schulter zu nehmen. Für die Art, wie er als Friedensstifter auftrat, wenn es nötig war. In Wahrheit waren sie sich dadurch sehr ähnlich.

So ähnlich, dass keiner von ihnen nach mehr strebte, auch wenn sie es beide verzweifelt wollten. Einander wollten.

Sie stieß sich auf die Füße und lächelte zu ihm hinunter. „Komm."

Er runzelte die Stirn. „Willst du nichts essen?"

„Danach."

„Wonach?", fragte er, sein Tonfall misstrauisch, während er aufstand.

Sie lachte. „Es ist einer der letzten warmen Tage im Herbst und der See wird bald zu kalt sein, um darin zu schwimmen. Ich wollte es schon immer tun, aber als junge Frau wurde mir davon abgeraten. Nicht angemessen, hieß es."

Seine Augen wurden groß. „Du willst mit mir im See schwimmen."

Sie nickte, dann drehte sie ihm den Rücken zu. „Öffne bitte mein Kleid, ja?"

Es gab einen kurzen Moment des Zögerns, dann spürte sie, wie seine Hände über ihre Schultern bis zu den Knöpfen am Rücken ihres Kleides glitten. Als er es aufgeknöpft hatte, legte sie es ab, zusammen mit dem schlichten Etuikleid darunter, sodass sie nur noch ihr Unterkleid trug. Als sie sich umdrehte, hatte Simon bereits sein Hemd ausgezogen und seine Hose geöffnet, die nun tief auf seinen definierten Hüften hing.

Er lächelte sie an. „Hast du Zweifel?"

Sie dachte über diese Frage nach. Es fühlte sich an, als ob sie mehr Kraft enthielt als nur eine neckische Frage über das Schwimmen im See. Sie streckte ihre Hand aus und schüttelte den Kopf. „Nein."

Er lachte, als er aus seiner Hose trat, und sie hielt den Atem an, als sie ihn nackt vor sich stehen sah. Es war schon einige Tage her, seit sie ihn das letzte Mal so gesehen hatte. Mit ihm geschlafen hatte. Sie konnte ihn nur anstarren und seine körperliche Perfektion bewundern. All die Muskeln, die straffe Haut, die sich über seinem Bauch spannte. Gott, er war perfekt.

Als sie sich auf die Lippe biss, verhärtete sich sein Schwanz, und sie ließ ihren Blick zu seinem Gesicht wandern, um festzustellen, dass er sie erwartungsvoll anstarrte. „Schwimmen oder etwas anderes?", fragte er, neckisch und verführerisch zugleich.

Sie zog ihr Unterkleid aus, sodass sie genauso nackt war wie er, und erfreute sich daran, wie sich seine Pupillen vor Verlangen weiteten. Ihr Atem trat stockend heraus, sie ging auf ihn zu und drückte ihre Lippen auf seinen Hals. „Beides."

Er gluckste tief in seiner Kehle, dann überraschte er sie, indem er sie in seine Arme nahm und ins Wasser trug. Er warf sie ins Wasser und sie kreischte vor Vergnügen, als sie das kühle Wasser berührte und untertauchte. Als sie an die Oberfläche paddelte, wartete er schon auf sie, nass und mit zurückgestrichenen Haaren.

Sie spritzte ihn voll, während sie lachte, und er tauchte in ihre Richtung. Sie wich ebenso schnell zurück und trat spielerisch nach ihm, während sie lachte, auf eine Art und Weise, die sie sich seit Jahren nicht mehr erlaubt hatte.

„Kleines Biest", stammelte er, als sie ihn mit einer Wasserwelle mitten ins Gesicht traf. Er sprang auf sie zu, erwischte ihren Knöchel und zog sie zu sich heran.

Sie schlang ihre Arme um seinen Hals, als er sie an seine Brust drückte, und plötzlich verstummte ihr Lachen. Und seines auch. Sie wippten zusammen im Wasser, ihre feuchten Brüste drückten gegen seine Brust, sein Schwanz machte sich in dem Raum zwischen ihren Körpern bemerkbar.

„Ich habe dich vermisst", flüsterte er.

Sie lächelte. „Ich bin schon die ganze Zeit hier."

Er schüttelte den Kopf. „Aber ich nicht. Das gebe ich zu. All die Jahre sind wir so gute Freunde gewesen und ich habe es geliebt. Aber ich habe dich auch immer weiter weggeschoben, weil ich wusste, dass du mir weggenommen werden würdest. Es wurde zur Gewohnheit, mich zu distanzieren."

„Um dich zu schützen“, erkannte sie leise.

„Ja, ich denke schon. Und seit wir geheiratet haben, habe ich es noch mehr getan. Aus einem Gefühl der Schuld und Enttäuschung über mich selbst. Aber auch aus Angst, dass du aufhören würdest, mich zu lieben. Dass ich dich im Stich lassen würde, wenn du mir zu nahe kommst. Und ich habe meinen besten Freund vermisst.“

„Graham?“, murmelte sie, ihr Herz pochte ob all der Dinge, die er sagte und zugab.

Er umfasste ihr Kinn. „Mein bester Freund warst immer du.“

Er küsste sie und seine feuchten Lippen beanspruchten ihre, seine Zunge eroberte sie tief und vollständig. Meg schauderte gegen ihn und ihre Nägel gruben sich in seine breiten Schultern, als er ihre Beine fing und sie im Wasser um seine Taille schlang.

„Und jetzt will ich Dinge mit dir machen, die Freunde nicht tun“, murmelte er, seine Stimme rau.

Sie bewegte sich und fühlte seinen Schwanz an ihren Eingang gedrückt. „So?“, fragte sie, während sie tiefer rutschte und ihn mit einem sanften Stoß in sich aufnahm.

Er lehnte seine Stirn an ihre. „Oh ja, genau so.“

Ihre keuchenden Atemzüge vermischten sich, als sie ihre Hüften zusammen schaukelten. Das glatte Gleiten, das Wasser, das um sie herum schwappte, die Art und Weise, wie seine Hüften gegen ihr Becken rieben und ihre Lustperle stimulierten – es war perfekt. Sie stemmte sich in ihn hinein und küsste ihn tief, während sich das Vergnügen aufbaute und aufbaute und sie schließlich ihrer Lust erlag.

Simon folgte ihr schnell und stöhnte ihren Namen, als er seine Erlösung tief in sie hineinpumpte. Er hielt sie in seinen Armen und ihre Körper waren ineinander verschlungen, als er sie durch das Wasser trug, immer noch küssend. Ihre Beine waren immer noch um ihn geschlungen, als er den See verließ.

Er setzte sie vorsichtig auf die Decke und schob dann das Essen weg, damit nichts verschüttet wurde, bevor er neben ihr Platz nahm und sich auf den Rücken legte, beide noch völlig nackt. Die Nachmittagssonne wärmte ihr nasses Fleisch, als sie zu ihm hinüber starrte.

„Ich kann mir die Reaktion vorstellen, wenn wir das bei dem Picknick vor all den Jahren gemacht hätten", sagte sie lachend.

Er stimmte nicht in ihr Lachen ein. „Das Leben wäre sicher ganz anders verlaufen, wenn ich diese Chance ergriffen hätte." Er blickte auf den See hinaus. „Naja, das vielleicht nicht. Aber die Chance, etwas zu sagen, um dich für mich zu beanspruchen."

Sie setzte sich auf und küsste ihn. „Komm schon, ich habe Hunger. Lass uns essen, ja?"

Er nickte und sie stürzten sich auf das Essen vor ihnen, aber sie konnte sehen, dass ihn das ganze Gerede über die Vergangenheit immer noch beunruhigte. Und in Wahrheit war sie es auch. Denn es gab noch mehr zu besprechen, bevor sie zu dem übergehen konnten, was die Zukunft für sie bereithielt.

~

Meg lächelte, als sie sich Stunden nach ihrer leidenschaftlichen Begegnung im See gemeinsam mit Simon dem Cottage näherte. Er lächelte auch, obwohl er wusste, dass er noch einen langen Weg vor sich hatte, um Meg zurückzugewinnen. Er hatte Fortschritte gemacht, natürlich. Sie hatte sich ihm gegenüber geöffnet, ließ ihn sowohl beim Reden als auch beim Sex an sich heran, aber er wusste, dass sie immer noch zögerte.

Er öffnete die Tür und sie wurden von Wärme und köstlichen Düften empfangen. Die Diener hatten getan, worum er gebeten hatte ... ein Feuer brannte nun im Kamin und ein frischer Korb mit Essen stand auf dem Tisch. Sie lachte, als sie ihn ansah. „Hast du Kobolde angeheuert, um diese Dinge zu tun und dann zu verschwinden?"

Er zuckte mit den Schultern. „Wenn ich dir alle meine Geheimnisse verraten würde, wäre ich nicht mehr geheimnisvoll und du würdest mich langweilig finden. Also, warum siehst du dich nicht in der Schlafkammer um? Wenn meine Kobolde getan haben, was von ihnen verlangt wurde, dann sollte ein Bad auf dich warten."

Ihre Augen wurden groß. „Du hast ein Bad für mich arrangiert?"

Er nickte. „Ich habe nicht erwartet, dass wir zusammen in den See eintauchen, aber ich dachte, es wäre schön nach einem Tag draußen im Wald."

Sie trat näher heran und starrte ihn mit diesen dunklen Augen an, in denen er sich für immer verlor. „Und werdet Ihr Euch mir anschließen, Euer Gnaden?"

Er schluckte schwer. „Es gibt nichts, was ich lieber täte, aber ich muss noch ein paar Dinge vorbereiten."

Sie hielt ihren Blick einen langen Moment auf ihn gerichtet und er konnte sehen, wie sich ihre Gedanken drehten. Sie beurteilte ihn, analysierte jede seiner Bewegungen. Er konnte nicht anders, als sich zu fragen, zu welchen Entscheidungen sie wohl kommen würde.

„Nun gut", sagte sie schließlich, hob sich auf die Zehenspitzen, um ihn zu küssen und schlüpfte in das Gemach.

Als sich die Tür schloss, holte er tief Luft. Allein Megs Nähe brachte ihn aus dem Konzept. Es machte ihn schwindelig. Das hatte sie immer getan. Es schien, als würde sie das immer tun. Und der heutige Tag hatte einiges von dem Schaden repariert, den er zwischen ihnen verursacht hatte. Sie waren heute nicht nur Freunde, sondern auch Liebhaber. Als sie redeten, ging es nicht nur um ihre Ehe oder ihre Vergangenheit, es war leicht und angenehm gewesen.

All das gab ihm Hoffnung, aber nicht genug. Es gab noch mehr zu tun, um zu beweisen, dass er nicht in alte Gewohnheiten zurückfallen würde, dass er sie nicht aus einem Gefühl der Angst oder Ehre oder Selbstbestrafung wegstoßen würde.

Er bewegte sich im Raum, zündete Kerzen und Lampen an, schürte das Feuer, und dann bereitete er sorgfältig ihr Essen für die Nacht vor. Als alles fertig war, ging er zur Tür ihres Gemachs und klopfte vorsichtig an.

„Komm herein", rief sie.

Simon trat ein und holte tief Luft. Das Feuer brannte auch in diesem Raum hell und Meg hatte die Kerzen angezündet. Die große Wanne war direkt vor das Feuer platziert worden und das Licht flackerte über ihre weiche Haut. Sie hatte ihr feuchtes Haar zu einem lockeren Dutt auf dem Kopf hochgezogen, und ihr langer Hals und die hohen Wangenknochen wurden schön betont.

Das Wasser war trüb von der Seife, aber er erhaschte immer noch Blicke auf ihr rosa Fleisch, das ihn verrückt machte. „Du verführst einen Mann dazu, die wildesten Gedanken zu haben", murmelte er, als er neben der Wanne auf die Knie sank und seine Arme auf den Rand stützte.

Meg lächelte, aber erkannte das Feuer in ihren Augen. Dieses Feuer, zu dem er sich immer wie eine Motte hingezogen gefühlt hatte. „Verlockt es dich genug, dich mir anzuschließen?", flüsterte sie und beugte sich vor. Die Rundungen ihrer Brüste ragten aus dem Wasser und gaben ihm einen Blick auf harte Brustwarzen frei, und er stöhnte auf.

„Das nächste Mal", versprach er. „Nächstes Mal werde ich mich dir anschließen."

Sie lächelte und beugte sich vor, wobei sie sein Hemd befeuchtete, als sie ihn küsste. „Wenn du das sagst." Sie seufzte und lehnte sich zurück. „Das war wunderbar, danke."

„Du hast es verdient", sagte er leise und krempelte seine Ärmel hoch, während er sprach. „Du verdienst so viel mehr als ich dir gegeben habe."

Ihr Gesichtsausdruck wurde weicher, auch als er seine Hand unter das Wasser tauchte und mit den Fingern über ihr Knie hin und her strich.

„Simon, du urteilst so hart über dich. Wurden Fehler gemacht? Ja. Aber das ist das Menschsein. Zu erwarten, dass du durchs Leben gehst, ohne jemals einen Fehler zu machen, bedeutet, dass du einen zu hohen Standard hast, der unerreichbar ist."

Er begegnete ihrem Blick und ließ seine Finger in ihrer Bewegung erstarren. „Aber ich habe dir wehgetan."

Sie nickte. „Das hast du. Aber ich habe nie gedacht, dass du es mit Böswilligkeit oder Absicht oder Voraussicht getan hast."

„Das spielt keine Rolle", meinte er, und sein Herz schmerzte.

„Doch, das tut es", flüsterte sie. „Wenn ich gedacht hätte, dass du mich verletzen wolltest oder Gefallen an dieser Tat gefunden hättest, hätte ich dich gebeten zu gehen, anstatt dich heute zu begleiten. Ich bin mit einem Mann aufgewachsen, der es genoss, die Menschen um ihn herum zu verletzen, der Dinge absichtlich tat, um uns zu brechen. Was auch immer du getan hast, ich weiß, dass du nicht wie dieser Mann bist."

Seine Lider flatterten zu und er stieß einen langen Atemzug aus, als der Schmerz ihn überwältigte. „Du hast genauso viel überwunden wie ich in deiner Kindheit, aber du bist so viel besser, Meg. So viel stärker."

Sie bewegte sich wieder nach vorne und legte ihm sanft eine Hand auf die Wange. „Ich hatte James als Stütze", erinnerte sie ihn. „Du warst allein, bis du Graham und James kennengelernt hast, als du, wie alt … dreizehn warst? Und selbst dann war es nicht so, dass du sie immer an deiner Seite hattest. Du bist wundervoll, genau so, wie du bist, Simon. Ich würde keinen anderen Mann wollen, auf keine andere Weise."

Er begegnete ihrem Blick, erkannte die Wahrheit hinter ihren Worten, und die Liebe, die er für sie empfand, überflutete ihn. Er beugte sich vor und küsste sie, zog sie fast aus der Wanne, als er sie an sich drückte und ihre Wärme und Akzeptanz genoss, Dinge, vor denen er seit ihrer Ehe zurückgeschreckt war, weil er in Wahrheit nicht geglaubt hatte, dass er sie verdiente. Oder dass sie real waren. Oder dass sie von Dauer sein könnten.

Aber nun begann er es zu glauben. Die Zukunft zu sehen, die sie so viele Male beschrieben hatte. Die, die er aus Angst und Misstrauen, dass Liebe wahr sein könnte, fast zerstört hatte.

Er zog sich zurück und zitterte von der Kraft seiner Gefühle. „Es tut mir leid."

Sie lachte, als sie sich erhob, eine Göttin, die nur mit strömendem Wasser bekleidet war. „Entschuldige dich niemals dafür, deine Frau zu küssen, Simon.“

Er griff nach einem der dicken Handtücher, die die Bediensteten am Vormittag in das Cottage gebracht hatten. Sie wickelte sich darin ein und trocknete sich langsam ab, während sie ihn anlächelte, wohlwissend um den Anblick, den sie ihm bot. Und jeder Teil seines Körpers war in höchster Alarmbereitschaft, während sie es tat.

Irgendwie widerstand er jedoch ihren Verlockungen und nahm den Morgenmantel, der quer über dem Bett lag, in die Hände. „Euer Gnaden.“

Sie glitt hinein und folgte ihm in den Hauptraum des Cottages. Er bot ihr einen Platz am Tisch an und sie starrte auf das Gedeck, das er für sie angerichtet hatte. Als sie lächelte, legte er den Kopf schief. „Was?“

Sie lachte, als sie die Messer und Gabeln umdrehte. „Du hast das alles verkehrt herum gemacht.“

Er grinste. „Woher soll ich das wissen?“

„Bemerkst du das nicht, wenn du dich zum Essen hinsetzt?“, kicherte sie.

Er zuckte mit den Schultern. „Es scheint, dass ich es nicht weiß. Vielleicht bin ich zu sehr in meiner Gesellschaft gefangen, um zu wissen, auf welcher Seite Messer und Gabeln liegen müssen.“

„Natürlich. Das muss es sein.“

Er stellte das Essen auf den Tisch und füllte ihren Teller, sowie seinen eigenen und setzte sich ihr dann gegenüber. Der Tisch war so klein, dass es eine intime Umgebung war, und eine Weile aßen sie in geselligem Schweigen.

Aber als die Zeit verstrich, wusste Simon, dass er das Unvermeidliche nicht mehr lange hinauszögern konnte. Endlich legte er seine Serviette auf den Tisch und begegnete ihrem Blick.

„Ich habe deine Fragen und Bedenken in den letzten Wochen vermieden“, sagte er. „Und heute Abend möchte ich sie ansprechen.

Wenn du also etwas fragen willst, wenn du etwas wissen willst ... werde ich dir gerne antworten."

Sie hielt den Atem an, ein scharfes Einatmen, das ihm sagte, dass sie von seiner Offenheit überrascht war. Sie legte ihre eigene Serviette beiseite und lehnte sich in ihrem Stuhl zurück. „Du möchtest wirklich alles wieder in Ordnung bringen, nicht wahr?", flüsterte sie.

Er nickte. „Ja, das möchte ich. In dem Moment, als James mir sagte, dass du weg bist, wurde mir klar, dass es so ist, als würde mein eigenes Herz aus meiner Brust gerissen werden. Ich habe zu spät erkannt, dass es dem Tod am nächsten kommt, wenn ich dich verliere, aber ich sehe es nun und werde alles tun, um es zu verhindern."

Sie presste einen Moment lang die Lippen aufeinander. „Sehr gut, dann verspreche ich dir die gleiche Offenheit von meiner Seite. Wenn du Fragen an mich hast, werde ich sie mit der gleichen Ehrlichkeit beantworten, wie du."

Er wich zurück, denn das hatte er nicht als Möglichkeit in Betracht gezogen. Ihm wurde klar, dass er in der Tat Fragen an Meg hatte. Aber er wollte erst ihre Fragen klären, bevor er seine eigenen stellte. „Du zuerst."

Sie neigte den Kopf und eine dunkle Röte färbte ihre Wangen. Die unerwartete Reaktion überraschte ihn.

„Was ist es?"

„Ich versuche, einen Weg zu finden, meine Frage zu formulieren", gab sie zu. „Ähm, an dem Morgen, an dem James und Graham uns hier gefunden haben, an dem Morgen, an dem sich alles ... verändert hat, habe ich dich und meinen Bruder belauscht."

Simon dachte zurück an jenen Morgen, der sich wie eine Ewigkeit anfühlte. „Sprich weiter."

„Er sagte, dass du ... du und Roseford ..."

Sie brach ab, ihre Wangen wurden noch röter, und Simon zuckte zusammen, als er sich an sein Gespräch mit James an diesem Morgen erinnerte. Er räusperte sich. „Du hast James sagen hören, dass Roseford und ich in der Vergangenheit Frauen geteilt haben. Und dass ich mich jahrelang durch London gehurt habe."

„Ja", flüsterte sie. „In der Tat habe ich mich manchmal gefragt, ob das ein Teil deines Zögerns bezüglich ... uns war. Obwohl ich die körperliche Zuneigung, die du mir seit unserer Verlobung zuteilwerden ließest, sehr genossen habe, weiß ich, dass ich ein Unschuldslamm bin, wenn es um fleischliche Genüsse geht. Vielleicht bin ich nicht genug für dich."

Seine Augen wurden groß bei diesem Gedanken. „Nein!", rief er. „Nein, Meg, das ist es ganz und gar nicht." Er stieß sich auf die Füße und schritt davon, wobei er sich mit der Hand durch die Haare fuhr. Er hatte keine Ahnung, wie er ihr erklären sollte, was er getan hatte. Wie er es ihr verständlich machen sollte. Am Ende entschied er sich für die Wahrheit. „Ich habe mir, wie viele junge Männer, die Hörner abgestoßen", erklärte er. „Vergnügen ist ... nun, Vergnügen hilft einem, den Schmerz zu vergessen, wenn auch nur für einen Moment."

Sie nickte, als würde sie das verstehen und vielleicht tat sie das auch, wenn man ihre unbeständige Beziehung in den letzten Wochen und die Leidenschaften bedachte, die sie gemeinsam erkundet hatten. „Und die Sache mit dem Teilen?"

Simon schluckte. „Nachdem du mit Graham verlobt warst, war ich verloren. Ja, ich habe mich eine Zeit lang in die Ausschweifungen gestürzt, in der Hoffnung, dass eine Frau oder fünf Frauen oder zehn mich die einzige vergessen lassen würden, die ich wirklich wollte. Roseford und ich teilten uns ein paar Mal eine Frau und ich will nicht leugnen, dass es angenehm war. Aber es war leer. Niemand war wie du. Und du warst alles, was ich wollte. In Wahrheit habe ich in den letzten Jahren kaum eine andere Frau berührt. Ich hatte keine Lust mehr darauf."

Ihre Augen waren weit aufgerissen, als er es wagte, sie wieder anzuschauen. „Also ... willst du damit sagen, du wolltest ..."

„...vergessen, dass du es warst, die ich wollte", antwortete er mit einem Nicken. „Ja."

Ihr Gesichtsausdruck wurde weicher. „Und so etwas willst du nun nicht mehr?"

Simon schüttelte den Kopf. „Alles, was ich will, bist du, und der Gedanke, dass ein anderer Mann dich berührt, selbst wenn ich mit dir im Raum wäre und dir helfen würde, Vergnügen zu finden, bringt mich dazu, gegen die Wand schlagen zu wollen."

Erleichterung überflutete ihre Züge. „Ich bin so froh. Die Vorstellung, ich wäre nicht genug für dich..."

„Meg, ich will eines klarstellen", sagte er. „Egal, ob du mich wieder als deinen Ehemann akzeptierst oder nicht. Was auch immer in der Zukunft mit uns geschieht, ich werde nie wieder eine andere Frau anfassen, solange ich lebe. Du bist und warst immer mehr als genug für mich."

Sie blinzelte. „Du würdest keine andere Frau anfassen, selbst wenn ich dich abweisen würde?"

„Ich weiß, dass es nicht so aussieht, als würde ich unser Gelübde sehr ernst nehmen, aber das tue ich. Du bist meine Frau und ich liebe dich und ich werde dich niemals betrügen."

„Danke", flüsterte sie, ihre Stimme rau von Tränen und Emotionen. Sie erhob sich und rückte näher an ihn heran. „Und jetzt, glaube ich, bist du an der Reihe, mir deine Fragen zu stellen."

Er zögerte einen langen Moment und dann sagte er: „Du hast in der Nacht geweint, als du und Graham den Termin für eure Hochzeit bekannt gegeben habt. Und du hast mir schon oft gesagt, dass du ihn nicht heiraten wolltest. Wir haben darüber gesprochen, warum ich mich nie eingemischt habe, aber warum ..." Er unterbrach sich selbst, da er ihr gegenüber keine Anschuldigungen machen wollte.

Sie lehnte sich näher heran. „Warum was?", ermutigte sie ihn.

Er holte tief Luft und begegnete ihren Augen. „Warum hast du es nicht verhindert? Wenn du Graham nicht heiraten wolltest, warum hast du es James nicht gesagt?"

KAPITEL 21

Ihm stockte der Atem ob dieser direkten Frage. Simon stellte sie nicht mit Bosheit oder Vorwürfen im Ton, aber er wich auch nicht ihrem Blick aus. Und sie wusste, warum. Er hatte die ganze Zeit die Schuld an der Situation auf sich genommen, in der sie sich befanden.

Für sie war endlich der Moment gekommen, ihren eigenen Anteil an dem Schlamassel zu akzeptieren.

„James hat durch die Hand unseres Vaters so viel durchgemacht", begann sie mit einem Kopfschütteln.

„Das habt ihr beide."

Sie lächelte, als er sie sanft verteidigte. „Ja, aber ich hatte nicht das Gewicht des Erbes auf meinen Schultern, wie mein Bruder es hatte. Das Gewicht dessen, was er für ein Versagen hielt. Es war schwer für ihn zu tragen."

Simon nickte. „Ich erinnere mich an diese dunklen Tage."

„Als James verkündete, dass ich Graham heiraten würde, war er so glücklich. Er dachte, er täte das Richtige, dass er seine erste Tat als Duke zur bestmöglichen gemacht hätte. Ich hatte keine Ahnung, wie ich darauf reagieren sollte. Meine Ohren klingelten, meine

Hände zitterten. Ich sah dich quer durch den Raum an, weil ich dachte, du liebtest mich vielleicht genauso wie ich dich."

Sein Ausdruck veränderte sich. „Und ich leistete keinen Widerstand, dank meines eigenen Schocks über das, was passierte."

Schmerz durchflutete sie bei der Erinnerung, aber sie verstand nun alles so viel besser. Über ihn. Und über sich selbst. „Ich war sehr jung, verstehst du? Ich hatte keine Erfahrung und ich dachte, ich hätte die Situation vielleicht falsch eingeschätzt. Dachte, dass du wirklich nur ein Freund für mich sein wolltest. Wenn das wahr wäre, gäbe es keinen Grund, James' Hoffnungen zu zerstören. Also habe ich mir eingeredet, dass du mich nicht willst und dass ich darüber hinwegkommen könnte, dich zu wollen."

„Aber das konntest du nicht", sagte er leise.

„Nein", stimmte sie zu. „Das habe ich nie, egal wie sehr ich es versucht habe. Und ich habe Graham nie geliebt, so sehr ich es mir auch wünschte. Vielleicht hätte ich etwas sagen sollen, als die Jahre ins Land gingen. Es gab Zeiten, da dachte ich, ich würde es tun. Aber das erschien mir immer unmöglicher, je mehr die Gesellschaft in meine Hochzeit mit Graham investierte. Der Skandal, wenn ich es abblasen würde ..."

„Ja, ich verstehe", sagte er und stieß einen langen Seufzer des Bedauerns aus. „Es hat mich auch zum Schweigen gebracht."

Sie schüttelte langsam den Kopf. „In gewisser Weise, Simon, sind wir uns so ähnlich. Wir wollen beide den Menschen um uns herum gefallen, wir wollen sie nie enttäuschen oder verletzen. Und am Ende hat es uns beide zu Feiglingen gemacht. Es hat uns beide dazu gebracht, uns von der Zukunft abzuwenden, die wir wollten."

„Ich nehme an, das hat es. Eine Zeit lang. Aber nun sind wir hier. Und ich hoffe, dass wir unsere Fehler der Vergangenheit überwinden können. Ich will es zumindest versuchen."

Sie glaubte ihm. Es war unmöglich, es nicht zu tun, wenn er so aufrichtig und so ehrlich über ihre Vergangenheit sprach. Aber sie war immer noch nicht ganz bereit, dem nachzugeben, was er anbot.

Ihr Herz zu verschenken, das er ein paar Tage zuvor zerbrochen hatte.

Simon beobachtete sie genau. „Du bist dir noch immer noch nicht sicher. Heißt das, du hast noch eine Frage an mich?"

„Ich ... ich will es." Sie spürte den Kloß im Hals, den Schmerz, der sich in ihr ausbreitete, während sie diesen Mann anstarrte, ihren Mann, ihre Liebe. Es gab nur noch eine Sache, die sie jetzt mit sich trug. Aber es war der größte Herzschmerz ihres Lebens. Die eine Tatsache, die sie davon abhalten würde, diesem Mann völlig zu vertrauen. „Wärst du wirklich mit Roseford gegangen? Wärst du weggegangen und hättest mich einen anderen heiraten lassen?"

Sein Auge zuckte, Schmerz schoss über sein Gesicht hinweg. Der Moment schien sich ewig zu dehnen, eine Ewigkeit des Kampfes für sie beide, während er nach den Worten suchte, die er sagen wollte. „Was glaubst du, warum ich dir an dem Nachmittag gefolgt bin, als wir zusammen in der Falle saßen?"

Sie zuckte mit den Schultern. „Wir waren Freunde und du hast gesehen, wie ich mich abmühte. Du ..."

„Nein", unterbrach er.

Sie blinzelte über die Eindringlichkeit seines Tons. „Nein?"

„Nein", wiederholte er, dieses Mal leiser. „Ich wusste, ich sollte es nicht, Meg. Ich wusste, ich hätte James oder Graham dazu bringen sollen, dich zu verfolgen. Ich bin dir gefolgt, weil ich ... ich wusste in einem Teil von mir, dass ich damit mein Schicksal besiegeln würde. Ich sagte Roseford, ich wolle gehen, ich sagte mir, ich würde beiseitetreten, wie ich es immer getan habe, und dir erlauben, dich ohne mich zu entfalten. Aber ich bin dir hierher gefolgt, Meg. Und ich ließ zu, dass wir in einen Sturm gerieten."

„Was meinst du damit?", flüsterte sie.

„Ich bin dir eine Stunde lang gefolgt, bevor ich dich angehalten habe. Glaubst du, dass ich die aufziehenden Wolken nicht bemerkt habe? Glaubst du, ich wusste nicht genau, was passieren würde, wenn ich dich nicht nach Hause lenkte, bevor sich ein Sturzbach aus ihnen entleerte?“ Er schritt einen Moment umher. „Als wir in der Falle saßen, hatte ich noch Möglichkeiten, den Skandal auf ein Minimum zu beschränken. Aber ich blieb mit dir im Cottage. Und ich habe dich geküsst. Ich tat all das, damit mir die Entscheidung abgenommen würde. Damit ich dich Graham wegnehmen konnte, ohne Manns genug sein zu müssen, um zuzugeben, dass es das war, was ich die ganze Zeit wollte.“

Sein Gesicht erhellte sich voller Emotionen, seine blauen Augen waren stürmisch und mit vielen Dingen gefüllt, von denen nicht eines so etwas wie Bedauern zeigte.

„Du sagst, du hast das Geschehen manipuliert?“

„Vielleicht habe ich mir damals nicht erlaubt, das zu akzeptieren, aber … ja“, flüsterte er. „Tatsache ist, Meg, ich bin nicht weggegangen. Und ich weiß, dass es aufgrund meiner Vergangenheit schwer zu glauben ist, aufgrund dessen, was ich vor und seit unserer Hochzeit getan habe, aber ich sage dir nun, dass ich nie wieder weggehen werde. Ich werde dir nie wieder einen Grund geben, zu glauben, dass du es musst. Ich werde um dich kämpfen, Meg. Von diesem Tag an bis zu dem Tag, an dem ich meinen letzten Atemzug mache. Ich werde um dich kämpfen, weil du alles bist, was ich je wollte, was ich je brauchte und was ich je begehren werde.“

Sie starrte ihn an, verblüfft sowohl von seinen Worten als auch von der Kraft, mit der er sie sagte. Zum ersten Mal seit Jahren sah er sie mit klaren Augen an, mit seinen Absichten, die in sein hübsches Gesicht geschrieben waren, mit seiner ganzen Liebe, die sie sehen, umarmen und anbeten konnte.

Und in diesem Moment war es genug. Mehr als genug. Es war alles, was sie wissen musste.

Meg bewegte sich auf ihn zu, Tränen begannen in ihren Augen zu brennen, und sie ergriff seine Hände. „Ich liebe dich, Simon. Ich liebe dich.“

Er antwortete ihr nicht mit Worten, sondern zog sie an sich und ließ seinen Mund für einen Kuss auf den ihren sinken. Zum ersten

Mal enthielt sein Kuss keine Verzweiflung. Kein Gefühl, dass es ihr letzter sein könnte. Sie spürte nur Zärtlichkeit, Verlangen und Liebe. Sie schmolz förmlich dahin und bemerkte kaum, wie er sie in ihre Kammer führte und ihren Morgenmantel aufknöpfte, als sie zusammen stolperten.

Er streifte den Stoff von ihren Schultern und warf ihn beiseite. Als seine Hände zitterten, lächelte sie. „Es ist ja nicht so, als hättest du mich nicht schon einmal so gesehen."

Simon nickte. „Das habe ich. Aber bis zu diesem Moment habe ich nie ganz akzeptiert, dass du mir gehörst."

Sie holte Luft. „Nun, ich bin dein. Und du bist mein."

„Für immer", flüsterte er, die Worte ein Gelübde für sie, das mehr bedeutete als alles, was sie in der Hochzeitskapelle gesagt hatten. Heute Abend war es ein Geschenk des Glaubens, ein Versprechen für eine Zukunft.

Und sie griff nach ihm, schlang ihre Arme um seinen Hals, während sie ihren Mund auf seinen drückte und dieses Versprechen mit ihrem Körper erwiderte. Mit allem, was sie hatte.

Er half ihr auf das Bett und streifte schnell seine Kleidung ab. Meg öffnete ihre Arme für ihn, als er sich zu ihr aufs Bett gesellte und sein heißer Blick sie auf eine Weise brandmarkte, wie er es noch nie zuvor getan hatte. Das war die totale Hingabe, die sie sich wünschte und sie badete im Glanz seiner Liebe.

Sein Mund senkte sich auf ihren Hals und er begann sie langsam zu küssen, erkundete ihren Körper mit seinem Mund, bis ihr der Atem stockte. Sie keuchte, als er ihre aufgestellten Brustwarzen verwöhnte, hart an ihnen saugte und jede mit seiner Zunge liebkoste, bis Megs Sicht verschwamm und feuchte Hitze die Innenseiten ihrer Schenkel bedeckte.

Dann zog er seinen Mund tiefer, leckte ihren Bauch, ihre Hüfte, und schließlich ließ er sich zwischen ihren Beinen nieder, spreizte sie weit, damit er ihre heiße Mitte mit langen Zungenschlägen verwöhnen konnte. Sie bäumte sich gegen ihn auf und stieß mit dem Kopf gegen die Kissen, während sich die Lust in jedem Nerv ihres Körpers ausbreitete. Sie umklammerte die Bettdecke und rief seinen Namen, als sie nach Erlösung verlangte.

Simon lächelte zur ihr hinauf und dann fühlte sie, wie seine Finger in ihre glatte Spalte glitten. Er winkelte sie sanft an und fand eine Stelle in ihr, die im Einklang mit seiner Berührung war. Dann schnippte er mit seiner Zunge über ihre Knospe und ihr ganzer Körper brach vor Lust in ein unaufhaltsames Zittern aus, wie sie es noch nie zuvor erlebt hatte.

Sie schmiegte sich gegen ihn und ihre Schreie waren unkontrollierbar, ihr Körper fiel fast vom Bett durch die Kraft ihres Orgasmus. Er streichelte sie durchweg, schürte ihre Lust bis an den Rand des Schmerzes, bis sie ihn gleichzeitig um mehr anflehte und darum, aufzuhören, bis sie erschlaffte.

Endlich entspannte sich ihr Körper, das Zittern ließ nach, und erst dann glitt er wieder an ihrem Körper hinauf, spreizte ihre Beine mit seinen Schenkeln und stieß in sie, während sein Mund den ihren eroberte. Sie schmeckte ihre eigene Essenz auf seiner Zunge, den süßen Geschmack ihrer Erlösung, was die Lust in ihr umso mehr weckte.

Seine Stöße waren schnell und hart, und sie stemmte sich in jeden von ihnen, schwelgte in der Vereinigung ihrer Körper, der Vereinigung, die von niemandem außer ihnen selbst definiert oder gesehen werden konnte. Sie spürte, wie sich sein Körper anspannte, als er sich der Erlösung näherte und drückte ihre Hüften gegen ihn, um ihn um den Verstand zu bringen.

Natürlich brachte sie das wieder an den Rand des Abgrunds, und als ihr Orgasmus sie erneut durchfuhr, keuchte er ihren Namen und gemeinsam fanden sie ihre Erlösung. Als es vorbei war, brach er über ihr zusammen und atmete tief durch, während sie mit ihren Händen über seine Schultern und seinen Rücken strich. Sein Gewicht auf ihr war alles, was sie jemals gewollt hatte, und als er sich von ihr wegrollte, wimmerte sie ihre Unzufriedenheit.

Er gluckste. „Ich will dich nur nicht erdrücken.“

Meg rollte sich an seine Seite und legte ihren Arm um ihn,

während sie ihren Kopf an seine Schulter schmiegte. „Das wäre der Weg, auf dem ich gehen wollte."

Er schüttelte den Kopf, während er ihr einen Kuss auf die Schläfe drückte. „Nein, du musst für immer bleiben. Ich habe zu viel für uns geplant, für unsere Zukunft. Das heißt, wenn du es zulässt."

Sie blickte zu ihm auf und war überrascht, dass sein Gesichtsausdruck tatsächlich noch vor Sorge angespannt war. Sie umfasste sein Kinn und flüsterte: „Habe ich mich nicht klar ausgedrückt? Ich liebe dich, Simon. Und ich sehe, was du alles getan hast, um mir zu zeigen, dass du mich liebst. Dass du dich für mich entschieden hast. Ich liebe dich und meine Zukunft ist an deine gebunden, so wie sie es immer war. Aber es ist eine Zukunft, über die wir nicht viel geredet haben, während wir uns durch den Schlamassel unserer Vergangenheit gearbeitet haben."

„Willst du wissen, was unsere Zukunft birgt?", fragte er.

Sie nickte. „Gerne."

„Wir kehren nach London zurück", sagte er. „Und wir leben unser Leben. Ich verstecke nie wieder, dass ich dich liebe und stolz bin, dein Mann zu sein."

Sie schloss die Augen und ihr Herz schwoll vor Freude über diese Aussage an. „Und was ist mit Graham? Oder denen, die uns dafür verurteilen würden, wie wir an diesen Punkt gekommen sind?"

Er seufzte. „Ich kann nicht so tun, als hätte ich Graham nicht betrogen. Das habe ich, und ich muss mit den Konsequenzen leben. Aber mein Leben mit dir hat damit nichts zu tun. Eines Tages ist er vielleicht nicht mehr so wütend. Eines Tages kann er mir vielleicht verzeihen. Aber keiner weiß, ob dieser Tag je kommt ..." Er zuckte mit den Schultern. „So sei es. Ich liebe dich. Und es tut mir nicht leid, dass du mir gehörst."

Meg rollte sich auf ihn und bedeckte seinen Körper mit ihrem, fühlte, wie sich seine Muskeln anspannten, als seine Arme um sie herumkamen. Sie starrte hinunter in sein Gesicht, als die Freude und Hoffnung, die sie sich nicht erlaubt hatte zu fühlen, sie übermannte.

„Ich werde für immer dir gehören, Simon", flüsterte sie und lachte, als er sie anders positionierte und seinen harten Schwanz wieder in ihren Körper schob. „Und ich kann es nicht erwarten, zu sehen, wie sich unsere Zukunft entfaltet."

„Ich auch nicht", versprach er, bevor er sie noch einmal nahm.

GENIESSEN SIE EINEN SPANNENDEN
AUSZUG AUS „DER GEBROCHENE
DUKE"

DER 1797 CLUB – BUCH 3

Oktober 1810

Graham Everly, der Duke of Northfield, saß in der Ecke einer schmuddeligen Taverne, einen Becher Ale in der Hand. Er hatte getrunken, aber er war nicht *be*trunken. Noch nicht. Diesen Umstand wollte er so schnell wie möglich ändern.

Doch bevor er einen weiteren Schluck nehmen konnte, bewegten sich zwei Männer durch die Menge und steuerten auf ihn zu. Ewan Hoffstead, der Duke of Donburrow, und sein Cousin Matthew Cornwallis, der Duke of Tyndale, trugen beide ihre eigenen Getränke, und sie tauschten einen nicht ganz so subtilen Blick aus, bevor sie an seinem Tisch Platz nahmen. Graham seufzte, denn er hatte gehofft, dass die beiden bereits gegangen waren. Nun, es schien, als wären sie es nicht.

Aber in den letzten zwei Monaten war keiner von ihnen sehr oft von seiner Seite gewichen. Er hatte versucht, ihnen aus dem Weg zu gehen, so wie er seit „dem Vorfall", wie er es gerne nannte, allen seinen Freunden aus dem Weg gegangen war. Aber Ewan und Tyndale waren unerbittlich.

Wie um das zu demonstrieren, kramte Ewan in seiner Manteltasche und holte ein kleines Notizbuch und einen dicken Kohlestift heraus. Er kritzelte einen Moment lang, während Graham ihn beobachtete. Ewan war seit seiner Geburt stumm, und das Schreiben war seine wichtigste Form der Kommunikation mit Freunden und Familie.

Er schob das Notizbuch herüber und Graham las die saubere, gleichmäßig geschriebene Zeile. *„Sitz nicht die ganze Nacht hier herum. Du trinkst dich nur dumm und dämlich."*

Graham schob das Notizbuch zurück und blickte ihn an. „Danke, Kumpel. Weißt du, es ist möglich, dass das Trinken mich nicht dumm macht. Vielleicht bin ich auch einfach so dumm, ganz ohne die Hilfe des Alkohols."

Ewan schüttelte den Kopf und grinste über die Selbstironie, aber die Sorge in seinen dunklen Augen war nicht zu übersehen.

Tyndale schien nicht weniger besorgt zu sein, als er sich vorlehnte und sagte: „Komm schon, du kannst es nicht leugnen, auch wenn du es herunterspielst. Seit zwei Monaten schleichst du durch die Londoner Pubs und gehst jedem aus dem Weg, der dich mag. Ich erkenne die Zeichen, weißt du."

Graham zuckte zusammen. Wenn es jemand tat, dann Tyndale. Schließlich war die Frau, die er geliebt hatte, vor Jahren gestorben, was Tyndale bis ins Mark erschüttert hatte. Eine Tatsache, die Grahams Probleme sehr klein erscheinen ließ. Aber er wollte dieses Thema wirklich nicht diskutieren. Das war genau der Grund, warum er seinen gesamten Freundeskreis gemieden hatte. Er wollte ihr Mitleid nicht. Er wollte einfach nur vergessen.

„Ich treffe mich doch ständig mit euch beiden, nicht wahr?", knurrte er und machte sich wieder einmal über das Thema lustig, von dem er sehen konnte, dass die anderen beiden es unbedingt ansprechen wollten.

Ewan schrieb etwas und schob es herüber. *„Nun, wir mögen dich ja auch nicht."*

Trotz seiner selbst begann Graham zu lachen und Matthew stimmte mit ein. Für einen Moment verblassten seine Sorgen, aber dann legten sie sich wieder auf seine Schultern. Und dieses Mal schien es, als könne er dem Thema nicht mehr so leicht ausweichen wie zuvor.

„Hört zu", sagte er und stellte seinen Drink beiseite. „Ich weiß, ich sollte darüber hinwegkommen. Aber Crestwood war einer meiner besten Freunde und er hat mein Vertrauen missbraucht."

Matthews Gesichtsausdruck wurde weicher. „Sie war deine Verlobte, Northfield. Und es war eine komplizierte Situation angesichts ihrer Gefühle füreinander, aber egal wie die Umstände waren, Simon hätte sie nicht ... so nehmen dürfen, wie er es getan hat. Es war falsch."

„Keiner missgönnt dir den Schmerz, den du empfinden musst", fügte Ewan hinzu. *„Wir machen uns nur Sorgen darüber, wie du diesen Schmerz ausdrückst."*

Graham starrte auf die Worte in Ewans Notizbuch und seufzte. Er war sieben lange Jahre mit Margaret Rylon, der Schwester eines anderen aus ihrer Gruppe, verlobt gewesen. Er hatte sie nie geliebt, auch wenn er verzweifelt versucht hatte, dieses Gefühl in seinem Herzen zu empfinden.

Aber die Vorstellung, dass Simon ihn verraten würde ... Simon, der wie sein Bruder war, seit sie dreizehn waren ... nun, das hielt ihn nachts wach. „Es geht nicht um sie, weißt du."

Matthew nickte, und wieder war da dieses Flackern von Traurigkeit in seinem Ausdruck. „Ich weiß."

„Du musst wieder anfangen dein Leben zu leben", schrieb Ewan und klopfte Graham dann auf die Schulter. *„Es ist an der Zeit, meinst du nicht auch?"*

Graham verzog den Mund. Sie hatten natürlich recht. Er hatte sich lange genug versteckt, geschmollt und geschmort, während der Rest der Welt ohne ihn weitermachte. Irgendwann musste er sich zusammenreißen. Er musste sich der Gesellschaft stellen und den Freunden, denen er aus dem Weg gegangen war, und der Zukunft, die jetzt weit offen und ganz anders schien als in den Jahren, in denen er sich mit einer lieblosen arrangierten Ehe abgefunden hatte.

„Was schlagt ihr also vor?", fragte er langsam und unsicher.

Ewan und Matthew tauschten ein Grinsen aus, bevor Ewan kritzelte: *„Heute Abend wird ein Theaterstück aufgeführt, das du unbedingt sehen musst. Alle reden darüber. Komm mit uns."*

Graham stieß einen langen Seufzer aus. „Ich weiß nicht. Theater? Das ist ein großer Sprung, nachdem ich mich wochenlang in Pubs versteckt habe."

„Wir schleichen uns erst spät hinein", versicherte ihm Tyndale. „Keiner muss wissen, dass du da bist, es sei denn, du willst es. Komm mit. Das ist besser als hinter irgendeiner Taverne einzuschlafen und sich von Ewan und mir nach Hause tragen zu lassen, nicht wahr?"

Graham warf Ewan einen Blick zu. Er war ein massiver Mann, weit über zwei Meter groß und aus reinen Muskeln gebaut. „Du hast in deinem Leben noch nie etwas nach Hause getragen, Tyndale, nicht wenn dein Cousin dabei ist."

Als Ewan grinste, stieß Matthew ihn mit dem Ellenbogen an und warf Graham einen Blick zu. „Heißt das, du kommst mit?"

Graham nickte. „Ja. Ich werde es tun", seufzte er. „Zumindest wird es mich ablenken."

Die anderen beiden Männer sahen glücklich über seine Entscheidung aus, als sie sich alle erhoben, um die Taverne zu verlassen, aber Graham fühlte nicht dasselbe. Das Letzte, was er wollte, war, sich zu einer öffentlichen Veranstaltung zu schleppen, wo jeder über ihn urteilen konnte. Ganz zu schweigen davon, ein paar Stunden damit zu verschwenden, sich irgendein Stück anzusehen, das wahrscheinlich schrecklich sein würde.

Aber nach allem, was sie getan hatten, um ihn zu unterstützen, war er es seinen Freunden schuldig, es zumindest zu versuchen. Und es war ja schließlich nur ein Abend.

∼

Graham saß in einer Loge mit Blick auf die dunkle Bühne. Obwohl er, Ewan und Tyndale das Theater erst kurz vor dem Heben des Vorhangs betreten hatten, hatte es das Interesse an seiner Anwesenheit nicht gemindert. Selbst jetzt spürte er die Augen der Menge unten auf sich gerichtet und hatte das Flüstern seines Namens gehört, als er seinen Platz eingenommen hatte.

Seine Wangen und seine Brust brannten vor Demütigung und erneuter Wut. Dank Simon, seinem *Freund*, bemitleidete und verurteilte ihn die Welt und redete über ihn. Er hatte ein Leben lang versucht, alles zu vermeiden, was andere dazu bringen könnte, genau diese Dinge zu tun, und hier war er nun. Genau da, wo er nicht sein wollte. Er warf einen Blick auf den Ausgang hinter ihm.

„Lauf nicht weg", schrieb Ewan und stieß ihn mit dem Ellenbogen an, um ihn zu zwingen, es im schummrigen Licht zu lesen.

Graham verschränkte die Arme. Offenbar wurde er immer berechenbarer. „Ich gehe nirgendwo hin", grunzte er, als die Lichter auf der Bühne angingen und der Vorhang sich hob.

Er lehnte sich zurück, um sich das anzusehen, was sicherlich eine schreckliche Aufführung sein würde, wie es viele dieser Stücke waren. Das Theater war eher ein Ort für diejenigen, die gesehen werden wollten, als für etwas, das es wert war, gesehen zu werden. Doch zu seiner Überraschung verstummte der übliche Lärm der plaudernden Leute und jeder schien wirklich aufmerksam zu sein, als eine Frau die Bühne betrat.

Er lehnte sich vor, als sie zu sprechen begann. Sie war wunderschön, mit honigblondem Haar, das ihr in Wellen um die Schultern fiel. Sie hatte eine feine, klare Stimme, die sogar bis zu den Dachsparren hinauf trug. Aber was am meisten auffiel, war ihr Selbstvertrauen. Als sie über die Bühne schritt, war es unmöglich, nicht jede ihrer Bewegungen zu beobachten.

„Ich bete für den Tod", sagte sie, ihre Stimme zitterte vor etwas, das sich wie echte Emotion anfühlte. „Um mich von diesem Schmerz zu befreien. Streck mich nieder, bitte. Beende diese Farce von einem Leben."

Graham starrte. Sie war gut.

Er sah eine Weile gebannt zu, als ein anderer Schauspieler auf die Bühne kam und die Frau sich ihm zuwandte, ihr Gesicht von Emotionen verzerrt. Der Mann wurde von dem Licht ihres Könnens überschattet. Schließlich lehnte er sich zu Ewan und flüsterte: „Wer ist sie?"

Ewan warf ihm einen Seitenblick zu und schrieb dann einen Moment lang in sein Notizbuch. Als er es an Graham weiterreichte, stand da: *„Lydia Ford. Sie ist derzeit der Trumpf des Londoner Theaters. Der Grund, warum alle dieses Stück sehen wollen."*

„Lydia", wiederholte er, während er das Notizbuch seinem Freund zurückgab. Er starrte die Lady erneut an. Sie hatte ihr Gesicht gedreht und schaute zu der Loge hoch, zu ihm, obwohl das nur ein Trick des Lichts war. Er wusste, dass sie ihn in den Schatten nicht wirklich sehen konnte.

„Schön", flüsterte er.

Er war sich bewusst, dass Ewan und Tyndale einen Blick austauschten, aber es war ihm egal. Zum ersten Mal seit einer gefühlten Ewigkeit flammte ein heißes Interesse in seiner Brust auf. Ein Bedürfnis nach einer Frau. Nach dieser Frau. Lydia Ford.

Und er wollte sie kennenlernen, um zu sehen, ob dieses Verlangen länger anhalten würde als die Dauer eines Theaterstücks.

Lydia Ford saß auf dem Sofa im Umkleideraum hinter der Bühne, flickte ein Loch in einem ihrer Kostüme und lachte mit ihrer Zweitbesetzung, Melinda Cross.

„Ich schwöre, Robin muss aufhören, in dieser Todesszene so hart zuzustechen", sagte Lydia, während sie den Kopf schüttelte. „Selbst ein Holzschwert tut höllisch weh und er zerreißt mir ständig das Kleid. Macht er das auch mit dir? In den Vorstellungen, in denen du die Rolle spielst?"

„Er ist ein Trottel, aber nein, er hat noch nie ein Loch in mein

Kleid gestochen." Melinda rollte mit den Augen. „Ich glaube, er ist nur eifersüchtig, dass alle kommen, um deinen Auftritt zu sehen, nicht ihn."

Stolz schwoll in Lydias Brust ob des Kompliments ihrer Freundin, denn sie war zufrieden mit ihren Abenden im Theater. Mehr noch, sie erkannte, wie glücklich sie war, diese Arbeit machen zu können, wenn man bedachte, woher sie kam. Ihre beiden Welten hätten nicht unterschiedlicher sein können.

Es klopfte leicht an der Tür und beide drehten sich um, um zu sehen, wie ihr Inspizient, Toby Westin, die Tür öffnete. Er war ein großer, dünner Mann mit einem nervösen Gemüt und einem Blatt Papier, auf dem eine nicht enden wollende Liste von Dingen stand, die zu erledigen waren. „Lydia, hier ist jemand, der dich kennenlernen möchte."

Lydia schüttelte das Kleid aus, das sie repariert hatte, bevor sie aufstand. „Oh?", fragte sie, als sie das Kleidungsstück aufhängte. Sie versuchte, lässig zu klingen, aber das Grauen stieg in ihrer Brust auf.

Eine Sache, die sie in ihren wenigen kurzen Monaten als Bühnenstar gelernt hatte, war, dass Männer auf Schauspielerinnen abfuhren. Oh, keiner von ihnen würde es wagen, mit einer Schauspielerin in der Öffentlichkeit auszugehen, da jede Lady, die über die Bretter ging, kaum besser als eine Hure angesehen wurde, aber privat wurden sie angezogen wie Motten von einer Flamme.

Schon während ihrer kurzen Zeit als Schauspielerin hatte sie mehrere unverschämte Angebote von Kaufleuten und Gentlemen erhalten und sie alle so freundlich abgelehnt, wie es ihr möglich war, selbst wenn sich ihr dabei der Magen umgedreht hatte.

„Bitte sag uns, dass es nicht dieser schreckliche Sir Archibald ist", warf Melinda mit einem Schaudern ein. „Er weigert sich, mich in Ruhe zu lassen, egal wie oft ich seine ekelhaften Annäherungsversuche zurückweise."

Lydia warf ihrer Freundin einen unterstützenden Blick zu. Keiner mochte den fiesen Sir Archibald. Er war ein fester Bestandteil des Theaters und drängte sich dorthin, wo er nicht hingehörte, wann immer es möglich war. Außerdem fasste er den Schauspielerinnen an den Hintern und war allgemein lästig, wenn er nach einer Vorstellung hinter die Bühne kam.

„Nein“, sagte Toby mit einem besorgten Blick zu Melinda. „Es ist ganz sicher nicht Sir Archibald. Du hast die Aufmerksamkeit eines Dukes erregt, Lydia.“

Sie schluckte, als sich der Raum zu drehen begann und ihre Ohren klingelten. Mit jedem bisschen Talent, das sie hatte, kämpfte sie darum, ihre Reaktion zu verbergen und schenkte Toby das Lächeln, von dem sie wusste, dass es von ihr erwartet wurde.

„Ein Duke? Wirklich? Wie … interessant.“

„Interessant?“, krächzte Melinda. „Du meinst lukrativ.“

„Das hängt vom Duke ab“, korrigierte Lydia sie leise. „Wer ist dieser Mann?“

„Northfield“, antwortete Toby und zog beide Augenbrauen hoch.

Melinda drehte sich zu ihr um und ihr hübsches Gesicht leuchtete vor lauter Freude. „Der Duke of Northfield. Lydia, du meine Güte! Du weißt, wer er ist, nicht wahr?“ Sie wartete die Antwort nicht ab, bevor sie fortfuhr. „Er sieht teuflisch gut aus, und er ist jung. Und reich. Er war mit irgendeiner Tochter eines Adligen verlobt und sein bester Freund hat ihm die Frau vor der Nase weggeschnappt. Seitdem lebt er wie ein Einsiedler.“

Lydia schluckte schwer. Sie kannte all diese Informationen. Wenn auch aus ganz anderen Quellen als Melinda sie gehört hatte. „Woher kennst du diese Gerüchte?“, fragte sie und zwang ein Lachen durch ihre trockene Kehle.

Melinda grinste. „Im Gegensatz zu dir, kümmere ich mich um die Gesellschaft, Lydia. Eine Frau in meiner Position sollte das tun. Es gibt viele Wege, die man einschlagen kann, um finanziell abgesichert zu sein.“

Toby schnaubte und Lydia schritt davon, als die beiden den gleichen Streit begannen, den sie mindestens einmal pro Woche über Schauspielerinnen hatten, die Mätressen wurden. Trotz ihrer

Abneigung gegen Sir Archibald war Melinda nicht abgeneigt, die Geliebte eines wichtigen Mannes zu werden. Sie ermutigte Lydia immer wieder, diese Option in Betracht zu ziehen.

Aber Melinda tat das nur, weil sie die Wahrheit nicht kannte. Die Wahrheit, die Lydia eifrig geheim hielt und sich große Mühe gab, sie auch weiterhin zu verbergen. Doch nun, da der Duke of Northfield Lydia kennenlernen wollte, schien ihr ganzes Werk am Rande eines Abgrunds zu stehen. Er konnte nicht nur diese Welt zerstören, sondern auch die andere, in der sie sich regelmäßig aufhielt, denn wenn er mit ihr in einem Raum war, konnte er sie sehen. Es war eine Sache, sie auf der Bühne zu sehen, aus der Ferne, mit hellen Lichtern, die sie wie etwas erscheinen ließen, das sie nicht war.

Aber bei näherer Betrachtung könnte Northfield das Geheimnis lüften, um das sie jedes Mal kämpfte, wenn sie die Bühne verließ.

Das Geheimnis war, dass sie nicht Lydia Ford war. Sie war Lady Adelaide, das Mauerblümchen, Tochter des längst verstorbenen Earl of Longford. Eine Frau, die niemandem auffiel, nicht einmal genug, um zu bemerken, dass sie sich dreimal pro Woche hinaus-schlich, um die berühmteste Schauspielerin der Stadt zu werden.

„Wirst du ihn also treffen?", drängte Toby.

Adelaide starrte auf die Hände hinunter, die sie vor sich geballt hatte. Sie zitterten. Wie sollte sie aus dieser Situation herauskom-men? „Ich bin mir nicht sicher, ob das klug ist. Warum lässt du ihn nicht Melinda treffen?"

Toby schüttelte sofort den Kopf und sein Stirnrunzeln vertiefte sich. „Er hat klar gesagt, was er will, und er scheint nicht die Art von Mann zu sein, die man zurückweist. Er will dich kennenlernen, Lydia, und das ist alles, was ihn befriedigen wird. Ich bin mir nicht sicher, ob er nicht einfach hier hereinplatzen würde, wenn ich Nein sagen würde."

Adelaide seufzte. Natürlich hatte Toby recht. Sie hatte ihr ganzes Leben in der Gesellschaft verbracht, sie hatte viele Männer mit Macht und Privilegien kennengelernt. Und sie hatte auch viel Zeit gehabt, Northfield zu beobachten, denn er war schwer zu ignorieren. In einem Raum voller Männer, die durchschnittlich waren, war er es … nicht. Vielleicht lag es an seinen stechend blauen Augen oder an dem harten Ausdruck in seinem Gesicht oder daran, dass er selten tanzte, nicht einmal mit der Lady, die einmal seine Verlobte gewesen war.

Was auch immer es war, Toby hatte recht mit seiner Einschätzung, dass Northfield nicht der Typ war, der ein Nein als Antwort akzeptierte.

Sie betrachtete sich im Spiegel. Sie hatte ein schlichtes Kleid angezogen, aber sie hatte ihr Bühnen-Make-up noch nicht entfernt und ihr Haar war offen. Sie sah immer noch wie Lydia aus und nicht wie die schlichte, mausgraue Adelaide. Vielleicht würde Northfield sie gar nicht wiedererkennen.

Es war schließlich nicht so, dass er jemals in der Gesellschaft mit ihr gesprochen hätte. Dort war sie eine Mücke und er war ein Gott.

„Gut, dass ich noch vorzeigbar aussehe“, sagte sie mit einem Seufzer. „Ja, natürlich, lass ihn eintreten.“

Toby ging, um den Mann zu holen, und Melinda sprang auf. „Oh, Lydia! Was für ein Abend. Stell dir vor, du könntest dein Vermögen mit ein paar gut platzierten Worten vermehren.“

Adelaide schürzte die Lippen. „Ich bin vollkommen zufrieden mit meinem Leben, so wie es ist, Melinda“, erwiderte sie. „Ich versuche nicht, mir eine bessere Stellung zu verschaffen.“

Melinda starrte sie an, als hätte sie Latein gesprochen oder ihr wäre ein zweiter Kopf gewachsen. „Du willst dir keine bessere Stellung erarbeiten?“

Adelaide lachte über die Verwirrung im Ton ihrer Freundin. „Meine Güte, Melinda, ist es dir nie in den Sinn gekommen, dass ich vielleicht einfach nur gerne auf der Bühne stehe? Dass ich nichts anderes vorhabe, als die Zeit zu genießen, die ich dafür habe?“

„Nun, jedem das Seine.“ Melinda schüttelte den Kopf. „Aber ich sage immer noch, wenn du nicht wenigstens versuchst, mit dem

Mann zu flirten, verschwendest du deine Zeit und eine einmalige Gelegenheit."

Adelaide seufzte. „Wie wäre es damit? In dem Moment, in dem er merkt, dass ich nichts als eine langweilige Maus bin, schicke ich ihn zu dir."

„Oh, ja!", lachte Melinda, als es ein zweites Mal an der Tür klopfte. Diesmal war es härter, selbstbewusster, und Adelaides Herz sank. Er war es.

Melinda warf ihr einen letzten Blick zu, dann öffnete sie die Tür und gab den Blick auf den Duke of Northfield frei. Und während sie ihn anstarrte und versuchte, nicht zu viel zu verraten und nicht vor Nervosität umzufallen, blieb Adelaide fast das Herz stehen.

BÜCHER VON JESS MICHAELS

DER 1797 CLUB

Der verwegene Duke (Buch 1)

Eine vollständige Liste der Titel von Jess Michaels finden Sie unter:

http://www.authorjessmichaels.com/books

ÜBER DIE AUTORIN

USA Today-Bestsellerautorin Jess Michaels hat eine Vorliebe für geekiges Zeug, Vanilla Coke Zero, und alles, was mit Kokosnuss zu tun hat. Darüber hinaus mag sie Käse, flauschige Katzen, Feinhaarkatzen, einfach alle Katzen, viele Hunde und Menschen, die sich um das Wohl ihrer Mitmenschen kümmern. Sie hat das Glück, mit ihrem Lieblingsmenschen verheiratet zu sein und lebt im Herzen von Dallas, Texas, wo sie versucht, all die tollsten Gerichte der Stadt zu probieren.

Wenn sie nicht zwanghaft ihre Schritte auf Fitbit überprüft oder neue Geschmacksrichtungen von griechischem Joghurt ausprobiert, schreibt sie historische Liebesromane mit heißen Alphamännern und frechen Ladies, die alles tun, außer zu warten, um zu bekommen, was sie wollen. Sie hat für zahlreiche Verlage geschrieben und ist jetzt komplett unabhängig und liebt jeden Moment davon (naja, fast jeden Moment).

Jess liebt es, von ihren Fans zu hören! Also zögern Sie bitte nicht, sie unter Jess@AuthorJessMichaels.com zu kontaktieren.

Jess Michaels verlost JEDEN MONAT einen Geschenkgutschein an Mitglieder ihres Newsletters, also melden Sie sich auf ihrer Website dazu an:

http://www.AuthorJessMichaels.com/

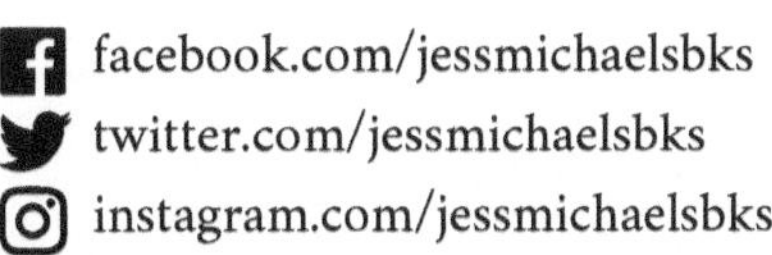

facebook.com/jessmichaelsbks

twitter.com/jessmichaelsbks

instagram.com/jessmichaelsbks